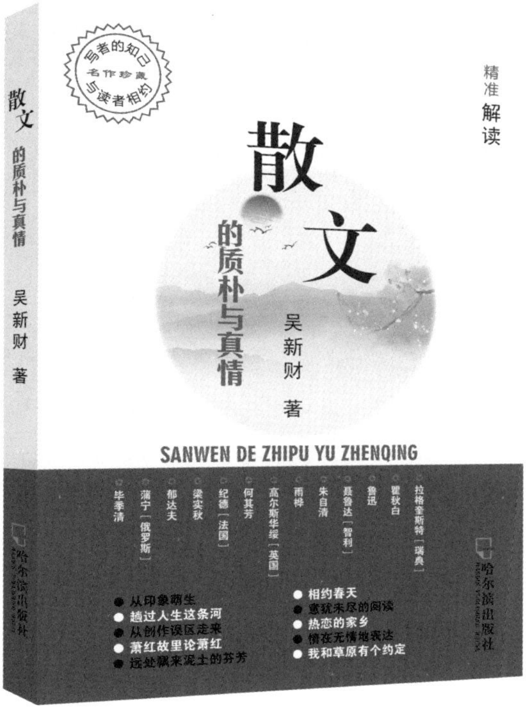

散文的质朴与真情
吴新财 著
写者的知己
名作珍藏
与读者相约
精准解读
散文
的质朴与真情
吴新财 著
SANWEN DE ZHIPU YU ZHENQING
拉格奎斯特［瑞典］
瞿秋白
鲁迅
聂鲁达［智利］
朱自清
雨桦
高尔斯华绥［英国］
何其芳
纪德［法国］
梁实秋
郁达夫
蒲宁［俄罗斯］
毕季清
从印象萌生
趟过人生这条河
从创作误区走来
萧红故里论萧红
远处飘来泥土的芬芳
相约春天
意犹未尽的阅读
热恋的家乡
情在无情地表达
我和草原有个约定
哈尔滨出版社

精准解读

散文的质朴与真情

吴新财 著

SANWEN DE ZHIPU YU ZHENQING

H.P.H
哈尔滨出版社
HARBIN PUBLISHING HOUSE

图书在版编目（CIP）数据

散文的质朴与真情 / 吴新财著 . — 哈尔滨 : 哈尔滨出版社 , 2021.7
ISBN 978-7-5484-5915-6

Ⅰ . ①散… Ⅱ . ①吴… Ⅲ . ①散文评论—世界 Ⅳ . ① I106.6

中国版本图书馆 CIP 数据核字 (2021) 第 049910 号

书　　名：**散文的质朴与真情**
SANWEN DE ZHIPU YU ZHENQING

作　　者：吴新财　著
责任编辑：韩伟锋　赵　芳
责任审校：李　战
装帧设计：青岛金麦人文化传媒

出版发行：哈尔滨出版:（Harbin Publishing House）
社　　址：哈尔滨市香坊区泰山路82-9号　150090
经　　销：全国新华书店
印　　刷：青岛国彩印刷股份有限公司
网　　址：www.hrbcbs.com　　www.mifengniao.com
E - mail：hrbcbs@yeah.net
编辑版权热线：（0451）87900271　87900272
销售热线：（0451）87900202　87900203

开　　本：710mm × 1000mm　1/16　印张：15　字数：260千字
版　　次：2021年7月第1版
印　　次：2021年7月第1次印刷
标准书号：ISBN 978-7-5484-5915-6
定　　价：78.00元

吴新财　小说家，散文家，诗人，评论家，出版家。

序言 1
给勤奋插上飞翔的翅膀

铁流

朋友之间的友谊就是从交往中产生的。

青岛作家吴新财是我的朋友。他年龄小我，我通常都称他小兄弟。称他为小兄弟是因为在跟他交流时，能感受到兄弟般的情怀。

最初，我知道他写小说亦写散文。在他的文学创作长廊里，散文是占很大园地的，还获得过冰心散文奖。在小说创作上，出版了多部长篇，还结集出版了中篇小说集和短篇小说集。无论是数量和文学品质上，都是可圈可点的，这也呈现出了一个作家的分量与价值。近年来，让我意外的是，他突然又写起了文学评论和诗作，一如他以往的节奏，是呈阵势地往前推进的，且也都受到了读者的喜欢。这种创作速度是惊人的，也是少见的。

在我的眼里，新财是位非常勤奋而有才华的作家。

一位作家仅有才华是不够的，还必须勤奋。如果只是勤奋，没有才华，也是不行的，如果把才华与勤奋加在一起，形成综合力量，这样的作家肯定是有爆发力的。

新财还没达到著作等身的地步，知名度也没有那么大，但他有这种势头，也有这种能力，更具备这种实力。

新财又要出版新书了，出于对我的信任，邀我为新书写序。

这部《散文的质朴与真情》是散文评论集。新财在书中对鲁迅、梁实秋、萧红等国内著名作家的散文作品进行细读，阐释了自己的观点，还对纪德、聂鲁达、蒲宁等获得诺贝尔文学奖的国际著名作家的散文作品进行了分析、解读。新财的这种魄力，这种观点，这种思维，还有他的勇气，是值得学习和赞赏的。在书中，新财还对几位在创作路上行走的青年作家的散文作品进行了剖析。这部书贵在于解析，细说，写作手法新颖，有独特之处，并且能让读者从字里行间感受到原作品的优与劣。这就更显出了此书的价值。从中可以看出，新财在写这部书时，是很用心的。

当前评论作品相对较少，好的评论作品更是少之又少，作为青年作家也好，作为青年评论家也罢，新财出版这部《散文的质朴与真情》散文评论作品集，对文学界无疑是一件喜事。

多余的话我就不多说了。希望新财用勤奋给自己的文学创作插上飞翔的翅膀，在不远的将来，让我们看见更多更美丽的创作风景。

（铁流，山东省作家协会副主席，山东省报告文学会长，青岛市文联副主席，国务院特殊津贴专家，山东省齐鲁文化名家。曾获鲁迅文学奖、中宣部“五个一工程”奖等多种奖项。）

序言 2
有生命热度的文字

温奉桥

吴新财先生是青岛近年涌现出的具有全国影响力的作家。在与吴新财的交往过程中，他对文学的少年般炽热、纯真的情感，每每令我感动。吴新财在利用业余时间从事创作，几十年如一日，如果没有一种对文学的执着精神，在繁杂的工作与生活中，是很难做到的。也许是他的执着和热情感动了缪斯，最近几年，他在文学创作上冲刺般前行，跃上了新境界，获得了广泛好评。

吴新财是文学创作上的多面手，出版过多部长篇小说，中、短篇小说，小小说等作品，在各种体裁领域都有不俗的斩获。散文《牵挂的季节》曾获第八届冰心散文奖。吴新财早年曾有北大荒生活经历，于是有了后来的长篇小说《情在何处》（上、下部）。二十七年前，吴新财回到了故乡青岛，青岛柔性的海风，壮阔的大海，别样的城市建筑，优美的居住环境，再次激发起了吴新财对文学创作的性灵。之前，陆陆续续读到过吴新财很多作品，但是，当我读到这部《散文的质朴与真情》评论集时，我还是不禁吃了一惊，是意料之中的事，也是意料之外的事，吴新财连续出版了两部评论著作和更多的作品，这种速度，这种勤奋……我为之感到欣喜、激动。

文学批评的本质是“灵魂企图与灵魂接触”，恰如法朗士的名言：“好批评家是这样一个人：叙述他的灵魂在杰作之间的奇遇。”确切地说，吴新财的文学批评是一种鉴赏式批评。鉴赏式批评的第一要求就是要从自己独特的阅读体验和审美把握出发，引领读者品味作品独特艺术感受和艺术魅力，最忌呆头文章、大而空。读吴新财的评论作品，我感受最深的是他鲜明的文学个性。

这部《散文的质朴与真情》评论集中的绝大多数文章曾在报刊上读过，这次集中阅读，又有了新的感受。一是吴新财的评论是有生活质感和生命热度的批评与赞赏，是感悟，更是生发。与学院派评论作品相比，吴新财的评论多了一层活泼、清新和毛茸茸的生活感，还有音乐般的抒情，极少理论性、逻辑性的分析。他的文字就像林间的清风，像山涧流淌的清泉，字里行间跃动着活泼、清脆的生命音响。二是真诚。文学批评最忌矫揉造作，最忌为赋新词强说愁，真诚的文字首先源于作者是真诚的人。很显然，这部《散文的质朴与真情》评论集中的文字都是在具体阅读过程中有感而发，无论谈什么，从什么角度来谈，都有一个共同特点，那就是真诚。情感是真挚的，文字也就是真诚的，是情感的自然流淌，因而，也就流露出一股自然的灵性。三是有生活有理解有灵性。吴新财的文学评论是领悟，是发现，更是理解，是心灵与心灵的对话，更是思想和思想的交流与碰撞。

因为《散文的质朴与真情》这部书具有生命般的热度，迸发似的能量，所以能够轻而易举地打动读者，感动从事文学写作的人。

作为新财的朋友，他出版新作，嘱我写几句话，我感到高兴，不揣浅陋，以示祝贺。

（温奉桥，中国海洋大学文学与新闻传播学院教授，博士生导师，中国作家协会会员，青岛市文艺评论家协会主席，中国海洋大学王蒙文学研究所所长。）

序言3
往事并不如烟

高玉昆

时间在不经意间从指尖流走，往事如烟。

生活却在过往的岁月留下诸多记忆，往事并不如烟。

对于海滨名城青岛，我曾有过不止一段的难忘的旧事。在我眼里，这是一座每天都洋溢着如海浪、潮汐般永不停歇的青春梦想和艺术律动的活力之城。这里向来就是文艺家的游览、客居或定居选择地，是艺术家心灵涵养和身心休养的圣地。

从闻一多、沈从文到老舍、洪深，他们许多精品创作都在这里完成，半部中国现代文学史与青岛直接相关。青岛，文学的传统、文脉的传承源远流长。在新时代的今天，青岛的发展可谓日新月异，但她始终不改自身的山海底色，延续着她与文学的无尽根脉和无限情缘，吸引、激励着数不尽的作家、艺术家为这座城市、这片土地奉献出更多的艺术作品。

青岛作家吴新财邀我为《散文的质朴与真情》散文作品欣赏集作序，不由勾起了我对往事的回忆。我的记忆迅速回到了几年前与吴新财相识的往事中。好像是在 2015 年 12 月的时候，我们《散文百家》杂志到青岛市进行工作交流，我与新财相识了。

12 月的青岛比邢台的天气暖和些，海风的丝丝凉意使我们这些客人消除了旅途的疲劳，心情很好。当晚，我们是在一家酒店见面的，新财尽地主之谊，为我们接风。文学友人在饭桌上酒是少不了的，我们喝的是法国红酒和青岛啤酒。朋友相聚，话语投缘，气氛非常洋溢。这时我知道十多年前新财就已经在《散文百家》杂志上发表作品了。

新财在创作方面涉猎广泛，他创作散文，长、中、短篇小说，出版了多部有影响力的书。近年新财又开始文学评论的创作了。他对作品进行解读。正如青岛市文联原党组书记、曾任青岛市文学创作研究院原院长、《青岛文学》主编牛鲁平，在《诗意随处闪耀》序言中所写："新财以破冰攻坚的执着精神，边阅读边创作、边创作边发表、边发表边编辑，以多面手的风格，一路凯歌，用最快的速度完成了《诗意随处闪耀》这部书。”如果说新财此前出版的《诗意随处闪耀》诗歌作品欣赏集，展现了文学创作的另一面，那么，这部《散文的质朴与真情》散文作品欣赏集是在评论创作方面的大力推进。

新财的每部书都制作精良，反响非常好，中国作家网、山东作家网、各地报刊等都给予了高度关注。

这部《散文的质朴与真情》散文作品欣赏集，收录的作品，基本在杂志上发表过了。这部散文作品欣赏集与此前的诗歌作品欣赏集，两部不同的书，成为新财在文学创作的写照，并肩运行，如同运动场上奔跑的运动员，健步奔跑在文学创作的路上。

岁月仍在前行，我们还不算老，青春依在，祝愿新财在今后的文学创作中越走越好。新财在岁月映衬中，文学创作的身影更加矫健，呈现出更多更好的作品。

（高玉昆，中国作家协会会员，国家一级作家，《散文百家》主编。）

前 言
再 战

我如果把文学创作比喻成人生中的特殊战争，那么，战争的主动权在我，我可以打，也可以绕行或放弃。但是我想打起人生中的这场文学战争，并且想打出成效；想打出战绩；想打出辉煌；想打出人生的高度与品质。

我喜欢文学，也爱好文学创作。如果我不创作文学作品，就好像生活中少了什么似的，或没了精神支点。我好像因文学而生，因文学来到世间，又好像因文学而存在。如果没有了文学，就失去了自己的人生价值。可是文学创作对无名作者来说，又是那么高不可攀，难以取得成绩。在文学创作的过程中，开始时是较为艰难的，会遇到各种障碍，障碍如同作家或作者的敌人，在阻止作家或作者前行。路漫漫，文学路上艰难与困惑同在。作家或作者，如果想取得文学创作成果，就应该具备与敌人作战，不畏险阻的能力与决心。

我具有这样的决心与意志。

当我准备就绪，整装待发，进入创作状态时，就把自己当成战斗在前线的勇士、将军……不怕牺牲、冲锋陷阵。

我必须打败、征服、阻止我在文学路上前行的敌人。

我在与敌人激战时，战斗地点处在人生中不同时期。发生战争的规模大小不同，战场形势也不同，取得战绩有大有小。

在文学创作中，不管如何艰难，不管环境怎样恶劣，我一直是努力的行者，渴望以胜利者的姿态出现。

我一场接一场地与敌人激战，一步一步地从战争中走来。

我在发表、出版多部长篇小说、中篇小说、短篇小说，上百篇散文后，在2018年突然笔锋一转，把“枪口”对准了文学评论阵地，展开了对文学评论阵地的全面进攻，奋不顾身，勇往直前，杀入敌阵。

这是一场突发性的文学创作战争，也可以说是我在文学创作中的一场战役。我之所以把文学评论称战役，因为这场文学战争对我来说难度较大，而又发生得突然，我必须全力以赴，背水一战，有着不怕牺牲精神，才有可能胜利。

果然，我的努力没有付之东流，2018年，经过8个多月的奋战后，多家杂志发表了我创作的诗歌文学评论欣赏作品，那部《诗意随处闪耀》作品欣赏集，按照计划出版发行了。这部书出版后，虽然有些遗憾，但达到了预期效果。

内蒙古作家杨庆发先生多次，而动情地说："吴老师，你写的诗评比我的诗好，你再写部散文评论集，或小说评论集吧。"

……

虽然各地作家、读者，给予了我文学评论作品高度肯定，但在是否继续创作评论作品的岔路口，做出怎样的选择，我犹豫了。我知道如果想创作出好的评论作品，就得用心读原作，反复推敲，用心体会原作的思想与框架结构，这样不只是费时，难度也大……可是，写一篇两篇……零打碎敲，零七八碎，体现不出成果，价值小，不如把这种写作转化为成果。如果想体现作品价值，使其有影响力。就得结集出书，出书就得创作出多篇评论作品，就得放弃创作其他体裁作品的计划。

我应该怎么选择呢？

我思量再三，决定创作这部《散文的质朴与真情》散文作品欣赏集，又称散文评论集。这样能与《诗意随处闪耀》诗评欣赏集同行，两部作品欣赏集的书出版，有着互补性，如同双腿走路。我想让这两部作品欣赏集，矫健、潇洒地走在通往文学殿堂的大道上，或是穿梭在布满荆棘的小径中。

也许，这是我文学创作战争中的又一个前沿阵地。

虽然创作散文作品欣赏集难度较大，可我认为不会比刚从事写作时困难多。

我是在黑龙江省北大荒生产建设兵团（后改称黑龙江省北大荒垦区，现是黑龙江省北大荒集团公司）生活时，开始文学创作的。那时发表作品困难特别大，但我具有生产建设兵团人的开拓精神。

北大荒垦区是由部队转业官兵扎根边疆，屯垦戍边，保家卫国创建的。1979年，我读小学时，中国打响了对越南自卫反击战，苏联陈重兵在中、苏两国东北边境。我国东北一级备战。我生活的北大荒生产建设兵团，各基层单位武器出库，主要有机枪、冲锋枪、步枪等枪械，民兵全副武装，实弹练习杀敌本领。办公室昼夜有人值班，随时随地准备与来犯之敌拼杀。

既然我是文学创作战场上的战士，就应该具有战略性思维与目光。

我从初期在报纸、杂志上发表豆腐块般大小的新闻报道文章开始，一路前行，行进在创作战斗的前线……成为中国作家协会会员，山东省作家协会文学期刊及编辑出版委员会委员，从县团级、市级、省级奖，到国家级奖……可谓是过关斩将，踏遍荆棘，取得了创作成果。

文学界自古以来就不是风平浪静之地，这样或那样的风波此起彼伏，不同声音在喧嚣，呈现着文人相轻的局面。我所在的城市——青岛也是这样。

我是因为文学来到这座城市工作的，转眼间，在这座城市生活了近三十年，三十年啊！弹指一挥间，从年少到中年，脸上褪去了青春，皱纹悄悄爬上额头，黑发变成了白发……情感融入这座城市中。

我喜欢青岛，我喜欢大海，我喜欢海滨美丽的风情，我深深地爱着这座城市。我目睹了这座城市近年来的文学发展与变化。

文学界阴险小人有之，口蜜腹剑人有之……派别纷争，明枪暗箭，你来我往……为什么呢？

名利吧！

私欲吧！

文学创作的战争似乎已经发展到了文学以外，体现的不只是作品成果，而是含有计谋、社会背景，或是女人的容貌，派别的力度……

回顾古时的文学界，文人与文人之间也有争战……有益处吗？

我也想到了普希金跟对手的拼杀，无论普希金多么有才华，无论他创作出多么优秀的诗篇，结局是他死在了对手的手中。这无疑是文学创作者的悲哀。

如果把文学创作当战场，那么自古以来就有搏斗。某天，我做了梦，梦见岳飞与秦桧了。岳飞是武将，秦桧是文官。虽然秦桧不会武功，打不过岳飞，但秦桧有计谋，手段高明，他利用计谋击败了岳飞。岳飞惨死在秦桧手中。

当然，只凭秦桧的能力是杀不死岳飞的，可秦桧找皇帝帮忙了。皇帝大权在握，岳飞必死无疑。岳飞死是小事，关键是影响到了大宋江山的安危。秦桧可以不考虑江山安危，只考虑个人得失，但皇帝应该考虑到江山存亡，百姓福祉……所以说与秦桧同谋杀害岳飞的皇帝是昏君。

秦桧损害的不只是岳飞的个人利益，而是宋朝的大局。

如果某省某市某地出现了像秦桧这种玩弄权术，阴险的文学小人，由小人主管文学部门的权力，这是当地文学界的悲哀，这是文学工作者的不幸。

我是看不惯小人当道的，似乎有着愤愤不平。我曾跟一位年长我许多，在政府机关工作多年，局级职务的文学友人说："XXX 坏透了，真想给他一刀。"

这位年长的文学友人懂得人间沧桑，阅历丰富，看事情心明眼亮，语气平稳地劝我说："你比他年轻，比他创作精力旺盛，何不把这种想法用在创作上呢。"

我发狠地说："XXX 太坏，阳奉阴违，两面三刀，老领导让他耍弄了好几个……"

年长的文学友人说："这种人太多了，你能对付得过来吗？"

我说："XXX 有什么成绩。"

年长的文学友说："你说对了，你多出成绩，作家最终还是以作品证明实力的。"

我认为这位年长的文学友人说得有道理，就算我能消灭 XXX，可能还会出现张三李四，张三李四可能比 XXX 更坏，更损人利己，我就算是赴汤蹈火，粉身碎骨，也阻止不了阴险小人出现在文学界中。何况 XXX 没直接影响到我，我与 XXX 也没什么往来，我只是看着不公正，直言……那么，我就把精力用在创作中吧。

开弓没有回头箭，既然我已经披挂上战场，横刀立马，又何惧是什么战场呢！我策马扬鞭，挥动手中的战刀，刀光闪闪，杀向《散文的质朴与真情》作品欣赏集的创作中。我深信汗水不会白流。

亲爱的朋友们，寒风过去就是春阳，应该学会感受阳光的美好。

祝安好。

吴新财

2020 年 2 月 18 日于青岛

目 录

CONTENTS

1 情思在岁月中涌动 1

读巴勃罗·聂鲁达［智利］散文《归来的温馨》

2 趟过人生这条河 8

读王立辉散文集《大河之蜕》

3 与三毛同行 17

读三毛散文《沙漠观浴记》《江洋大盗》两篇

4 从创作误区走来 35

读陶孝民散文及其他

5 用心境关注人生 48

读车克全散文《醒》《与星辰对话》两篇

6 我和草原有个约定 55

读杨庆发散文《亲近草原》

7 由心灵之光折射的激情 67

读安德烈·纪德［法国］散文《沙漠》

8 相约春天 73

读岳静华散文集《枫韵》及随想

9 游走在张爱玲的情感世界里 88

读张爱玲散文集《流言》

10 从印象萌生 100

读姚玉霞散文《印象》

11 散文的质朴与真情 109

读鲁迅《风筝》，何其芳《雨前》及巴金《海上日出》

12 热恋的家乡 129

读黄玉凤散文《山沟沟的别样年华》

13 萧红故里论萧红 139

读萧红散文《初冬》

14 远处飘来泥土的芬芳 147
读刘方计散文简谈
15 闲情逸致的散文 152
读梁实秋散文《雅舍》
16 乡野生活的记忆 157
读帕尔·费比安·拉格奎斯特［瑞典］散文《父亲与我》
17 意犹未尽的阅读 165
读林语堂散文《秋天的况味》所想
18 我想在高原等你赏月 169
读毕季清散文《高原的月亮》
19 忧郁的情调 175
读郁达夫散文《故都的秋》
20 独特的风景 180
读雨桦散文《东北情结》及其他
21 行走在黑夜里 187
读伊凡·亚历克塞维奇·蒲宁［俄罗斯］散文《山口》
22 情在无情地表达 195
读田汉散文《月光》
23 散文中的情景交融 201
读夏丏尊《白马湖之冬》，朱自清《荷塘月色》及瞿秋白《一种云》
24 窥见到了世界 213
读约翰·高尔斯华绥［英国］散文《观舞》
后记 217
辛劳

情思在岁月中涌动

——读巴勃罗·聂鲁达［智利］散文《归来的温馨》

我比较喜欢智利作家巴勃罗·聂鲁达创作的《归来的温馨》散文。1971年巴勃罗·聂鲁达获得了诺贝尔文学奖，从而登上了世界文学高峰的领奖台。在他丰厚的文学作品中，散文《归来的温馨》释放着艺术光芒。

巴勃罗·聂鲁达在散文《归来的温馨》第一段写：

我的住所幽深，院内树木繁茂。久别之后，房子的许多去处吸引我躲进去尽情享受归来的温馨。花园里长起神奇的灌木丛，散发出我从未领受过的芬芳。我种在花园深处的杨树，原来是那么细弱，那么不起眼，现在竟长成了大树。它直插云天，表皮上有了智慧的皱纹，梢头不停地颤动着新叶。

在这段文章中作者对院里的树木进行了描写，通过树木成长，外观变化，证明了岁月流逝，表达了作者对住所的亲近感。

巴勃罗·聂鲁达在散文《归来的温馨》第二段写：

最后认出我的是栗树。当我走近时，它们光裸干枯的、高耸纷繁的枝条，显出莫测高深和满怀敌意的神态，而在它们躯干周围正萌动着无孔不入的智利的春天。我每日都去看望它们，因为我心里明白，它们需要我去巡礼，在清晨的寒冷中我凝然伫立在没有叶子的枝条下，直到有一天，一个羞怯的绿芽从树梢高出远远地探出来看我，随后出来了更多的绿芽。我出现的消息就这样传遍了那棵大栗树所有躲藏的满怀疑虑的树叶。现在，它们骄傲地向我致意，已经习惯了我的归来。

这段文章把树比喻为人，采用喻人写作手法阐释树与作者之间的关系。作者从外地归来，树木认出了作者，并且以期待的表情向作者致意。这句“现在，它们骄傲地向我致意，已经习惯了我的归来”证明作者经常外出，每次外出时间较长。因为外出次数多，时间久了，情感发生了变化，这种变化连树木都已经习惯了。

巴勃罗·聂鲁达在散文《归来的温馨》第三段写：

鸟儿在枝头重新开始往日的啼鸣，仿佛树叶下什么变化也未曾发生。

这段文章有着理性回归。这种回归与第二段呈现出反差。第二段表达了树对作者的期待，每个细节都写得形象、逼真，把期待之情写得饱满，意浓。而第三段是略写，有一笔带过之意，这样能吊足读者的阅读兴趣。

巴勃罗·聂鲁达在散文《归来的温馨》第四段写：

书房里等待我的是残冬的浓烈气息。在我的住所中，书房最深刻地反映我离家的迹象。

文章的第四段与第三段没有连续性，从表达的思想方面跳跃性较大。第三段写在院子里，而第四段写在书房里。文章中写书房才是最能反映出作者离开家，家中发生变化的地方。从这段文章看，前面对树的描写是为了把思想推向更深层。

巴勃罗·聂鲁达在散文《归来的温馨》第五段写：

封存的书籍有一股亡魂的气味，直冲鼻子和心灵深处，因为这是遗忘——

业已湮灭的记忆——所产生的气味。

这段写作者离开家时把书封存起来了。因为时间过去久了，屋中空气流通不畅，书籍散发气味。证明屋中的书很多，不是一本，或几本，如果只是少量几本，是散发不出气味的，就算散发气味了，也不会影响屋里的空气质量。作品中写书籍散发的气味影响了屋中的空气质量。而这里写的“气味”有着双重性，一种是真实的“气味”，而另一种是指生活的“气息”，生活气息要大于气味。

巴勃罗·聂鲁达在散文《归来的温馨》第六段写：

在那古老的窗子旁边，面对着安第斯山顶上白色和蓝色的天空，在我的背后，我感到了正在与这些书籍进行搏斗的春天的芬芳。书籍不愿摆脱长期被人抛弃的状态，依然散发出一阵阵遗忘的气息。春天身披新装，带着忍冬的香气，正在进入各个房间。

这段文章用自然环境抒发作者心绪变化。文章中写安第斯山在眼前，把山顶风光与室内书籍对比，从表层看是写自然状态与景观。而实际是流露作者离家时间久了，没有读书，内心产生空虚感，有着对读书的渴望。但文章中没直接表达作者的想法，而是以“书籍不愿摆脱长期被人抛弃的状态，依然散发出一阵阵遗忘的气息”表明了作者的心情，用平常语，通俗方式解释，就是正话反说。这是写作技巧的高明。

这段文章中说的春天应该是思潮，而不完全是季节的春天，有一语双关之意。

巴勃罗·聂鲁达在散文《归来的温馨》第七段写：

在我离家期间，书籍被弄得散乱不堪。这不是说书籍短缺了，而是它们的位置被挪动了。在一卷十七世纪古版的严肃的培根著作旁边，我看到萨尔加里的《尤卡坦旗舰》。尽管如此，它们倒还能够和睦相处。然而，一册《拜伦诗集》却散开了，我拿起来的时候，书皮像信天翁的黑翅膀那样落下来。

我费力地把书脊和书皮缝上，事前我先饱览了那冷漠的浪漫主义。

这段文章写出了作者面对书籍时专注的表情。也写出了作者离开家后有人移动过书籍，移动过的书籍没有作者在家时存放的规范、整齐，而显得凌乱。因为凌乱，各种书籍展现在作者面前。文章中写了几部书的书名，通过书名与种类，读者能了解到作者对哪个种类的书籍有偏爱之情。同时也写出了作者爱惜书的品德。这句“我费力地把书脊和书皮缝上”是最有力的说明。

巴勃罗·聂鲁达在散文《归来的温馨》第八段写：

海螺是我住所里最沉默的居民。从前海螺连年在大海里度过，养成了沉默的习惯。如今，近几年的时光又给它增添了岁月和尘埃。可是，它那珍珠般冷冷的闪光，它那哥特式的同心椭圆形，或是它那张开的壳瓣，都使我记起远处的海岸和事件。这种闪着红光的珍贵海螺叫“Rostellaria”，是古巴的软体动物学家——卡洛斯·德拉托雷，有一次把它当作海底勋章赠给我的。这些加利福尼亚海里的“橄榄”，以及同一处来的带红刺的和带黑珍珠的牡蛎，都已经有点儿褪色，而且盖满尘埃了。从前，就在有那么多宝藏的加利福尼亚海上，我们险些遇难。

读这段文章感觉与前一段没有连接性，文章脉络转变较大。但与本文主题“归来的温馨”接近，写出了海螺与作者的关系。由此引出了作者与古巴软体动物学家的友情往事。这是温馨的一种。

巴勃罗·聂鲁达在散文《归来的温馨》第九段写：

还有一些新居民，就是从封存了很久的大木箱里取出的书籍和物品。这些松木箱来自法国，箱子板上有地中海的气味，打盖子时发出嘎吱嘎吱的响声，随即箱内出现金光，露出维克多·雨果著作的红色书皮。旧版的《悲惨世界》便把形形色色令人心碎的生命，在我家的几堵墙壁之内安顿下来。

这段文章写作者在离开家时，把部分物品装在由法国松木制成的木箱里。

文章中只写了木箱里有维克多·雨果著的《悲惨世界》，而没有提及别的物品，这证明作者喜欢书，有珍藏书的习惯。

巴勃罗·聂鲁达在散文《归来的温馨》第十段写：

不过，从这口灵柩般的大木箱里出来一座塑像，她有一张妇女的可爱的脸，木头做的高耸的乳房，一双浸透音乐和盐水的手。我给她取名叫“天堂里的玛利亚”，因为她带来了失踪船只的秘密。我在巴黎一家旧货店里发现她光彩照人，当时她因为被人抛弃而面目全非，混在一堆废弃的金属器具里，埋在郊区阴郁的破布堆下面。现在，她被放置在高处，再次焕发着活泼、鲜艳的神采出航。每天清晨，她的双颊又将挂满神秘的露珠，或是水手的泪水。

这段文章有睹物情动般的描写。作者在看见装在木箱里的塑像时，想起了塑像的来历。塑像原本在法国巴黎被当成废品扔掉，偶然间，作者发现了塑像的价值，不远万里，远渡重洋，跨越国界，把塑像运回智利。因为塑像是作者从法国巴黎运回智利家中的，可见作者对塑像非同一般喜爱。作者把塑像放在高处，塑像给作者的生活增色很多。

巴勃罗·聂鲁达在散文《归来的温馨》第十一段写：

玫瑰花在匆匆开放。从前，我对玫瑰很反感，因为她没完没了地附丽于文学，因为她太高傲。可是，眼看她们赤身裸体顶着严冬冒出来，当她在坚韧多刺的枝条间露出雪白的胸脯，或是露出紫红色的火团的时候，我心中渐渐充满柔情，赞叹她们含着挑战意味发出的浪涛般神秘的芳香与光彩，而这是它们适时从黑色土地里尽情吸取之后，像是责任心创造的奇迹，在露天里表露的爱。而现在，玫瑰带着动人的严肃神情挺立在每个角落，这种严肃与我正相符，因为她们和我都摆脱了奢侈与轻浮，各自尽力发出自己的一份光。

这段文章以作者对玫瑰花的观念展开，表达了倾诉之情。从前作者反感玫瑰花，而反感的原因是玫瑰花超俗，不接地气。当作者看见玫瑰花在严冬绽放时，改变了以前观念，从反感到接受，并且心生柔情。文章中通过作者对玫瑰花观念的改变，说明对某件事物的理解，有时与环境，或心情有关。不同环境，或不同心情，对事物的理解是不同的。

巴勃罗·聂鲁达在散文《归来的温馨》第十二段写：

可是，四面八方吹来的风使花朵轻微起伏、颤动，飘来阵阵沁人心脾的芳香。青年时代的记忆涌来，令人陶醉：已经忘却的美好名字和美好时光，那轻轻抚摸过纤手，高傲的琥珀色双眸以及随着时光流逝已不再梳理的发辫，一起涌上心头。

这段文章集中性概括了作者此前的人生历程，把从前的岁月风光浓缩成一道风景，以情感之美进行释放。这句“四面八方吹来的风使花朵轻微起伏、颤动，飘来阵阵沁人心脾的芳香”是风景与心情的概括，而这句“已经忘却的美好名字和美好时光，那轻轻抚摸过纤手，高傲的琥珀色双眸以及随着时光流逝已不再梳理的发辫”是把岁月与生活的概括，而且两者的焦点是“一起涌上心头”，这是情思的归宿。

巴勃罗·聂鲁达在散文《归来的温馨》第十三段写：

这是忍冬的芳香，这是春天的第一个吻。

这句话是点题，也是总结性描写。因为“冬”与“春”是一年的开始与终结，省略了中间的生活岁月。文章用冬与春两者的交融，达到了文思与心情共存的温馨。

智利著名作家巴勃罗·聂鲁达的这篇《归来的温馨》散文，通篇分为十三段。文章通过离家多日，归来时岁月发生了变化，看见家中的景物，萌动情丝，触景生情，抒发情感，以雅致语句形成作品。作品主要以树木、花草、书房等多处熟悉的生活环境，完成作品框架结构。因为作者有这样的生活经历，同时又是文采飞扬的诗人，所以作品写得细致、沉寂而情深。

我在读过《归来的温馨》散文后，感受到了著名作家语言的朴实与思想的宽广。文学作品的艺术高度不只是体现在文章结构方面，更主要体现在思想方面。优秀作品必定有闪光的思想，释放艺术魅力。

巴勃罗·聂鲁达不只是优秀作家，还是成功的外交家。他先后三次来访中国，曾任智利驻科伦坡、雅加达、新加坡、布宜诺斯艾利斯、巴塞罗那、马德里等各国家、地区的领事或总领事。他到过世界许多国家，这种游历世界的生活经历，为创作《归来的温馨》散文积累了情感素材。

虽然散文《归来的温馨》是优秀作品，但作者的创作成就是体现在诗歌方面。作者是杰出的优秀诗人。诺贝尔文学奖评委在1971年授奖时，称巴勃罗·聂鲁达的诗作为“情诗、哀诗、赞诗”。我在读散文《归来的温馨》时，感受到了诗句般的美。

巴勃罗·聂鲁达：原名内夫塔利·里卡多·雷耶斯·巴索阿尔托。1904年7月12日出生在智利的帕拉尔城。早年丧母。父亲是铺路司机。读中学时开始写作。第一次发表作品是1917年7月，在特木科《晨报》发表《热情与恒心》的文章。1923年出版第一部诗集《黄昏》。诗《节日之歌》获智利学生联合会举办的文学竞赛一等奖。1945年获智利国家文学奖。1950年获加强国际和平奖。1971年10月获诺贝尔文学奖。小说《邮差》被译成30余种文字，同名电影荣获第68届奥斯卡金像奖。1973年9月23日逝世。

发表在2019年4期《新安江》杂志
发表在2019年6期《武夷》杂志
发表在2020年5月27日《营口日报》

趟过人生这条河

——读王立辉散文集《大河之蜕》

1

时光荏苒，岁月如梭，不知觉中2018年已经悄然过去。在我们的生活中不管是伤感，还是快乐，无论是不如意，还是随心，都无法挽回逝去的人生岁月。那些生活往事只能成为岁月的痕迹，遗留在记忆里，被时光抛弃。

2018年我做了些应该做的事，但有些应该做的事却因各种原因没有做。比如我想为江苏作家王立辉著的《大河之蜕》散文集写读后感这件事，就是应该在2018年做，却没有做的事。

我在2019年开篇，也就是新年写的第一篇文章，就是为王立辉著的《大河之蜕》散文集写读后感了。

王立辉这部《大河之蜕》散文集已经寄给我一年时间了。虽然一年时间不算长，但也不算短。毕竟人生中没有多少个一年，如果用年来组成人生的路线图，这应该是简短的时间结构。如果说想为一部书写读后感，或抒发点感怀，这么长时间没写，确实有些长了。

王立辉是江苏省滨海作家协会主席，本职工作是在人力资源和社会保障局，业余时间写作。他不只是写散文，还创作了许多报告文学作品。他是中国报告文学会员，中国散文学会会员，江苏省作家协会会员。他获过《农民日报》征文一等奖，出过好几部书……从而可见他的勤奋与写作才华是突出的。

他的《大河之蜕》散文集是由南京大学出版社在2018年1月出版的。全书16.5印张，16开本，21万字，分为四个章节。

第一章节为：大河之蜕。

在这个章节中收录了写自然风景的作品。在书的第 11 页，收录了《故黄河月亮湾》这篇作品。文章开头写：

城里住久了，不时想起故乡的大海，还有那海边一望无际的芦苇。虫吟、蛙鸣、鸟啼，月明星稀，萤火点点。咸腥海风轻摇海浪，像奏着一曲《月光曲》。

虽然这行文字简短，但写出了对生活环境的感受。社会在发展，物质生活在提高，在现代化进程中我们的生活环境发生了巨大改变。原来的自然环境被城市钢筋水泥建造的楼宇包围着，人们穿梭在楼宇中，街道间，如同生活在缝隙里。城市环境给人们造成了隐形的心理压力，似乎也束缚了人的思维。

人的可贵之处在于思想。文学工作者，或艺术工作者的思想有着独特性。作家对环境，对事物的思考通常是敏锐的，轻轻一碰就会触动心灵，产生思想的火花。

王立辉是从乡村走入城市生活的。在城市生活的时间远远超过了在故乡的时间。离开故乡久了，有一种困惑，时常怀念在故乡生活的场景。所以他写：

城里住久了，不时想起故乡的大海……他想起故乡的风景，想起往事，这种回想是追忆性的，也是对自然环境，对原始风貌的渴望。

如果说王立辉在《故黄河月亮湾》作品中写出了对自然环境，对原始风貌的感怀，那么他在《留得残荷守雪香》这篇文章中写的应该是生命价值，是在写人与自然相互依存的关系。

这种依存，这种生命的价值，在《留得残荷守雪香》作品中得到了充分展示。

这篇作品收录在书的 75 页。也是第一章节中的最后一篇文章。文章的第二段这么写：

推门而出的瞬间，我的所有感官似乎全部洞开，灵魂全部解放。不远处的池塘，镜面般的水面，已薄薄地结了一层冰。荷早已风华不再，花凋香渺谢红妆。我由性子，撑起折叠伞，踏雪寻香，走向池塘。那荷一支支，一簇簇，有的被折断，有的银装素裹，凋落的叶子卷曲着，潦倒着，甚至腐烂。生命已离它远去，然而它却倔强地、尽可能地站立着，而不肯倒下。它虽然无言无语，却憧憬着、期待着那留在黑色污泥下面，孕育着的无限生命。

王立辉在《留得残荷守雪香》文章中写出了生命的价值。这是篇以写自然景观为主线的作品。写自然景观的作品有许多，但主要只分为写情，写景，写内在生命价值。这篇《留得残荷守雪香》作品就是写生命价值的。

作者走出屋，对生活有了新感觉。这种感觉是从何处萌生的呢？我想可能是环境的改变，从室内到室外，室内狭小，是有束缚感的，而室外是空旷的，是广阔的，所以在室内的想法与在室外的想法是不同的。

当作者走到池塘边时，看着荷的变化，触动了思想，产生了灵感。作家对荷的外观，形状，场景……进行了细致描写。这种描写本意是想体现生命顽强精神。

我们可以从“生命已离它远去，然而它却倔强地、尽可能地站立着，而不肯倒下”这行文字中感受到那种精神，同时也写出了是在什么季节。

这是写在冬季。冬季不适合荷的生长。荷在这个季节将结束生的希望，然而，荷却顽强与自然抗争。

文章中接着又写“它虽然无言无语，却憧憬着、期待着那留在黑色污泥下面，孕育着的无限生命”。这行文字是对前面文意进行更深剖析。文章中写荷虽然不能像人似的用语言表达想法，但也有着对生的渴望，也有着对美好的期待与憧憬。

虽然生命有限，但希望是无限的。

从这段文字中能看出王立辉写作特点，能看出思想与自然的结合。这种借用自然环境，对植物的生长环境展开描写，是有意体现生命价值。

2

王立辉的《大河之蜕》散文集，把第二章节定名为“哦，童年的麦地”。从这个章节题目看，能感觉到这个章节里收录的作品是与成长有关，与故乡有关的。

在第二章节，也就是书的119页，收录了《怀念一只麻雀》这篇作品。从作品的题目看是没有新意的，我们都熟知麻雀，也知道“怀念”这两个字的含义，不用过多解释，可以直接理解是对一只麻雀的怀念。这是很普通的语句，那么，王立辉为什么写这篇作品呢？这么写能写出新意吗？

我带着疑问，细心品读《怀念一只麻雀》这篇作品。文章第一段这么写：

童年，是许多不成形的画面，点点滴滴，好像各不相干，好像不可理解，又似乎隐含着生命最初的纯真善良和爱，成为我一生挥之不去的记忆。

这段文字没有写麻雀，似乎与麻雀毫不相干。但是在这段文字中突显出了童年，并且写出了童年的生活。

王立辉写“童年，是由许多不成形的画面，点点滴滴，好像各不相干……”他写的是真实生活经历。

童年是天真烂漫、无邪、充满好奇的人生阶段。虽然看上去童年的生活每件事，每段生活经历与成长没太大关系，相连不紧密，而实际上童年生活是人生中最重要的成长阶段。我们对童年时经历过的生活，或事情，有时一生都无法忘怀。童年的生活经历往往影响着思想观与世界观形成。世界观与思想观对人生的成功与失败起着非常重要作用。

所以说童年是人生成长的重要时期。

作品中明确地写了“好像不可理解，又似乎隐含着生命最初的纯真善良和爱，成为我一生挥之不去的记忆”。这行文字写出了作家本人对童年往事记忆是深刻的。

王立辉在《怀念一只麻雀》这篇作品的第一段，写出了童年与成长相关，也写出了记忆的深度。可他没写麻雀与人生、麻雀与生活的关系。这或许是有意把麻雀放在后面来阐释。

在这篇作品的第二段写道：

我喜欢麻雀是因为童年时代的记忆，也是因为一只麻雀，我再也没有饲养过鸟类，因为那遥远的往事给我带来过伤感。

王立辉在这段文字中写出了跟麻雀的关系，也写出了因为有了对麻雀的伤感，对别的鸟类不再接触了，好像接触了，就会触碰心灵的伤痛。

人生中最难治愈的就是心灵创伤。这种创伤往往会伴随一生。

文章在第四段写：

我最早“结识”麻雀，是在孩提时代。由于家庭贫困，我常感觉饥饿难忍，就伙同几个同学，晚上去逮麻雀。用手电筒光对着站在树上的麻雀，它就一动不动，我用弹弓打它们，百分之七八十命中。小伙伴们常常把它们煮、烧、烤、炸着吃，味美酥香……

这段文字写出了生活的贫困及生存的艰难，也体现出了残忍。为了改善生活，为了解决温饱，孩子们捕捉麻雀，用麻雀充饥。孩子们的心灵本应是善良、纯净的，然而为了生活，迫不得已去杀生。这是生活的无奈。这种事情的发生不是孩子们的错，也不是父母的过错，而是那个贫穷时代的错。

我读到这段文字时不禁回忆起往事来，眼前仿佛出现了数十年前的生活场景。

那时我在黑龙江的北大荒生活，好像还没有入学读书。记得那年冬季，有几个下乡城市知识青年拿着气枪，在树林中打麻雀……物质生活有时决定人性的本质。

无论多么高尚的人，在生存与道义两者面前，首先选择的是生存下去，而不是道义。只有生存下去，才能考虑别的事情，如果生命终结了，任何事情都不存在了。

王立辉把这段文字写到了深处，读后触发心灵的琴弦。但这种声音不是悠扬，而是低沉与浑厚，甚至有点哀鸣。

在这般困难生活时期还收养了一只麻雀，这段文字写：

可是可怜的小麻雀没人管了，我只好跟母亲说收养小麻雀。母亲叹了口气，就同意了。

我常常喂它一些高粱米或从田野里捉来的小虫。麻雀慢慢长大了，不能老放在笼子里，我经常让它出来走动。它一高兴就跳到我的手背上……

这段文字写出了与麻雀的亲密接触。这种接触体现出了孩子的童心，还有善良的人性，也是人之初性本善的体现。

其实，人出生时原本性情全部是善良的，只是在成长过程中受到了环境影响，促使某些人的性情发生了改变，从而出现了善良与丑恶，也就是人们通常说的好人与坏人。

生活中应该提倡善良行为。这样人生才会更有价值，社会才能良性发展。

在这篇《怀念一只麻雀》作品的倒数第二段写：

凡是美好的东西，总是让人铭心刻骨的。我无法忘记人生道路上的若干次邂逅。无论是一位无话不说、无心不交的朋友，还是一条伶俐忠诚的小狗，或一只轻盈飘逸的小鸟，共度一段美好的时光，真是一种幸福。而这种幸福，也是一种善与美的力量，能使我变得年轻、充实、高尚。

我想这就是作品的思想高度，也是这篇作品的价值所在。我个人认为王立辉的这篇《怀念一只麻雀》作品是非常有思想高度的。

3

王立辉的《大河之蜕》散文集，把第三章节定名为“仰慕崇高”。

从章节的题目看，显然是想体现思想性，人文性，也有着崇拜性，包含着敬仰之意。在这个章节中，也就是书的195页，收录了《不老的人生》这篇作品。

在这篇作品的开篇写：

一个人从呱呱坠地到走到生命的尽头，稀有的莫过于一百多年，更多的就是七八十年。由于疾病、灾祸等原因，许多人在不同年龄段上就结束了生命。说明不老的人生是不存在的。

这段文字阐明了人生的过程。写出了人生的时间表。

王立辉用简约的笔法概括了人生的时间，写出了每个人的生命都会结束，都不可能长生不老。

死亡会迎接每一个人。

既然生命是有限的，那么在有限的生命时间里应该做些什么呢？怎么生活才会有意义呢？

在作品的第九段写：

四月的一天，我非常想到乡间田野中呼吸新鲜空气，看看春天的自然景色，放松一下因多日劳累与压力而疲惫的身心。于是，我踏着自行车，钻进了数平方公里的油菜花地，就像一尾畅游大海的鱼，毛孔血管舒张。沉浸在花丛中，世界是多么的安静。听不到汽车喇叭声、广告声、电钻声、爆竹声……侧耳细听，只有嗡嗡的蜜蜂在花草间浅唱低吟，几声鸟鸣穿过树梢，温和的阳光洒在一片油菜花上，金光灿烂；柔和的春风送来一丝清香，令人心旷神怡。

这段文字写出了作者的心态。每个人在生活面前都是负重前行的。但这种负重是可以根据自己对生活的态度来调解，不用把生活的绳子绷得过紧。生活的绳子可松弛有度，松弛有度的生活才是最佳的生活状态。

记得著名主持人、演员倪萍在讲述自己年轻时一次拍摄电影的经历时，感慨地说，导演让她跳到冰冷的河水里，她什么也没想，就跳进去了，当时只想到把戏拍摄好，没考虑到冰冷的河水会影响身体健康。多年以后，她腿发病了，严重时上楼都不行，此刻她对年轻时，那次拍摄电影的经历有了醒悟，她说拍电影是为了更好地活着，而不是走向病痛，接触死亡。倪萍说的这段话让我记忆深刻。

因为人生最大的目标是活着。

王立辉《不老的人生》这篇作品中体现出了这种思想，这样的想法是正确的，也给读者了启迪。好的文学作品应该给人们带来思想的启迪，应该引导读者正确面对生活。

4

王立辉的《大河之蜕》散文集，第四章节名为“永远的鲁迅”。

鲁迅先生是作家，也是思想家，他是中国文化一面旗帜。多少年来都是文学工作者的偶像。从这个章节的题目来看王立辉是崇敬鲁迅先生的。

鲁迅先生是值得敬仰的作家，他的作品给读者许多启迪。然而，他的名誉也被当今许多事情误读了。比如鲁迅文学奖，这个奖项中的获奖作品不一定是代表鲁迅的想法，颁奖时好像也没有鲁迅的后人参加。实际上我们崇敬一个人，应该崇敬他的思想，把他的思想发扬光大，而不是用他的名誉作为宣扬的主题。

从这个章节的题目来看，王立辉是崇敬鲁迅思想的。

在这个章节中，也就是书的234页，收录了作品《这世界并非人人有心》。看文章的题目就知道是思想性作品。文章第一段写：

2011年10月13日17时30分，一出惨剧发生在佛山南海黄岐广佛五金城：年仅两岁的女童小悦悦走在巷子里，被一辆面包车两次碾轧，几分钟后又被一辆小型货车碾过。在之后的五分钟里一共有十位路人从悦悦身边经过，但每个人只是看看，没有一个人伸出援手，哪怕打一个报警电话。最后，小悦悦被一个捡垃圾的阿姨送往医院，但抢救无效离世了。

我读过这段文字后，心在抽动，感觉悲哀。这种悲哀不只是小悦悦离世了，而是人性的泯灭。我在想人性在哪里呢?

中华民族古往今来都提倡美德，可是连人性都没有了，哪还来得美德。我们的民族精神将往何处?

当许多人面对一个幼小的生命受到死亡威胁时无动于衷；在伤害到幼小的生命时不是抢救，而是想杀人灭口；在做错了事不想承担责任，而是想逃离……这样的民族还能称得上伟大的民族吗？这样的国家还有希望吗?

中华民族有着渊源几千年的历史，是有民族精神的国家。我们的国家，我们的民族是有希望的。

这样的希望我们没有从生活条件好的人身上看见，而是从那位送小悦悦去医院的捡垃圾的阿姨身上看见了。从捡垃圾的阿姨身上看见了人性的善良与良知。

人应该有正义感、同情心。不然，连动物不如。

动物还有群体生存观念呢。

王立辉在《这世界并非人人有心》结尾处写：

这世界并非人人有心。我们当务之急，是弘扬中华民族的传统美德，大力加强社会文化建设，大力推行诚信教育、道德教育、法制教育。我们的核心任务是树立法制权威，让人们对法律“惩恶扬善”的功能有信心，进而自觉按照规则和公共精神办事。

这段文字写出了观点，这种文风有着鲁迅先生的思想性。实际上我们崇敬鲁迅不只是他文章写得好，也因为他的思想触碰到了社会的敏感处。社会发展中是有弊端的，这需要指出来，如果面对弊端谁都不敢说，都在沉默，社会就不能良性发展。

正如王立辉写的“我们当务之急，是弘扬中华民族的传统美德，大力加强社会文化建设，大力推行诚信教育、道德教育、法制教育”。社会的发展，也是民族的发展，民族的优劣，主宰着社会的发展。

5

我在读过江苏王立辉著的《大河之蜕》散文集后，认为这是部写人生、写社会的书。书中收录的《大河之蜕》首篇作品是写黄河的。

黄河被称为中华民族的母亲河。

母亲是生命之源。

把写黄河的作品放在书的首篇，作为书名，可见这是篇分量很重的作品。在《大河之蜕》作品开篇写：

黄河，从古至今，其鸣哀，其歌壮，其流长。

它曾为民族的苦难而呜咽，为民族的屈辱而咆哮，为民族的前途而呐喊，为民族的解放而欢歌。黄河表现了民族不屈不挠的精神，蕴含着民族不可阻挡的力量。

这段文字写出了自然与人类的关系，用黄河衬托出中华民族的繁衍与精神。这是一种责任所在，这是呼唤与呐喊，不论是呐喊与呼唤，还是责任，都体现出作家的使命感。这或许也是《大河之蜕》这部散文集的价值与精髓。

我认为《大河之蜕》散文集是部抒写人生的书。

发表在 2019 年第 5 期《北极光》杂志

与三毛同行

——读三毛散文《沙漠观浴记》《江洋大盗》两篇

1

不久前我与一位初次联系的客户通电话，寒暄之后，聊起合作的事。因为聊得愉快，也就从工作方面聊到了生活中的事。他缓慢而客气地问：“你是哪里人？”

我说在青岛生活近30年了。

……

不知怎么，我挂断电话后，耳边萦绕起那首《橄榄树》了。这是由台湾作家三毛女士作词的歌曲。我喜欢《橄榄树》这首歌。

歌中唱道：

不要问我从哪里来 / 我的故乡在远方 / 为什么流浪 / 流浪远方 / 流浪

为了天空飞翔的小鸟 / 为了山间清流的小溪 / 为了宽阔的草原 / 流浪远方 / 流浪

还有还有 / 为了梦中的橄榄树 / 不要问我从哪里来……

这首《橄榄树》有着漂泊与追求梦想的含义。人们初次相识，在不了解对方时，常会随口问：你是哪里人？这似乎已经成为了人们的口头禅。

我认为不只是那位客户的问话触动了我的心灵，让我想起三毛作词的《橄榄树》这首经典歌曲，而是歌曲里那种追寻故乡情结的思想一直存在心中。

客户的问话只是点燃了我的情绪，燃成一股微弱的火苗，散发着淡淡的心绪之光。

我不只喜欢三毛作词的《橄榄树》，还喜欢三毛创作的散文作品。

我第一次看见三毛的书是在 1987 年春季里。虽然过去三十多年了，我记不清具体的日子了，但记得当时的场景。

1987 年 3 月初春的某天，祖国北疆寒意正浓，我乘坐齐齐哈尔开往哈尔滨的火车时，邻座是两位去哈尔滨读书的女大学生。她们在列车缓缓开动，车厢内停止了骚动后，拿出了书。我侧目看去，两位女大学生相貌谈不上俊俏，似乎有点丑。挨我坐的女大学生手中的书是三毛著的《撒哈拉的故事》散文集。另一位女大学生离我隔着一个座位，距离稍远，车厢内灯光暗淡，我没看清书名。她们边看书边交谈着校园的生活。她们的交谈及看书的表情吸引了我。虽然我知道三毛名字较早，但当时还没读过三毛著的作品。我想三毛著的书能如此吸引两位女大学生，一定很好。

我回到生活的小城，买了三毛著的《撒哈拉的故事》《梦里花落知多少》《雨季不再来》《哭泣的骆驼》《万水千山走遍》《稻草人手记》《送你一匹马》等多部书。

那时工资也少，普通读者很少有人一次性买这么多书。

我喜欢文学，愿意在买书、文学交流方面消费。如果我认为应该买的书，应该参加的文学交流活动，哪怕是节衣缩食，我也会做。

我在读过三毛的作品后，有耳目一新的感觉，开阔了视野。三毛的散文作品与我以前读过的散文作品，在创作风格与取材方面是不同的。以前我读的散文作品，行文拘谨，讲究语句的逻辑性，从而失去了作品的鲜活与生动性。而三毛的散文可读性与随意性强。语句的生活化冲淡了拘谨与死板，有着较强的画面感。比如三毛在《撒哈拉的故事》书中收入的《沙漠观浴记》这篇作品，读起来感觉就非常生活化。

三毛在《沙漠观浴记》的第一段写：

有一天黄昏，荷西突然心血来潮，要将一头乱发剪成平头，我听了连忙去厨房拿了剪鱼的大剪刀出来，同时想用抹布将他的颈子围起来。

语句中充满了生活与朴实的情感。读起来不只是轻松，还有着新奇。作者用剪鱼的剪刀剪头发，用抹布围颈子，这件事有着新意。

虽然这段行文简单，文意明了，但接下来就无法用段落评介作品了。

因为这篇《沙漠观浴记》主要由对话组成。有的一句话只有几个字，几个字为一行，行文如同小说。

现在许多小说，或散文作品，为了讲究深沉，或为了刻意制造点文学性，想体现出与众不同及作者的文学功力，故意把文字一大段一大段连续写。这种写法有的适合作品的主题与框架结构，有的根本不适合。不适合的如同东施效颦，弄巧成拙了。

三毛不是效仿小说的创作手法，也不是为了开辟散文的创作新方式，而是根据作品需要，从情感中流露出思想的灵性与光彩。比如作品中的这段对话：

“请你坐好。”我说。

“你做什么？”他吓了一跳。

“剪你的头发。”我将他的头发拉了一大把起来。

“剪你自己的难道还不够？”他又跳开了一步。

“镇上那个理发师不会比我高明，你还是省省吧，来！来！”我又去捉他。

荷西一把抓了钥匙就逃出门去，我丢下剪刀也追出去。

我在读这段文章时眼前仿佛出现了三毛与荷西嬉闹的身影。他们的表情、举止、如同电影画面似的展现着。如果不从文章的整体阅读，这段文章完全是运用了小说的创作手法。并且这是非常形象的刻画，使文章中的人物栩栩如生。

三毛的作品不只生活性与可读性强，文笔着落点也质朴。比如“荷西一把抓了钥匙就逃出门去，我丢下剪刀也追出去”这行语句写得非常贴切、真挚。

三毛在《沙漠观浴记》中有这样一段描写：

经过一间没有窗户的破房子，门口堆了一大堆枯干的荆棘植物。我好奇地站住脚再仔细看看，这个房子的门边居然挂了一块牌子，上面写着“泉”。

我心里很纳闷，这个垃圾堆上的屋子怎么会有泉水呢？于是我走到虚掩着的木门边，将头伸进去看看。

大太阳下往屋里暗处看去，根本没有看见什么，就听到有人吃惊地怪叫起来——“啊……啊……”又同时彼此嚷着阿拉伯话。

我转身跑了几步，真是满头雾水，里面的人到底在做什么？为什么那么怕我呢？

这时里面一个中年男人披了撒哈拉式的长袍追出来，看见我还没有跑，便冲上来想抓住我的样子。

“你做什么，为什么偷看人洗澡？”他气冲冲地用西班牙文责问我。

“洗澡？”我被弄得莫名其妙。

“不知羞耻的女人，快走，嘘——嘘——”那个人打着手势好似赶鸡一样赶我走。

“嘘什么嘛，等一下。”我也大声回嚷他。

“喂，里面的人到底在做什么？”我问他，同时又往屋内走去。

“洗澡，洗——澡，不要再去看了。”他口中又发出嘘声。

“这里可以洗澡？”我好奇心大发。

“是啦！”那个人不耐烦起来。

“怎么洗？你们怎么洗？”我大为兴奋，头一次听说沙哈拉威人也洗澡，岂不要打破砂锅问到底。

“你来洗就知道了。”他说。

“我可以洗啊？”我受宠若惊地问。

“女人早晨八点到中午十二点，四十块钱。”

“多谢，多谢，我明天来。”

我连忙跑去理发店告诉荷西这个新的好去处。

这段文章写作者在很脏乱的屋中，意外发现了洗澡的地方。作者对这种洗澡方式不了解，有着好奇。文章中作者与沙哈拉威中年男人的对话写得活灵活现，使文章产生了闪光点。

三毛在《沙漠观浴记》中还有这样一段描写：

推门进去，屋内坐着一个沙哈拉威中年女子，看上去精明而又凶悍，大概是老板娘了。

“要洗澡吗？先付钱。”

我将四十块钱给了她，然后四处张望。这个房间除了乱七八糟丢着的锈铁皮水桶外没有东西，光线很不好，一个裸体女人出来拿了一个水桶又进去了。

“怎么洗？”我像个乡巴佬一样东张西望。

“来，跟我来。”

老板娘拉了我的手进了里面一个房间，那个小房间大约只有三四个榻榻米大，有几条铁丝横拉着，铁丝上挂满了沙哈拉威女人的内衣，还有裙子和包身体的布等等，一股很浓的怪味冲进鼻子里，我闭住呼吸。

“这里，脱衣服。”老板娘命令似的说。

我一声不响，将衣服脱掉，只剩里面事先在家中穿好的比基尼游泳衣。同时也将脱下的衣服挂在铁丝上。

“脱啊！”那个老板娘又催了。

“脱好了。”我白了她一眼。

“穿这个怪东西怎么洗？”她问我，又很粗暴地用手拉我的小花布胸罩，又去拉拉我的裤子。

“怎么洗是我的事。”我推开了她的手，又白了她一眼。

“好，现在到外面去拿水桶。”

我乖乖地出去拿了两个空水桶进来。

“这边，开始洗。”她又推开一个门，这幢房子一节一节地走进去，好似枕头面包一样。

三毛在这段文章中写了走进浴室的所见所闻。她是已婚成年女性，对浴室是了解的。但这是在异国他乡的非洲撒哈拉沙漠，这是异国生活环境，接触的也是异国民族，生活环境与人们的处事方式跟三毛在故乡台湾不同，区别很大。

三毛走进浴室后有点发傻的感觉，比如文章中写：我像个乡巴佬一样东张西望。这证明三毛是初次接触这种浴室，对浴室内的环境陌生。

三毛面对陌生的浴室环境有些拘谨、腼腆、不好意思脱衣服反应。在老板娘的催促中她才脱了外衣，留着游泳衣。游泳衣是三毛去洗澡前刚穿上的。三毛换上游泳衣是有意穿着游泳衣洗澡，然而，老板娘对三毛穿游泳衣不解，很反感。这句“穿这个怪东西怎么洗？”表明老板娘的态度。在老板娘的思想意识中，洗澡就是脱得一丝不挂，光着身子洗。三毛这种不愿意脱光衣服、扭捏的表情引起老板娘的不悦。

从这段文章中能看出不同民族采用的洗澡方式不同。

三毛在这篇《沙漠观浴记》中的这段描写也是生动形象的：

泉，终于出现了，沙漠里第一次看见地上冒出的水来，真是感动极了。它居然在一个房间里。

那是一口深井，许多女人在井旁打水，嘻嘻哈哈，情景十分活泼动人。我提着两只空水桶，像呆子一样望着她们。这批女人看见我这个穿衣服的人进去，大家都停住了，我们彼此望来望去，面露微笑，这些女人不太会讲西班牙话。

一个女人走上来，替我打了一桶水，很善意地对我说："这样，这样。"

然后她将一大桶水从我头上倒下来，我赶紧用手擦了一下脸，另一桶水又淋下来，我连忙跑到墙角，口中说着："谢谢！谢谢！"再也不敢领教了。

"冷吗？"一个女人问我。

我点点头，狼狈极了。

"冷到里面去。"她们又将下一扇门拉开，这个面包房子不知一共有几节。

三毛在这段文章中写了两件事。第一件事写了这是在屋中的泉水。这是口泉水井，是浴室水的来源。第二件事写浴室中的洗澡方式。

文章中写沙哈拉威的女人用从地下打出来的水洗澡乐此不疲。而三毛却不适应这种洗澡方式。从文章中能看出来沙哈拉威的女人们对三毛这位陌生的异国他乡女人是友善与关心的。

三毛在散文《沙漠观浴记》中的这段描写读起来也有着耳目一新感觉。这段写：

我看见每一个女人都用一片小石头蘸着水，在刮自己身体，每刮一下，身上就出现一条黑黑的浆汁似的污垢，她们不用肥皂，也不太用水，要刮得全身的脏都松了，才用水冲。

“四年了，我四年没有洗澡，住夏依麻，很远，很远的沙漠——。”一个女人笑嘻嘻地对我说，“夏依麻”意思是帐篷。

她对我说话时我就不吸气。

她将水桶举到头上冲下去，隔着雾气，我看见她冲下来的黑浆水慢慢淹过我清洁的光脚，我胃里一阵翻腾，咬住下唇站着不动。

“你怎么不洗，石头借给你刮。”她好心地将石头给我。

“我不脏，我在家里洗过了。”

“不脏何必来呢！像我，三四年才来一次。”她洗过了还是看上去很脏。

这段文章写女人们洗澡时不用肥皂，或其他洗涤用品，而是用小石头刮皮肤。石头刮皮肤能造成皮肤损伤。在用石头刮到一定程度时才用水。这是节约用水，反映出了生活条件的艰苦。

此前三毛应该是没遇见过用这种方式洗澡的。

文章中这句“不脏何必来呢！像我，三四年才来一次”，证明了在这里洗澡是奢侈的生活消费。

三毛在散文《沙漠观浴记》作品中不只写了第一次看见沙哈拉威人在浴室洗澡的方式，还写了沙滩洗澡方式。

2

三毛在散文《沙漠观浴记》中对沙滩洗澡方式是这样描写的：

这些女人将水桶内的海水提到沙滩上，倒入一个很大的罐子内，这个罐子的下面有一条皮带管可以通水。

一个女人半躺在沙滩上，另外一个将皮带管塞进她体内，如同灌肠一样，同时将罐子提在手里，水经过管子流到她肠子里去。

我推了一下荷西，指指远距离镜头，叫他装上去，他忘了拍照，看呆了。

水流光了一个大罐子，旁边的女人又倒了一罐海水，继续去灌躺着的女人，三次灌下去，那个女人忍不住呻吟起来，接着又再灌一大桶水，她开始尖叫起来，好似在忍受着极大的痛苦。

我们在石块后面看得心惊胆裂。

这条皮带管终于拉出来了，又插进另外一个女人的肚内清洗，而这边这个已经被灌足了水的女人，又在被口内灌水。

据“泉”那个老板娘说，这样一天要洗内部三次，一共洗七天才完毕，真是名副其实的春季大扫除，一个人的体内居然容得下那么多的水，也真是不可思议。

这段文章记述了在沙滩上洗澡的经过。记述得详细，三毛在看到这种洗澡方式时有着心惊胆裂的表情。虽然这是沙哈拉威人的一种洗澡方式，但体现出了愚昧无知的生活。

肠子里是不能灌水的，灌水是对身体的伤害。而这里的人却把这种方式当成讲究卫生的习惯。反与正，呈现着巨大反差。

三毛在散文《沙漠观浴记》中对沙滩洗澡还有这样的描述：

过了不久，这个灌足水的女人蹒跚爬起来，慢慢往我们的方向走来。

她蹲在沙地上开始排泄，肚内泻出了无数的脏东西，泻了一堆，她马上退后几步，再泻，同时用手抓着沙子将她面前泻的粪便盖起来，这样一面泻，一面埋，泻了十几堆还没有停。

等这个女人蹲在那里突然唱起歌时，我忍不住哈哈大笑特笑起来，她当时的情景非常滑稽，令人忍不住要笑。

荷西跳上来捂我的嘴，可是已经太迟了。

那个光身子女人一回头，看见石块后的我们，吓得脸都扭曲了，张着嘴，先逃了好几十步，才狂叫出来。

我们被她一叫，只有站直了，再一看，那边帐篷里跑出许多人来，那个女人向我们一指，他们气势汹汹地往我们奔杀而来。

“快跑，荷西。”我又想笑又紧张，大叫一声拔腿就跑，跑了一下回头叫：“拿好照相机要紧啊！”

我们逃到吊下来的绳子边，荷西用力推我，我不知道哪里来的本事，一会儿就上悬崖了，荷西也很快爬上来。

可怖的是，明明没有路的断崖，那些追的人没有用绳子，不知从哪条神秘的路上也冒出来了。

我们推开卡住车轮的石块，绳子都来不及解，我才将自己丢进车内，车子就如炮弹似的弹了出去。

这段文章写在沙滩洗澡是不让人看的。当沙哈拉威人发现三毛在偷看洗澡时，强力要制止，甚至采取攻击方式，于是三毛逃离了。

文章中把排泄与逃离两件事写得逼真。

三毛在散文《沙漠观浴记》中主要写了在异国他乡见到的洗澡经历。记述了浴室和在沙滩上两个洗澡场景。她用独特创作手法把所见到的事情记述来。

读过三毛的《沙漠观浴记》散文作品后，读者对撒哈拉沙漠人们的生活习性能有初步了解。

从这篇《沙漠观浴记》散文作品中我们能看出三毛作品散而有神韵，读起来能融入其中。那么她在散文《江洋大盗》中又写的是什么样生活呢?

3

三毛这篇《江洋大盗》作品收入在散文集《稻草人手记》书中的第5–16页。作品开头这样写：

说起来我们陈家，因为得自先祖父陈公宗绪的庇荫，世世代代书香门第，忠厚传家。家产不多，家教可是富可敌国。

这段文章简明扼要地写出了三毛的家境。文中写虽然家里财产不多，但家庭教育是富裕的。可以认为家教严格。

三毛接受着这样的严格家教与家庭文化熏陶，本应是安分、守规矩的女孩，可她不但不安分，还有着另类行为。她在作品中对自己是这样描写的：

我生长在这样一个家庭里，照理说应该是人人必争，家家必买的童养媳，其实不然。这拿《圣经》上的话来说，就是——我的父母是葡萄树，我却不是枝子。拿我自己的话来说，就是算命先生算八卦，一算算到中指甲——我这个败家女，就这样把家产一甲两甲地给败掉了。

这段写三毛出生在有教养的家庭环境中，应该是许多家庭为儿子寻找人生伴侣的最佳人选。可事实并不是这样。文中写三毛有着叛逆个性，与家境文化背道而驰，成了“败家”女。

当然文中的“败家”并不是指对财产的挥霍。

三毛在散文《江洋大盗》中还有这样一段描写：

说起世上的偷儿来，百分之一百是贪心势利、六亲不认的家伙。我当年虽然没有拜师，悄悄出道，这个道理不用人教，却也弄得清楚明白。

我东张西望，眼睛不放过家里一桌一椅，最后停留在我亲生父母身上，要实习做偷儿，先拿他们来下手，被捉到了也好办些，不会真正交给警察局。

我仔细地打量打量这两个假定受害人。他们为人方正本分，对自己刻苦、谨严，对旁人宽厚怜悯，做事情负责认真，对子女鞠躬尽瘁，不说人长短，不自夸骄傲，不自卑，不自怜，积债不会讨，付钱一向多付。

我从来没有好好计算过自己父母大人，今儿这么细细一看，他们这两位除了外表风度神采还对付得过去之外，这里面那些东西，可早已过时啦！不时兴的渣子啦！别人不要的东西，他们却拿来当珍珠宝贝啦！再加上几十年前碰到一个“基度山大伯爵”之后，这两个人变得越来越傻，愚不可及，连我这空心人，要偷偷他们可也真没有什么好处。

想想偷儿就算实习阶段，这两个傻子可也不值得一试，不偷，不偷。

出门去打了一个圈子，空心人饿了十四年，头重脚轻，路都走不稳，这一累，摸着墙爬回家来，不再考虑，趁着父母大人在午睡，就把他们那点不可口的东西，拿来塞了下去，消不消化我可不在乎，先填了这个蜂巢似的大洞洞再做打算。

偷了自己父母，不动声色，眼看案子没发，看准姐姐，拿她给吃下去，做下一个受害者。

三毛在这段文章中写出了自己的个性。这段没写具体事件，而是写自己的心态。采用了荒诞写法，写得随性，不拘一格。

这段写“偷”，但没写偷什么。在偷什么方面记述得模糊，似乎重点是写孩子的天真与淘气。文章中把孩子的天真与淘气写到了妙处。

三毛在散文《江洋大盗》中的这段描写，也体现出了孩子的纯真。文中记述：

小弟弟，本是一代豪杰，值得一偷。

没想偷儿不看牢地，这师大附中的“良心红茶”给他打球口渴时喝多了，别的倒也没什么，肚子里一些好东西，都给这红茶冲来冲去就给良心掉了。

看我这个弟弟，“排座次”是倒数第一，论英雄可是文的一手，武的一手。

他，操守、品格、性情、学识，样样不缺，外表相貌堂堂，内心方方正正。这还不算，乒乓、撞球、桥牌，杀得敌人落花流水，看得空心姐姐兴奋落泪。

空心偷儿静待此弟慢慢长成，给他偷个昏天黑地。

这个幺弟，父亲花了大钱，请他继承父志，就是希望他吐出“良心良茶”，将这吹牛、拍马、势利、钻营、谄媚、诈欺这些大大流行，而老子当年没赶上的东西，给去用功念来，好好大显身手光宗耀祖一番。

不巧幺弟交友不慎，引上歧途。

厚黑学，他不修；登龙术，他不练；学业已竟，大器未成也，呜呼。

这是幺傻！幺傻！

偷儿看看这个毛毛，一无可偷，叹了口气，还是出去做案子吧！

在这段文章中三毛写了幺弟，对幺弟做了介绍。写出了小孩子们的生活与学业发展方向。似乎是在证明孩子的学业发展方向不是按照父母安排的路线前行。父母望子成龙，制定的成长路线图孩子不喜欢、不接受。孩子不按照父母的希望做事。这原本是刻板的记述语言却被三毛写得生活气息极浓。

三毛在散文《江洋大盗》中的这段描写，读起来也非常有趣。这段文章写：

出了家门独，行侠东家一转，西家一混，六亲不认，好友照偷，这才发觉，家外世界何其之大，可偷之物何其之多，偷儿得意满志，忙得不亦乐乎。

《白云堂》给她偷山换水，邵大师给她一园芳草花卉、虫鱼飞鸟一网兜收。

《制乐小集》难得赶集，偷儿却也食了他们一大包豆芽菜。《台北人》旅行美国，偷儿啃下他现代文学。祝老夫子打一个瞌睡，英诗放在袋里叮叮当当逃着跑。天文台蔡先生不留意，星星月亮偷来照贼路。“五月画会”“七月不会”时，斑斑点点，方块线条，生吞活剥硬“会”下去。

诗人方莘正——《睡眠在大风上》，偷儿在去年的夏天拨开丛丛的水柳去找林达。惠特曼的头发长得成了他坟上的青草，一个不会吹口哨的少年轻轻给他理一理。荷马瞎了眼睛唱歌，你可别告诉旁人是谁偷了他的灵魂之窗。伊索原来就是奴隶，我吃了他的肉，可不是那只蛤蟆。沙林杰在麦田里捕来捕去，怎也捕不到我这宝贝。海明威你现在不杀他，他将来自己也杀自己。

这段文章写了在音乐、绘画、文学等不同领域的几位艺术名人。这些艺术名人代表着各个艺术领域的发展成就。三毛在学习这些艺术名人的优点。充分展示了她在少年时涉及的艺术范围。

三毛把学习艺术称为偷学艺术。偷学艺术与学习艺术方式不同。她这一创作技巧用得巧妙，坚持了自己的写作风格。

三毛在散文《江洋大盗》结尾处写：

有一日，上帝数羊儿数睡了。偷儿一看时机到也、怀中掏出一块试金石，东试试，西试试，这次案子给它做得漂亮一点——它一粒金子做的心。

不巧刚得手，上帝就醒来了，他大喝一声：“三毛，三毛，你平日在我的园子里偷吃烂果子，我也不罚你了，现在居然做出这样的事来——”

偷儿吓得跪了下去，对上帝说：“我没有偷吃苹果，我知道那是你留给牛顿的。”

上帝说：“偷心也是不好的，我每个人都只分了一个心，你怎好拿两个？”

我说：“我不是偷了就算了，我把自己这颗碎过的心用浆糊粘好了，换给这个人。”

上帝听了摇头叹息，说：“一个是傻瓜，一个是骗子，我不要再看见你们，都给我滚出园子去。”

偷儿一吓，再跪哭问：“要给滚去哪里？”

上帝沉吟了一下，说：“出于尘土，归于尘土，你给我回到地球上的泥巴里打滚去。”

偷儿一听，再哭，哀哀伏地不肯起，说道：“那个地方，你久不去察看，早已满布豺狼虎豹，四处漫游，强食弱肉，我怎好下界去送死？”

上帝毕竟是有恩惠慈爱的，他对我一抬手，说：“孩子，起来，我告诉你要去的好地方——”

偷儿静听了天父的话，悲喜交织，伏地拜了四大拜，快步去池塘里喝足了清水，把身上碧绿的芭蕉叶披风盖盖好，挟着《换心人》，高歌着——

——久为簪组束，幸此南荑遂，闲依木仍邻，偶似沙漠客，晓耕翻露土，夜傍尚屋羊，来往不逢人，长歌楚天黄——

就这样头也不回地往撒哈拉大漠奔去。

这段是散文《江洋大盗》的结尾。三毛设定了与上帝对话的故事情节。在文章结尾处设定了上帝出现，有意用对话的形式概括全文的思想。

三毛在散文《江洋大盗》中把自己定为“偷儿”，她在文章中是以偷儿的角色出现的。但文章中的“偷儿”并不是偷东西，而是学习文化及艺术知识。但文章中没有直接写出来，而是用几位名人衬托出来。

结尾这段把文章的用意延伸了，提起去撒哈拉沙漠。撒哈拉沙漠远在非洲，那里生活环境艰苦，可三毛却在那里生活过多年。

这段文章中写出了三毛去撒哈拉沙漠的原因。我们可以细心品味这几行对话：

上帝沉吟了一下，说：“出于尘土，归于尘土，你给我回到地球上的泥巴里打滚去。”

偷儿一听，再哭，哀哀伏地不肯起，说道：“那个地方，你久不去察看，早已满布豺狼虎豹，四处漫游，强食弱肉，我怎好下界去送死？”

上帝毕竟是有恩惠慈爱的，他对我一抬手，说：“孩子，起来，我告诉你要去的好地方——”

上帝让三毛回到地球上，而三毛说地球上豺狼多，上帝不来管豺狼，回到地球上是送死。此处写的“豺狼”并不是真豺狼，而是坏人与邪恶的人。上帝给三毛指了出路，今后的生活方向……实际上三毛没有离开地球，只是用超现实写法表达文章思想。上帝让三毛去撒哈拉沙漠，撒哈拉沙漠也是在地球上。只不过撒哈拉沙漠社会发展落后，生活贫穷，人们情感纯真，人与人之间少了些利益纷争。

我读过三毛的《江洋大盗》散文作品后，认为是用荒诞的手法写出了现实生活中的事。严格来说不像散文，而应该算是小说。可如果把《江洋大盗》划归小说，却又显得散乱，故事不够严谨，随意性强，也许这就是三毛作品的风格。

虽然散文创作有许多形式，但用荒诞的手法创作却少之又少，几乎没有。这就是三毛创作的《江洋大盗》散文作品特点。

4

三毛把《江洋大盗》散文收入在《稻草人手记》书中，把《沙漠观浴记》收入在《撒哈拉的故事》书中，两篇作品分别收入在不同的散文作品集中，证明作品风格是不同的。

散文《沙漠观浴记》是记述在撒哈拉沙漠生活中遇见的洗澡事件。虽然三毛写作手法脱离了传统散文，却是用写实手法创作的《沙漠观浴记》。而《江洋大盗》是用荒诞手法写了年少时的天真与纯情生活。文章段落之间跳跃性大，松中有紧，紧中有松，张弛有度。中心思想跨越年代长，并且有延伸。《江洋大盗》《沙漠观浴记》这两篇作品证明了三毛在散文创作领域的风格与高度。

这或许就是三毛的思想世界。

为了更好地读懂三毛创作的《江洋大盗》《沙漠观浴记》两篇散文作品，我又把《稻草人手记》和《撒哈拉的故事》两部散文集看了一遍。

这两部书已经陪伴我 32 年了。那时我生活在黑龙江省北大荒生产建设兵团。在岁月的洗礼中很多物品都被我扔掉，或丢失了，但这两部书一直伴随着我。我把它们带在身边，行走在人生的旅途上。可见我是多么喜欢这两部书。我在 32 年后重读这两部发黄、破旧的书，是在温故，有意寻找作品的思想感觉。

三毛的作品情感真实，没有太多粉饰，展现着生活的原貌、智慧与趣味。她的作品中没有花前月下、唧唧絮语。这或许是跟她的生活经历有关。她在少女时期生活灰暗，在青、中年时期又是情感多事之秋，生活与情感波动大，从而悲情成了她作品的基调。她对疼痛的敏感在心中保持下来，对写作产生了巨大影响。她用善良、忧伤的目光关注自我，具有浓郁抒情色彩。因此，她作品的字里行间溢满了悲情的美丽。如在《沙漠观浴记》中，她把艰苦的生活环境写得那么美。

三毛的作品是写原生态的，不加任何人为雕琢，不刻意追求某一种技巧和风格，一切都显得平实与自然。却又蕴涵无限。作品通过对人物外貌和语言进行白描再现真实生活，文字里流露着女性的柔美和细腻。从而给读者留下了深刻印象。

三毛原名陈懋（mào）平，后改为陈平。她原籍浙江舟山定海，1943 年 3 月 26 日（农历 2 月 21 日）生于重庆市南岸区黄桷垭正街。她生性浪漫，幼年时就喜欢读书。初中时期几乎看遍了市面上的世界名著。她在诗词、古文、英文方面有很好成绩。初二时因遭到数学老师惩罚，患上了自闭症。她休学在家。父母让她跟随顾福生、韩湘宁、彭万墀三位画家学习绘画。这些没让她打开心灵的枷锁。顾福生把三毛的处女作送到白先勇主编的《现代文学》杂志发表，并把三毛介绍给作家陈若曦。在三毛的处女作品发表时，父母惊愕得流出了眼泪。父母认为是顾福生拯救了三毛少年时受伤的心灵。

三毛在 1964 年得到文化大学创办人张其昀先生特许，到该校哲学系当旁听生，课业成绩优异；1967 年再次休学，远赴西班牙。她先后就读西班牙马德里大学、德国歌德书院，还在美国伊利诺伊大学法学图书馆工作；1970 年回国，受张其昀之邀在文大德文系、哲学系任教。因未婚夫猝逝，伤情时，再次远离故乡，到西班牙。这时她与分开 6 年之久的荷西重逢；1973 年在西班牙管辖的撒哈拉沙漠当地法院与荷西公证结婚；1979 年 9 月 30 日荷西因在潜水中发生事故丧生，三毛再次跌入感情的谷底；1981 年三毛结束流浪异国 14 年的生活，回台湾定居。

虽然三毛游历过世界许多国家，走过万水千山，但无论是异国都市生活情调，还是天涯海角的奇风异俗，都没能消解她的中国情结。

三毛在非洲沙漠时期的生活激发了她潜藏的写作才华，并受到当时《联合报》主编的鼓励，作品源源不断喷薄而出。

三毛在 1976 年 5 月出版了第一部《撒哈拉的故事》作品集；1981 年 11 月《联合报》特别赞助她去中南美洲旅行半年，而后写成《万水千山走遍》作品集，并在台湾环岛演讲；之后她任教文化大学文艺组，教小说、散文创作两门课程，深受学生喜爱；1984 年因健康因素辞去教职，以写作、演讲为生活重心；1989 年 4 月首次回大陆家乡；1990 年完成第一部中文剧本《滚滚红尘》，这是她最后一部作品。

三毛编剧的《滚滚红尘》电影，荣获了台湾电影第27届金马奖的八项大奖。

三毛是1991年1月4日在台湾医院自杀的，时年四十八岁。虽然三毛离世多年了，但她的作品一直广为流传。

许多知名人士对三毛的人生与作品有着高度评价。

著名作家梁羽生这样评价三毛：

有些本来是含义美好的名词，用得滥了，也就变成庸俗不堪了。才子才女满街走是一个例子，银幕、荧幕上的奇女子频频出现也是一个例子。我本来不想把这种已经变得俗气的衔头加在三毛身上的，但想想又没有什么更适合的形容，那就还是称她为奇女子吧。“奇”的正面意思应是“特立独行”，按《辞海》的解释，即志行高洁，不肯随波逐流之谓也。

著名作家倪匡这样评价三毛：

三毛对生命的看法与常人不同，她相信生命有肉体和死后有灵魂两种形式。她自己理智地选择追求第二阶段的生命形式，我们应尊重她的选择，不用太悲哀。三毛选择自杀，一定有她的道理。

演员胡茵梦这样评价三毛：

很多人批评三毛，认为她只是在自己的小天地做梦，我不以为然。基本上文学创作是一个人性灵升华的最高表现，她既能升华出这样的情感，就表示她有这样的层次，这比起很多作家，我觉得她在灵性上要高出很多。

三毛的母亲缪进兰在一篇题为《我的女儿，大家的三毛》的文章中写：

在四个兄弟姊妹里，次女三毛的性格最为特行卓立、不依常规，及不能忍受虚假。所以，父母要在她身边看守着，每一脚步是否踏稳。

三毛父亲陈嗣庆说：

我女儿常说，生命不在于长短，而在于是否痛快地活过。我想这个说法也就是：确实掌握住人生的意义而生活。在这一点上，我虽然心痛她的燃烧，可是同意。

我在读过各界知名人士及亲人对三毛的评价后，加深了对三毛人生与作品的理解。她的每一篇作品都是人生路上行程的片段。每个片段的内容也各不相同。那些作品组成了三毛的人生旅程线路。

虽然三毛的人生之路短暂，可她的作品永恒。

我脑海中时常会出现三毛为什么自杀这个问题。关于三毛自杀这件事有许多言论在流传，有人认为她受到的生活压力大；有人认为她受到了感情挫折；有人认为她……种种原因都是猜测，不能成为确凿的定论。

我认为三毛是重感情的女子，在荷西离世后，她的情感世界成了真空，孤寂的心灵在空中随风飘动，无处安放。她在寻找能接收情感的地方。但她没找到。或许，因此她看破红尘，被流言蜚语所困，选择了自杀。

有人说三毛爱恋王洛宾。虽然有这种可能性，但那不只是单一的爱恋，而应该是寻找感情的寄托，寻觅心灵的归宿。

我认为三毛在人生路上是想找到相伴相随的人……

我在想古往今来又有多少才子佳人不被流言蜚语围剿呢，重情感的女子何止三毛一人呢！我认为不管是什么原因三毛都不应该选择自杀。

自杀是一种悲恸，是人生的悲情。

人生十有八九不如意，人生的行程就是在不如意中前行。如果生活全是一帆风顺的，世间还能有各种感人、动情、永恒的故事吗！

如果三毛不创作出《撒哈拉的故事》这部书，在上世纪的 1987 年春季，我就不会在齐齐哈尔开往哈尔滨的火车上，看见两位女大学生在火车上读书的情形。那种情形很美。虽然岁月的车轮已经行走过了三十多年，当年的两位女大学生也已经人到中年了，但我的记忆没有褪色，对那种情形依然记忆犹新，如同昨日发生的事。

如今坐火车、地铁、客车时，在车上已经很少能看见乘客读书了。玩手机，打游戏的人却随处可见。但我知道仍然有许多读者喜欢读三毛的书。三毛的书在某种程度上阻止了玩游戏、阅读无聊作品人的数量。

三毛的著作也一版再版，成为经典作品。

我猜测读者在读三毛的作品时，会产生心灵的共鸣，或许这就是三毛的同行者。现实生活中读者与三毛是隐形、远距离的，只是思想与意念相随。或许三毛是沉浸在自己的情感世界里，没感觉到读者与她在思想方面同行。

心灵与思想的高度远远超越于肉体。

如果把肉体比作高峰，那么思想与心灵就是飘浮在高峰之上的云丝。

虽然三毛的肉体走了，却给我们留下了如《江洋大盗》《沙漠观浴记》等这样的许多优秀篇章，还有那首优美、动听的《橄榄树》。

乐音余绕：

不要问我从哪里来 / 我的故乡在远方 / 为什么流浪 / 流浪远方 / 流浪

为了天空飞翔的小鸟 / 为了山间清流的小溪 / 为了宽阔的草原 / 流浪远方 / 流浪

还有还有 / 为了梦中的橄榄树 / 不要问我从哪里来……

这首唯美风格，带着飘逸感的歌曲不仅仅是经典作品，还成了人们对三毛自由、奔放、流浪生活的一种怀念。

三毛，我想告诉你，虽然你已经远行，步入了天堂，可还有广大读者在读你的作品，与你的思想同行。如果你不选择自杀，那该多好啊！

三毛，你走过万水千山，留下了那么多脍炙人口的优秀作品，拥有着世界各地读者，没有白来一回人世，天堂与人间同样美丽，还少了利益纷争与流言蜚语，你在天堂安息吧。

发表在 2019 年 3 期《上饶文艺》杂志
发表在 2020 年 1 期《漳河文学》杂志
发表在 2019 年 6 期《万山红》杂志
发表在 2019 年 3 期《蓝莓苑》杂志

从创作误区走来

——读陶孝民散文及其他

我第一次收到黑龙江省北大荒垦区红兴隆管理局陶孝民先生的散文作品时，如同看见了自己过去生活的影子。也许因为这是写北大荒生活的作品，而我又在北大荒垦区生活过。或是他作品中写的事件我也经历过，让我回忆起了那段难忘的生活岁月。我读陶孝民的散文时情丝涌动。

不仅如此，我思量许久后，还借用了陶孝民发表在《中国电力报》1992年12月19日文艺副刊上的《莫入“职业第二”的误区》一文标题的最后两个字，作为我此篇文章题目的重心。

我之所以借用他的“误区”这两个字做题目重心，是因为第一次跟他通电话，还没读他更多的作品，他就告诉我说，他是近年才开始散文创作的，以前一直写新闻作品。听着他的介绍，我感觉到他曾经进入了创作的误区，而不是生活误区，更不是工作误区。

陶孝民创作的《莫入“职业第二”的误区》一文，虽然是发表在国家级报纸文艺副刊上，可从题目看，明显有着较强的理论性，也有着警告与教导性，不是纯粹文学作品。当然作品中也有相当成分的文学性。这或许是我认为他在文学创作中的误区所在。

那么他的散文创作水准到底怎么样呢？

我带着疑虑，缓慢阅读着陶孝民创作的散文作品。

1

陶孝民给我发来一组两万余字的散文作品。我粗略看了一遍，认为是以黑龙江北大荒垦区生活为素材创作的。我细读其中一篇《捕苏雀儿》的散文。

他在《捕苏雀儿》作品的第一段写：

童年的乐趣很多，捕鸟儿就是其中之一。酷暑的夏季，茂密葱绿树林中，用弹弓击鸟；清水盈盈的沟边，用铁夹夹鸟；芳草绿野中，用马尾丝套鸟；还经常上房揭瓦掏幼鸟、取鸟蛋……尤其寒冷冬季，用滚笼捕捉苏雀儿的情景，如同唱熟的儿歌，时而萦绕心际。

这段文章写出了童年捕鸟是在夏季和冬季两个季节。同时在写捕鸟的场景与心情。文笔鲜活，形象生动，初看就有想读下去的想法。

在这行“尤其寒冷冬季，用滚笼捕捉苏雀儿的情景，如同唱熟的儿歌，时而萦绕心际”语句中形容儿歌时用了“唱熟”两个字，这有着方言特点，是独特的运用。通常是用“喜欢”“流行”这类词句描写，而陶孝民避开了通用词句，选择了独特的词句。虽然看上去只是两个字的差别，但读起来语句的感觉反差却非常大。这“唱熟”两个字用得恰到好处。不只有着锦上添花功效，更有着独特性。

独特是好的文学作品因素之一。

陶孝民在《捕苏雀儿》作品的第二段写：

苏雀儿是东北人的称呼。为啥叫苏雀儿？有两种说法：一种说是从苏联飞过来的，因而称苏雀儿。另一种解释是此鸟愿意吃“苏子”（一种植物，籽可以榨食用油），所以称苏雀儿。百度上查找，方知苏雀儿的学名叫朱顶雀，是鸟类中“最傻”的，主要生长在北极地区、俄罗斯、日本、朝鲜及中国东北、华北、华东等地区。

陶孝民在这段文章中运用了说明文手法，有意向读者介绍“苏雀儿”是什么鸟。从何而来，在什么环境中生存。

关于鸟名的由来，文章中有两种解释，一种是传统说法，说这种鸟是从苏联飞来的，所以叫苏雀儿。另一种说法是此鸟愿意吃一种“苏子”的植物，所以叫苏雀儿。因为我国东北地区与苏联西伯利亚相连，东北生长“苏子”这种植物，所以把这种鸟叫苏雀儿，东北人是接受的。实际在东北民间人们也是这么称呼苏雀儿。但文章中的说法对南方读者就是陌生的。

陶孝民在创作时考虑到了这个因素。所以他在这段文章的开头写：“苏雀儿是东北人的称呼”。这句话写出了地域特性。但这只是传统意识的称呼与观点，并没有准确的科学依据。

当上网查询相关资料后，才知道鸟的学名叫朱顶雀。

朱顶雀主要在北极、俄罗斯、日本、朝鲜及中国东北、华北、华东等较为寒冷地区繁衍生息。

此段文章把苏雀儿这种鸟准确的介绍给了读者，让读者对此鸟有了初步了解。

因为作品题目为《捕苏雀儿》，所以向读者介绍鸟的习性是必要的。读者毕竟不是科学工作者，对此鸟不了解是正常的。又因为作品的主题是写《捕苏雀儿》，所以读者在对鸟有了初步认知后，才能更好地阅读作品。

作品中对鸟的介绍增加了读者的阅读感觉。

陶孝民在《捕苏雀儿》作品的第三段写：

苏雀儿属候鸟类，每年的寒露到立冬时间是苏雀儿最多的季节。广袤无垠的北大荒，白雪茫茫，田野、村边、场院、树林，随处可见它们雀跃的身影。“将将……嘟嘟……”在冰天雪地中，欢快鸣叫着，给银装素裹的黑土地，增添了盎然生机和美妙音符。

这段文章写在哪个季节苏雀儿最多。当苏雀儿出现在银装素裹的黑土地上时，又是什么样的场景。语句生动，形象逼真。

读这段文章时能感觉到北大荒的景观是那么美，美得引人入胜。

陶孝民在《捕苏雀儿》作品的第四段写：

童年上学前在自家门前柴草垛上插根树枝，把鸟笼放在旁边。星期天约上伙伴，把自己武装得严严实实拎着鸟笼，到连队西边不远的树林里，把鸟笼挂在玉树银花的树枝上，躲在不远处观察。随着“鸟油子”（鸟引子）的呼唤，片刻工夫便把周围空中飞行的苏雀儿吸引过来。眨眼间被招来的鸟儿就成为笼中之鸟了。

这段文章是写捕鸟过程与当时场景的。文章中写：星期天约上伙伴，把自己武装得严严实实拎着鸟笼，到连队西边不远的树林里，把鸟笼挂在玉树银花的树枝上，躲在不远处观察。这行语句描述细致，读后场景如同呈现在眼前。

文章中还写：“随着“鸟油子”（鸟引子）的呼唤，片刻工夫便把周围空中飞行的苏雀儿吸引过来。眨眼间被招来的鸟儿就成为笼中之鸟了”。这行语句写出了鸟是怎么被捕捉到的。也写出了捕鸟的方式。

陶孝民在《捕苏雀儿》作品的第五段写：

苏雀儿既是观赏鸟，也是鸣鸟。体型酷似麻雀，但黄嘴红顶，惹人喜爱。圆圆的黑眼睛，不紧不慢地转来转去，显得温顺。有时突然抖动全身，羽毛膨胀起来。雄性鸟儿的胸脯布满粉红色鳞斑。雌、雄性鸟的叫声相同。叫声清脆、婉转、悠扬，在隆冬的季节里，仿佛在呼唤春天快些到来。

这段文章对鸟的外观进行了描写。写出了雌、雄性鸟外观特征的不同之处，写叫声是相同的。也写出了鸟的叫声与季节映衬，鸟叫是如同展望美好未来的生活。

陶孝民在《捕苏雀儿》作品的第六段写：

捉苏雀儿首先要准备滚笼。鸟笼是用高粱秸秆和蒿子秆扎成的，有方形的、长形的、圆形的，形状不一，但功能是一致的。在东北地区滚笼较多，也有使用扣笼的。滚笼与扣笼的区别是捕捉机关不同。滚笼是靠翻滚的幡做捕捉机关，而扣笼是根横棍做机关。滚笼是苏雀儿经不起幡上谷穗、苏子的诱惑，落在幡上时被翻进鸟笼里。扣笼是鸟落在横棍上，欲啄美食时被扣在笼里的。我们童年时多数使用滚笼，滚笼能连续工作，自动翻滚。而扣笼在扣完鸟后必须再次将横棍支起。

这段文章是对捕鸟工具的介绍。捕鸟主要用两种笼子。文章中把使用两种笼子的过程介绍得非常详细。也介绍了制作笼子用的材料。

陶孝民在《捕苏雀儿》作品的第七段写：

苏雀儿美丽，善良，朴实，似乎还通人性。把它捕捉回来后可放在鸟笼里，有时放在窗户的夹层里，也有的放在屋子里。它不乱飞，也不乱撞，白天在所属的空间里飞翔，自行觅食、饮水，晚上灯熄，它也懂事地进入梦乡。苏雀儿喜欢吃葵花瓜子，你剥些瓜子放在手上，它会欢快地落在你手上，毫无拘束地吃瓜子。每吃一粒，都会点头鞠躬，口里还不停地啼鸣致谢。此情此景充满了诗情画意，体现出人与鸟的温馨。

这段文章写鸟的饲养方式及跟人的关系。人与鸟的关系是融洽的。鸟类丰富了人类的生活。

这段文章中在称呼上有了改变，没有延续前面“我”的使用，而是用“你”，你是广泛的，谁都可以做。而我是专一的，面较小。称呼的改用，使文章的容量更广了。

陶孝民在《捕苏雀儿》作品的第八段写：

童年时的快乐掺杂着无知行为。捉到苏雀儿后除观赏外，多数都成了口中的烤肉美餐了。现在回忆起来既有捕捉观赏的美妙，也有“祸害”鸟儿的懊悔。伤害的何止是一只鸟？它是可爱的精灵；它是维护生态平衡的天使；更是人类共同生存的食物链！

我感觉这段文章写得有些粗了，不够细致。比如写：“捉到苏雀儿后除观赏外，多数都成了口中的烤肉美餐了”。接着写了：“现在回忆起来既有捕捉观赏的美妙，也有“祸害”鸟儿的懊悔”。既然对做过伤害鸟的事情产生了懊悔，并且是回忆性的，又是数十年后萌发的这种感情，那么对鸟的伤害一定非常大，有着挥之不去的烙印。

如果文章中把伤害鸟的场景，或方式写得再深些，再细些，再残忍些，或许能更好地衬托出文章中的“懊悔”。

这段文章还写出了人与自然的关系。文章中写“伤害的何止是一只鸟？它是可爱的精灵；它是维护生态平衡的天使；更是人类共同生存的食物链！”这句话是对懊恼的解答。这行语句运用得很好，提升了文章思想高度。

人类的存在与鸟类的存在是命运共同体，两者息息相关。

陶孝民在《捕苏雀儿》作品的第九段写：

现在的冬季与童年时冬季相比，不知是大自然的变化，还是人为的生态破坏，冬季明显不如童年时冷了，苏雀儿的数量也没有童年时多了，已很难看到成群结队的苏雀儿。偶尔看到也是零星的几只，叫声也不悦耳了，它们显得那么孤独和无奈，空旷的大自然，也宁静冷寂了。

这段写出了现在北大荒冬季的气候环境与从前的区别，也写出了苏雀儿与从前的变化。北大荒冬季气温不如从前冷了，这说明气候变暖了，自然界发生了变化。苏雀儿的数量明显减少了，这意味着有种类灭绝的可能。如果自然环境不适合鸟的生存了，那么人类还能生存多久呢？

这是警钟。应该引起人类高度重视。

陶孝民在《捕苏雀儿》作品的第十段写：

童年，快乐的童年！我多么希望再回童年，不再无知，不再愚昧，不再任意捕宰可爱的鸟儿，让它们在蓝天白云下自由翱翔，给旖旎的北国带来美丽的欢歌！

这段文章有着总结性。我初读时有点矛盾的感觉与不解。因为在《捕苏雀儿》作品中没过多写对鸟的伤害。但结尾却写了悔意。如果把悔意放在作品重心，那么作品中应该多写伤害鸟的事，在伤害鸟的语句上加重笔墨。可是通篇作品中只有一行语句是写伤害鸟的。当然陶孝民不是专业作家，并且是近年才开始从事文学创作的，有点不足，也可以理解。可又一想，陶孝民的悔意可能不是来自对鸟的伤害，而是捕鸟的行为。

这样么理解，也就顺理成章了。

在这段文章中有着期望。这种期望把文章的思想性提高了。我在读过这句：让它们在蓝天白云下自由翱翔，给旖旎的北国带来美丽的欢歌！心怀猛然敞亮了许多。

陶孝民创作的《捕苏雀儿》散文一千五百字，分十个段落。第一段落写：童年时捕苏雀儿是在夏季和秋季。第二段落写：苏雀儿是什么鸟。从何而来，在什么环境中生存。第三段落写：苏雀儿出现在银装素裹的黑土地上时的场景。第四段落写：捕鸟的方式。第五段落写：鸟的外观，也写出了鸟的生活习性。第六段落写：捕鸟的工具及介绍。第七段落写：鸟的饲养方式及与人的关系。

第八段落写：人对鸟的伤害，人与鸟、自然的关系。第九段落写：气候的变化和苏雀儿现在的数量。第十段落写：作者的感怀。

我在读过陶孝民的《捕苏雀儿》散文后，认为优点是内容充实，感情丰富，语言鲜活。如果在结构方面再严谨与细化些，可能会更好。虽然有不足之处，但是篇不错的散文作品。

我在陶孝民的《捕苏雀儿》作品中如同找到了自己生活的影子。因为我的童年也是在黑龙江省北大荒垦区度过的。他写的这些事，这种生活，我也经历过，所以在读到文章中的每一行字时，都如身临其境。

那么陶孝民创作的《扒玉米》散文，我读后又会是怎样的感受呢？

2

我还没看作品内容就有着亲近的感觉。因为从《扒玉米》散文的题目来看，我就知道是写北大荒生活的。当然“扒玉米”这种劳动不只是黑龙江北大荒垦区有。而在黑龙江省农村，或别省的农村，也有这种劳动方式。因为陶孝民生活在黑龙江北大荒垦区，他写的应该是那里的“扒玉米”劳动。

陶孝民在《扒玉米》作品的第一段写：

硕果累累的秋色，踏着丰收的喜悦，迷漫着一望无际的田野。一台台绿色大马力收割机，机声轰鸣地驰骋在田间。一排排亭亭玉立、昂头挺胸的玉米秆；一穗穗举着红缨，咧嘴微笑的玉米棒，欢畅地倾倒在收割台上。片刻，浩浩荡荡的玉米秆变成方方正正的草垛，稳稳当当、错落有致抛在机后，金黄的玉米穗，变成金灿灿、黄澄澄的颗粒，欢快地涌向粮仓。百亩的玉米地眨眼间收获完毕。现代化壮观、气派的收获场面，让我思绪万千，把我带入学生时代，人工收玉米的艰辛年代。

这段文章写出了收割玉米的场景、使用的现代化机械，并且对成熟时的玉米进行了形象描写。文章中对玉米描写得准确，描述收割场景逼真，对收割机械的讲述证明了北大荒垦区实现了农业代化。

除此之外，还写出了作者的情思。

文章中写：现代化壮观、气派的收获场面，让我思绪万千，把我带入学生时代，人工收玉米的艰辛年代。这行语句引出了后面想要表达的想法。从这行语句中读者能认定《扒玉米》这篇作品是采用倒序手法创作的。

陶孝民在《扒玉米》作品的第二段写：

上世纪六十年代初，我出生在一个偏僻的农场生产队。在那个机械不发达的年代里，收获玉米必须要人工收获。大人们先把玉米秆用镰刀割倒，十根垄玉米秆放在一起。然后把包裹在玉米上的叶子扒掉。连队劳力不足，为在入冬前扒完玉米，全连总动员，男女老少齐上阵。在我记忆中，从小学三年级开始参加扒玉米，直到高中毕业，连年不落。在扒玉米劳动前，学校先让学生到操场上集合，进行劳动动员。连队指导员，或连长给我们讲解扒玉米的基本要领和安全注意事项等，并严肃强调：要珍惜粮食，不落一棒，力争颗粒归仓。然后，我们迎着阳光、踏着秋风、排着整齐的队伍，挥动双臂，高声唱着："东风吹，战鼓擂，现在世界谁怕谁……"的革命歌曲，迈着坚定的步伐，奔向霜白露清的辽阔田野。

这段文章写了作者童年生活的地方，那里的农业生产状况，还写了参加扒玉米的原因及准备事项，更体现出了那种劳动激情与少年的朝气蓬勃精神面貌。

文章中引用了："东风吹，战鼓擂，现在世界谁怕谁……"革命歌曲片段。这行语句把参加劳动的气势写到了顶点。

陶孝民在《扒玉米》作品的第三段写：

扒玉米劳动，少则十天，多则半个月。参加劳动前，每人需准备玉米钎子。这种扒玉米的专用工具是用竹片、铁片做的。形状扁平，一端磨尖，中间两孔，穿上线绳，套在中指上，握在手里。扒玉米时先用钎子穿过玉米棒顶部叶子中间，顺势往下一拽，叶子滑落到玉米棒根部。用玉米钎子扒玉米，既省力，又提高功效，还能减少对手指的磨损。即便这样我们幼嫩的小手也经常出现裂口。秋晨的露水浸在裂口上钻心的痒痛。每年扒玉米老师都到连队卫生所要一些白色胶布带在身上，遇到同学手裂口，就用胶布缠在手指上。北大荒的秋天忽冷忽热，晴空万里时，蚊虫、小咬儿，在身边飞来飞去，叮咬手和脸。尤其小咬儿钻进头发里，咬的满头是包，奇痒无比。有时突降沥沥秋雨，我们依然争分夺秒地劳动。淅淅秋雨淋透衣衫，瑟瑟秋风吹得我们浑身打战。

有的同学感冒发烧也坚持劳动，心中都牢记着“轻伤不下火线”的铮铮话语。有位姓刘的同学脚崴伤了，脚面肿得很高。老师劝他回去休息，他不走，一直坚持到收工。尽管劳动条件艰苦，环境恶劣，但同学们没有一个叫苦喊累的。那时我们都是八九岁的孩子。连队每天给我们三角钱的劳动补贴。我们不计较钱多钱少。我们思想天真、幼稚，深奥的劳动意义似懂非懂，但都争强好胜，有着进取心。

这段文章是写学生参加劳动时的场景与心情。

文章中写：那时我们都是八九岁的孩子。这证明了当时秋收的紧迫性。如果不是特别繁忙，是不会让孩子们参加这种艰苦劳动的。

文章中写：我们思想天真、幼稚，深奥的劳动意义似懂非懂，但都争强好胜，有着进取心。这行语句是写孩子们愿意参加劳动的精神。

这种精神体现出了北大荒人建设家园的整体风貌。

这段文章对“扒玉米”使用的工具做了介绍。文中写“这种扒玉米的专用工具是用竹片、铁片做的。形状扁平，一端磨尖，中间两孔，穿上线绳，套在中指上，握在手里。扒玉米时先用钎子穿过玉米棒顶部叶子中间，顺势往下一拽，叶子滑落到玉米棒根部”。较为详细的介绍能让读者对这种专用工具有所了解。

这段文章写得细致，从而能看出这种劳动给作者留了深刻记忆。

我读到这段文章时，感受到了那种北大荒垦区特别的劳动场景。

北大荒地域辽阔，田野一望无垠。虽然这里是全国较早使用机械作业地区，机械化作业是全国先进地区。但在上世纪六七十年代，全国机械化普遍较低情况下，这里的机械还不能满足耕种需求。在麦收及秋收季节，农场生产连队几乎是全员参加劳动。

在麦收和秋收时，每辆收割机车配备两或三名驾驶员，轮流驾驶收割机车作业。采用人停车不停的劳动方式。在农田里劳动的人们，因为农田距离生活区远，路上往返占用时间长，为了节省吃饭时间，就早晨带饭，或送饭，中午不回家，午饭在地里吃。人们忘我的劳动是为了确保粮食颗粒归仓。

只要有过这种劳动经历，就今生难忘。

陶孝民在《扒玉米》作品的第四段写：

每天收工前，老师和劳动委员要检查劳动质量，对落棒的同学提出批评，让落棒多的同学做检讨。如果自己落玉米棒被老师点名批评，就会小脸羞红，无地自容。

这行语句写出了劳动的严谨性。

陶孝民在《扒玉米》作品的第五段写：

记忆最深的一次扒玉米是在读高中。那时在营部读高中。我们班被分配到离营部二十余里的三十连扒玉米。因为同学们离家都远，我们带着行李，吃住在连队。男女同学分别住在连队学校教室和俱乐部里，没有床，就把椅子和开会用的长条椅摆放在一起。吃饭统一去连队食堂。到连队的当天晚上，连队为欢迎我们到来，特意给我们每人发了十余个自产的“123”小苹果。熟透的果儿，鲜红油亮、清脆爽口，我们迫不及待地将果儿一扫而光。扒玉米的地点在连队南面山坡上，右边是一座不知名的小山，此时，层林尽染、五花十色，煞是迷人；左边是连队的果园。北大荒特产的“大秋”“123”苹果，刚刚收获完。但随着风儿仍不时飘来果儿的余香。玉米地两边的杨树防风林的树叶，在金秋中变得色彩斑斓、赏心悦目。玉米地周围的环境，引人入醉。但同学们却没了往昔的兴奋，多了几份无奈和惆怅。也不知什么原因，此次扒玉米不是按米分配、阶段式推进，而是每人一趟子。放眼不着边际的玉米趟子，内心有些泄气：这要啥时儿能扒完啊？这种无望的心态，不但我有，全班同学都有。收工路上同学们情绪低落、怏怏不乐、窃窃私语：“这样扒玉米，索然无味，没意思！”或许劳动对我们这个年龄段的孩子，不仅仅是劳动，还掺杂着玩耍的天性，所以才产生这样的想法。这种不利于孩子的劳动方式，影响了我们的劳动积极性。以往按米分配，前后左右都有同学，相互比着扒。而这次越扒越没信心，好似一个人孤独地在空田野中奔跑，缺少竞争对手，往昔你追我赶的激情没了。

陶孝民在这段文章中写了一件具体事。对这件事进行了详细记述。通过这件事反映出了劳动的艰苦，也写出了劳动方式的重要性。

方式决定事情的进度与结果，更会影响人的情绪。

情绪决定做事的态度。

陶孝民写的是在读高中时一次扒玉米的事。读高中应该是十八九岁了，这比读小学扒玉米时的八九岁多了十年。但在此次扒玉米时却没了以前的快乐与激情，反而产生了消极情绪。原因在于采取的劳动方式不符合学生的生活习性。

文中写：我们班被分配到离营部二十余里的三十连扒玉米。因为同学们离家都远，我们带着行李，吃住在连队。男女同学分别住在连队学校教室和俱乐部里，没有床，就把椅子和开会用的长条椅摆放在一起。吃饭统一去连队食堂。

这行语句写了学生到距离家远、没有床睡的地方劳动。写出了劳动与生活方面的艰苦环境。在艰苦环境中学生心里是脆弱的，需要相互关心与支持，有了相互激励，才能有干劲。然而，此次采取的劳动方式却与从前不同，同学之间距离远，得不到照应，自干自己的……文中写：以往按米分配，前后左右都有同学，相互比着扒。而这次越扒越没信心，好似一个人孤独地在空田野中奔跑，缺少竞争对手，往昔你追我赶的激情没了。这行语句写出了影响学生心绪的根源。

文中这句：或许劳动对我们这个年龄段的孩子，不仅仅是劳动，还掺杂着玩耍的天性……这行语句说明了孩子与成年人的不同。不能把成年人的劳动方式用在学生身上。学生也不接受成年人的劳动方式。

陶孝民在《扒玉米》作品的第六段写：

第一次离开父母，背着行囊独自生活。劳动一天很辛苦，睡在坚硬的课桌上，寒凉、空旷的教室却不寂寞。我们懵懂年少，都是初次离开温暖的家庭，过上集体寝室生活，怀着一种好奇的快意。每天睡前尽管很劳累，但我们还嬉戏打闹、海侃神聊、谈天说地。月上眉梢，不知不觉带着劳动的疲倦渐入梦乡。

这段写出了学生的本性与青春期的快乐。尽管劳动那么累，但聚集到一起还是兴奋与快乐的。这段的描写加重了第五段采用的劳动方式不妥当。

陶孝民在《扒玉米》作品的第七段写：

时光如梭，弹指间四十多年过去了，随着社会发展和生产力水平提高，北大荒垦区实现了机械现代耕种。以前全员参加扒玉米方式的劳动已经成为历史。但我怎么也忘不掉学生时代的纯真、活泼及艰苦的劳动岁月。那段扒玉米的劳动不仅锻炼了我的意志，还培养了吃苦耐劳的品质。

这段有着总结的意义。似乎也是在与开篇对应。

陶孝民这篇《扒玉米》的散文作品，在开篇写出了如今收割玉米的壮观场景，随后从小学写起，写到了高中时的一次扒玉米具体事，然后文章收尾了。作品总体结构顺畅，语句运用相对严谨，能让读者产生阅读兴趣。

我个人认为《扒玉米》是有一定水准的散文作品。

3

我在读过陶孝民的《捕苏雀儿》和《扒玉米》两篇散文作品后，认为他的作品中有生活，有思想，有内涵，并且语言鲜活，语句运用得当。这些都是文学作品中必备的要素。写作者在掌握了这些要素后，加上对生活的观察、感受、勤奋，灵性，想写出好的文学作品相对就容易些。

陶孝民生活在黑龙江北大荒垦区，那里人杰地灵，自然与人文环境特别适合文学素材挖掘。他创作的《捕苏雀儿》和《扒玉米》两篇作品就是以北大荒垦区生活为素材。

我在黑龙江省北大荒垦区生活过多年，对那里的生活环境，人文情怀，地理风貌都非常熟知。或许我在阅读来自那里的作品时带有个人情结，也愿与那里的同行交流。

陶孝民生于六十年代的北大荒。先后当过农工、发电工人、汽车司机、机关干部。曾任发电厂董事长、总经理，农场工会主席，纪委书记等职务。从而可见他在工作中是非常努力、进取的，业绩也是出色的。工作中的变化与职务升迁，丰厚了他的人生经历。

丰厚的人生经历是文学创作的矿藏与资源。

陶孝民在上世纪九十年代初期已经在《中国农垦》《工人日报》《中国电力报》等国家级报刊上发表作品了。他写的《难忘的小人书》获得了黑龙江省总工会征文三等奖；《主观原因也要说清楚》获得了黑龙江新闻工作者协会、《黑龙江日报》征文三等奖。可见他文字功底是深厚的。

可他早期发表的作品不是文学作品，而是新闻作品。不过他写的新闻作品中具有较强的文学性。比如 1988 年 8 期《中国农垦》杂志发表的《谁之罪》的通讯，就类似短篇小说；比如 1990 年 5 期《中国农垦》杂志发表的《令人折服的气功师》的通讯，就类似随笔；比如 1990 年 5 月 26 日《中国电力报》

3 版发表的《潘枪手卖枪》的通讯，就类似小小说。这些新闻作品都接近文学作品了，只是没有进一步艺术提炼与升华。如果进行艺术提炼与升华了，就成为文学作品了。

文学作品来自生活，但必须有高于生活的思想容量。

陶孝民以前写了那么多新闻作品，占用了大量时间与精力，或许是耽误了文学创作，成为文学创作的误区。

可不论是生活，还是工作，或文学创作，发生过误区不一定是坏事。误区有时能让我们避免专一性，单薄性，能更广泛地积累经验。因为生活、工作和文学创作都需要经验积累，有了丰富的经验才能在行业中游刃有余地前行。

陶孝民虽然在文学创作方面有过误区，但误区没有埋没散文创作的才华，他顿悟过来，从新闻作品转入到散文创作上。他在多年的新闻写作中积累了写作技巧与经验，给散文创作打下了坚实基础。目前他的散文创作势头良好。相信他能创作出更多、更好的优秀散文作品。

也希望北大荒的风情与人文，通过他的散文作品传播更广，被更多人熟知。祝愿他能成为黑龙江北大荒垦区走出来的又一位散文家。

远握。

祝好。

发表在 2021 年 1 期《蓝梅苑》杂志

用心境关注人生

——读车克全散文《醒》《与星辰对话》两篇

我个人认为文学作品有时候是在反映作家心境的,作家是什么样的心境,就容易创作出什么样的作品。如同菜园子似的,什么样的菜地,适合种植什么样的菜。作家的心境如同菜地,菜的生长过程如同人生。作家是在用心境关注人生和社会。

我在读车克全的散文《醒》和《与星辰对话》时,感受到了这种心境。

作家的心境有时是一种责任,也是一种使命。

人活在世上看似独立,跟外界关系不大,实际上每个人都与外界有着密切联系。

既然生活与外界相联,外界因素就会影响我们的生活。这种影响有的是直接,有的是间接。可是不管直接,还是间接,我们都应关注和重视。

车克全的散文《醒》和《与星辰对话》就是反映生活,关注自然界的作品。这两篇作品与此前我读到他的其他作品有着想似之处,也有着不同。

作家在写不同作品时,有着不同的思考与心境。

我与车克全相识多年了。

车克全曾在青岛市政府部门机关工作。他喜欢文学,也喜欢写作。他主要是写散文,偶尔写小说,还去听了专家讲解诗歌写作的课。他想了解各类文学体裁的创作手法。我在编辑《城阳文艺》杂志时,发表了他的稿件。因为同在一座城市,接触方便,利于交流,从陌生到熟悉。他总是亲切地称我:“弟兄。”

我称他:“大哥,或车主任。”

车克全是关注社会,关注人生的作家。他在跟我交流时,多次提起对人生,对社会的思考。这正是有社会责任感作家创作时的思考主题。

我赞同这种观点。但是同一篇作品，不同的人阅读，就会有不同的感受。同一种体裁，不同的作家写，就会有不同的艺术水准，这样的结果跟读者与作家的心境和素养有关。

我在读《醒》这篇散文时，跟车克全进行了沟通和交流。他讲述着创作这篇散文的出发点。我理解他的想法，也读出了感受。

车克全在散文《醒》中这样写：

真的不可思议，能打蚊子的手竟然被蚊子咬了。我望着手背上红肿的包，摇了摇头，无可奈何地笑了。一阵痒痛，忍不住地搔挠着，眼看着包上生了水疱。如果不及时处理就会被病毒感染。

小时候有过被蚊子咬后生疮的经历。那是很痛苦的。我愤恨地骂道："这该死的蚊子！"

蚊子委实太胆大了。其实只要找到它，惩处不费吹灰之力。我猜想它若不是吃了豹子胆，若不是吸了毒蛇的血，怎么会赌此一命，怎么会跟我的手过不去呢？

其实，这事也怪我。夜晚半躺着看书，不知不觉眼皮就打架了，迷迷糊糊中听见了蚊子在嗡嗡地叫着。蚊子在我身边飞来飞去，我本应立即起身找到它，打死它，或是放下蚊帐，或是在身上洒些花露水之类的驱蚊剂。可我懒得这样做，只是随意挥了挥手，驱赶了几下，貌似警告蚊子，示意它我还醒着。

可是不一会幻觉中仿佛是蚊子在反复地追问："你睡着了吗？不，你还没睡着，我看见你的手还在动。那好，让我来给你做催眠术吧……"嗡嗡翁的声音不绝于耳。

我听出来了，这时蚊子的声音做了包装，多了一些委婉和娇滴。这种声音渐渐演化成了催眠曲。我开始睡了，鼾声在搅动着空气。

沉睡的梦还在做着，蚊子却不再哼叫，它轻轻地落下，开始温柔地"亲吻"我的手。血在温情中流进它的胃里，而毒汁注入了我的肌肤。

科学家研究证明蚊子咬人是有选择性的。它是利用气味发现最适合它胃口的对象。蚊子的嗅觉很强，只要空气中扩散着适宜的气味，就好比看到了美食，随之窥探目标，寻味行进，把"针头"插入皮肤里，开始美美地吸吮血液。

蚊子的滋长原本是不分地域的，只要适宜即可。可有一种说法是南方的蚊子比北方的大一些，原因是南方的气候潮湿、温热。当然最可怕的还是外国的蚊子。外国蚊子腹背上长着斑纹，人们俗称其为“海军衫”。这些蚊子不仅个头大、喙尖细，毒性也强。

登革热是一种很厉害的急性传染病。前两年广东省中山市爆发了登革热疫情，专家称这是由输入性病例引发的疫情。而蚊子是登革热病毒的主要传播者。

记得上小学时，在初春的季节，老师带着我们在杂草丛生的地角里挖地蛆。这种潮湿的土壤适宜蚊子繁衍。

一片绿洲呈现在眼前，阳光照耀在葱郁之间，地上洒落斑驳的影子。一棵粗壮而高大的树，毅然挺拔在丛林中，树冠硕丰，枝叶茂盛，树枝之间悬挂着蜘蛛网，微风徐徐，蜘蛛网随着枝叶一起悠然而动。蜘蛛默默地在上面爬行，一边收拾着战果，一边织补被撞破的网面。这一情景诱发了我的猜想，构筑起坚固缜密的“法网”。蜘蛛网让那些蚊虫难以逍遥逃遁，受到惩处。

这大概成为了蜘蛛终生的使命和担当。

那时，童稚的我们把防虫除害当作户外活动。现在想来实则不然。爱护自然应该从源头入手，优化生态是一种意识，更是一种行动。

医生在给我的伤处涂药时，一再告诫我，一定要耐得住瘙痒，如若不慎挠破了皮肤，容易造成感染。医生的话让我意识到了蚊子的狡猾。

蚊子昼伏夜出，白日藏匿在旮里旮旯儿或阴暗潮湿的地方，夜间是它歌舞升平的时候。蚊子善于投机，一旦人的大脑神经入睡，手失去了反应功能，蚊子就会暴露出贪婪嗜血的本性。

蚊子不遗余力地传播病毒。

小小的蚊子对人类的健康伤害极大，不可不防，不可不除。倘若被蚊子叮咬后，如果不及时医治，轻者会遭致病毒感染，重者会危及生命。我们不能掉以轻心。

为了我们的健康，我们不能轻视蚊子的叮咬，我们应该做到“防患于未然”。养成讲卫生，消灭蚊子的习惯。

车克全在散文《醒》的开篇，采用了设问的语气，这样的开篇不只是与众不同，还能抓住读者的阅读兴趣。

作品的成功与否，其中之一，就是能否让读者产生阅读兴趣。如果读者没有阅读兴趣，又怎么能读下去呢。

作品没人读，就是创作上的败笔。

显然散文《醒》在开篇是有亮点的。

作品在开篇写了被蚊子咬后发生的反应。生活中是常见蚊子的，被蚊子咬也是经常发生的事，或许每个人都有被蚊子咬的经历。这种经历不用阅读作品就能想象到。因为这是生活常识。作品的重心也没放在此处。

作品的重心是放在了人与蚊子的较量上。这应该是散文《醒》的另一个亮点。作品中写“其实只要找到它，惩处不费吹灰之力。我猜想它若不是吃了豹子胆，若不是吸了毒蛇的血，怎么会赌此一命，怎么会跟我的手过不去呢？”这处写蚊子在咬人时是冒着极大风险的。只要发现蚊子，找到蚊子，消灭蚊子是非常容易的事。可是蚊子为什么冒这么大风险挑战人类呢？这就是蚊子的本质。

蚊子有咬人的本质。

作品中除了把蚊子咬人的风险写到了佳处，还把蚊子咬人的原因写到了好处。如这段“其实，这事也怪我。夜晚半躺着看书，不知不觉眼皮就打架了，迷迷糊糊中听见了蚊子在嗡嗡地叫着。蚊子在我身边飞来飞去，我本应立即起身找到它，打死它，或是放下蚊帐，或是在身上洒些花露水之类的驱蚊剂。可我懒得这样做，只是随意挥了挥手，驱赶了几下，貌似警告蚊子，示意它我还醒着”文章，写出了为什么被蚊子咬。被蚊子咬不只是蚊子有进攻能力，还跟自己防护不到位，给蚊子提供了可乘之机有关。从这段文字中，可以联想到许多事情。如果我们被别人伤害了，不只是别人有伤害我们的能力，还因为我们没做好防范。

当然，这是我个人理解，不代表其他人。

车克全在散文《醒》中还写了蚊子的习性，生长的环境，还有蚊子的特征，这些都是在为主题铺垫。

文章的主题是通过人被蚊子咬了，反映在生活中遇到事情，应该有所醒悟，减小不必要的伤害。

我在读了车克全的散文《醒》后，联想到了生活中那些愉快与不愉快的事。这或许是散文《醒》引发我的醒悟与感受吧。

车克全的散文《醒》给了我这样感受。那么我在读了散文《与星辰对话》后，又是怎样的感受呢？

车克全的散文《与星辰对话》发表在2016年7期《散文百家》杂志上。从题目看，就知道这是跟自然有关的作品。

从题目中的“对话”两个字，就知道把星辰当成了人，用了拟人的写作手法。

因为只有人与人之间的交流才能是“对话”的。

那么作者与星辰之间说了什么呢？这无疑是读者想知道的。

车克全在散文《与星辰对话》中写：

昨夜的空中你是那样的晶光闪烁……

今夜的雾中难觅你的倩影。我的仰望，载着我的思念——你珍珠般的璀璨。

我猜想，你大概闭上了眼睛，因为你亲近的大气，赫然在你的眼帘底下生疾……我知道你所爱的一切。是你为黑夜装上了眼睛的理由。可是缘于爱，现在竟使你感到如此揪心、堪忧。

我明白别离似乎不是你的本意。因为你懂得失去的意义，更在于为得到而珍惜……我还知道生怕在人间迷了路，曾是你闪闪发光到天明的信念，然而这种执着，又使你变得如此焦灼、苦虑。

你还在沉思吗？别让我等得时日太久……

你在哭泣？心在流泪？我能理解，但我想，“闭上眼睛”“生生别离”这大概不会是你的选择！因为你生命的质地已昭然若揭：“眼不见为净”不是你的风格，“高高挂起”不去发光更不是你的品质！

不是吗？冬眠历经寒霜雪，春醒尽显绿满园。我坚信，当你放眼之时，视觉将是豁然开朗：水风的使者，洗尽烟岚迷嶂，摇曳着那片弯腰驼背的苍树，那些树啊，浑然不觉身躯重新挺拔，叶子不再凋谢，枝头上的新绿开始萌发。

“是的，有你的理解，有你的认可，让我很欣慰，可越是这样，我越感到愧疚。你见过流星吗？那种星啊，自诩是明星的，然而在阴霾面前迷失了双眼，玷污了身心，腐化了灵魂，最后竟背弃生命，带着暗淡的负疚滑出银河，划过天际，像昙花一样地堕落，一溜烟地散落到海底，销声匿迹了。

我不会沉默，我是恒星，上帝赐予我的心灵比太阳的还要明亮！乌烟瘴气，迷雾弥漫何所惧，一抹墨色岂能洇染天意？”

啊，上帝真伟大，我崇敬，我致谢！

“要谢吗？那你知道上帝的化身是谁？是大地？是春风？不，上帝正是我所爱的，生怕迷路的人间——自己！”

海风回声荡漾，霎时激起了无数的浪花……

“我从没闭眼，也不是别离，只是透视雾幕放眼大地需要更大的智慧和勇气。我登上了天宫，正声呼吁：我劝天公重抖擞，玉宇澄清万里埃！”

波涛翻滚着，一遍一遍地淘洗着沉沙和污泥，无情地吞噬着沉疴痼疾，陋习浊气……

曾记否，无数恒星成银河，抬头望见北斗星；犹怀想，星眸楚楚，夜光灼灼，海面闪闪，山河青青，绿色长长；更难忘，只是在多情而缠绵的时季里，鲜花才簇拥着生命步出浪漫：松软的海滩上叠映出长长的身影，相影随行两排深深的脚印；侧耳听，红褐色的礁石上飘来了轻慢的歌声：“星星悄悄眨着眼睛，把我们的秘密张望，在这美好的夜晚里，你的心儿，可和我一样……”

海面上微波泛起涟漪，闪耀着一波波银鳞似的炫光，那是你深邃的目光，是触摸大海宽广胸怀的柔情，是流向大海心灵深处的温暖，是你点拨大海灵魂的神明灯。

别梦依稀哼着小时候喜欢唱的那首儿歌：“一闪一闪亮晶晶，满天都是小星星，挂在天空放光明，好像许多小眼睛……”歌声悠悠地幻化出你身披流光溢彩的舞纱，穿云拨雾光影婆娑。你舒广袖展英姿，煞是光鲜、亮丽。其实我明白，你是在为人类祈天祷地：为过往骄泰奢侈的饶恕？为往后敬畏大自然的许愿？其实我知道，你是在为大自然装扮优雅的盛装：是留恋昨日的质朴？是省悟今日的挥霍不起？还是憧憬明日天蓝水绿地美的诗意？

看，黎明的曙光洒下大海；听，海岸上黄鹂声声鸣翠柳；海面上雾气渐渐消散，扯出的是一道粼粼泛光的航道，于是你告诉人们，正是“上安下顺，弊绝风清”时，快快擦拭锈蚀，加满航油，解放缆绳束缚，清除浒苔羁绊，让希望之舟披着万丈霞光，载着追梦筑梦圆梦的人们朝着北斗星的方向开启新的航程……

散文《与星辰对话》在开篇，没有对星星进行直接描写，而是写了夜空环境，把夜空环境写得深邃、悠远。这样能更好地衬托出星星的存在感。

这句“昨夜的空中你是那样的晶光闪烁……”简洁明了的语句，写出了昨天星星的情形。而接下来的这句“今夜的雾中难觅你的倩影”写出了现在星星所处的环境与从前不同。现在星星是处在雾气中，很难寻找到它的原貌。这里的昨天并不是真正的昨天，而是从前，也许一年，或多年以前。这是忽远，又忽近的时间距离，采用了对比性。作者想通过对比，表达出今天的星空没有了从前的闪烁之美，产生了失落心情。这样的对比，这样的忽远忽近的时间距离，让文字直接产生了落差的感觉，如同瀑布似的，呈现出艺术之美。

作品在经过简单开篇后，直接进入了“与星辰”对话的主题。

这样的对话不是欢畅，不是兴奋，不是激情，而是忧郁，而是悲伤，还带着隐隐的情感之痛和忧虑。虽然“忧郁”与“忧虑”两个词，只是一字之差，但意境是不同的。比如从“我明白别离似乎不是你的本意。因为你懂得失去的意义，更在于为得到而珍惜……我还知道生怕在人间迷了路，曾是你闪闪发光到天明的信念，然而这种执着，又使你变得如此焦灼、苦虑”这句话中，我们能感受到作品的基调与思想。

文学作品如同盖房子一样，基调结实了，文章的脉络也就稳定了。文章的脉络与思想决定着作品的成功与否。

而这句“要谢吗？那你知道上帝的化身是谁？是大地？是春风？不，上帝正是我所爱的，生怕迷路的人间——自己！”明确了作品的主题。

改变自然界中的万物，全是由人类操纵的。我们不应该被自然界的变化迷惑，应该认清根源在于人类。

作品中还引用了儿歌“一闪一闪亮晶晶，满天都是小星星，挂在天空放光明，好像许多小眼睛……”，这首儿歌是许多人对童年的记忆。作者想通过这首儿歌，唤起人们对童年的记忆，从而想达到对从前自然环境留恋的目的。

车克全是六十多岁的年纪。在他的童年，工业没有如今发达，雾霾更没有现在这么严重。那时的天空是明净的。那是多么美好的童年生活记忆。

而这句“是留恋昨日的质朴？是省悟今日的挥霍不起？还是憧憬明日天蓝水绿地美的诗意？”语句，这是在用从前，现在，未来等三个方面为视角，给《与星辰对话》作品做收尾。这样的收尾体现出了期待的心情和更广阔的心境。

车克全在散文《与星辰对话》的开篇，与《醒》的开篇相同，没有直接对想要表达的“蚊子”和“星星”进行描写，而是先描写了衬托主题的环境。

这样的开篇能更好地抓住读者的阅读兴趣，也更容易引起读者情感的波动。

优秀的作品原本就应该让读者产生感情波动的。

散文《醒》和《与星辰对话》体现出了作家博大的心境，用心境关注社会和人生。

车克全：青岛市国资委副局级干部，中国散文学会会员，山东省作家协会会员。散文作品散见于文学专刊和报纸。

我和草原有个约定

——读杨庆发散文《亲近草原》

两年前通过文学，我结识了内蒙古赤峰作家杨庆发先生。岁月流星般悄然划过，没留丝毫痕迹，不觉中两年过去了。在这两年时间里我阅读了来自全国各地作者的大量来稿，或深或浅地认识了些作家、诗人及文学爱好者。杨庆发只是这些作家、诗人及文学爱好者中的一位。有的人认识了，如同风一样过去，没了印迹；有的人认识了，如同读到一篇好文章，记忆深刻。没了印迹的人，留下的是空白，是无从继续交往的。记忆深刻的人，如同被美酒的醇香吸引着，再进一步交往。人与人之间的沟通、交流，能产生更多话题，彼此感情也能得到升华。这是从认识到结识的过程。结识与认识看上去意思相近，实际却有着非常大的区别。我跟杨庆发的交往就是从认识到结识的过程。

我在结识他之前，是先阅读了他的文学作品。我第一次阅读的是他的诗作品，随后是小说和散文作品。听说他还写文学剧本，导演微电影，编辑内刊。他导演的微电影和创作的文学剧本我没看过。我阅读过他的小说、散文和诗作品。他给我寄来了好几部厚厚的著作。其中有长篇小说，还有中短篇小说集。但没有散文和诗作品集。他说给我寄书时，我说你别寄，现在出书非常不容易，出书的费用很大。他真诚地说，送给你看一看……说话时我听见他憨厚的笑声。他的笑声温情，听见有踏实感觉。感谢他送书给我。我认真拜读了。这些书是十多年前出版发行的。当时的制作工艺不如现在好，装帧审美的视角也不如现在超前，不过能看出来在十多年前应该是精心制作的书了。从而体现出他对文学创作有多么执着有多么热爱。他在小说创作方面的数量与质量上不言便知了。他给我传来的诗作品也有上百首。我曾在《诗意随处闪耀》诗评欣赏集的书中，对他的诗进行了解读。那部诗评欣赏集出版后，受到了他和许多读者的好评，大家都认为我解读得准确，有高度，创作手法独特、新颖及与众不同。这是众人对我的勉励，关心，更是对我的支持。实际上杨庆发创作的诗确实有水准。他诗创作得有水准，小说写得也有一定高度，那么他创作的散文作品与小说和诗作品比起来，又是处在怎样的位置上呢？

我正在思量杨庆发散文的创作水准时，凑巧，杨庆发传来一组散文作品，征求我的看法。其中有一篇《亲近草原》的作品引起了我的兴趣。我特别喜欢草原，而我又没去过草原。不久前杨庆发在电话中说，如果我去赤峰，他一定请我喝酒，陪我去看草原。我还没读《亲近草原》的作品，就有着想去内蒙古赤峰的想法了。我在绵绵情丝中读着杨庆发创作的《亲近草原》散文作品。

杨庆发在《亲近草原》作品的第一段写：

在我很小的时候，草原上那些动人、凄美的故事就深深扎根在心灵里了。我曾经为草原做过许多梦，梦里的草原都是那么五彩缤纷。那里不仅有一望无垠的绿色草地，还有雪一样洁白的羊群，草地上到处都点缀着红的兰的紫的山花，一袭蒙古装束的我，身边萦绕着白的黄的粉的蝶，还有金色的阳光和偶尔从头顶轻轻掠过的百灵……我跑着、跳着、在这画一样的景致中，连我的笑都如同阳光一样火红。然而在现实中，那“天苍苍、野茫茫，风吹草低见牛羊”的壮丽图景只能从书本上读到，虽然我生长在内蒙古，但是真正的大草原离我却很遥远，因此走近大草原就成了我的梦。

在这段文章中写出了作者小时候对草原的憧憬，向往，而后用梦境引出大草原美丽的景观。

文章中由草原改为大草原。虽然只多了“大”一个字，但对草原的表达却是不同的。草原可能在内蒙古有许多处，而大草原在内蒙古不会有太多，或许只有几处。

文章中对向往大草原的憧憬描写细致，把梦中的大草原写得非常美，对大草原形象的描写能吸引读者的阅读兴趣。但在这段结尾处却笔锋一转，写到现实生活中的草原不是那么美。并且文中的“真正的大草原离我却很遥远”

这句话改变了文意趋向，把文章的用意带回到了开头。

文章开头写："在我很小的时候，草原上那些动人、凄美的故事就深深扎根在心灵里了。我曾经为草原做过许多梦，梦里的草原都是那么五彩缤纷"。这两行话的用意有着紧密性，前一句是写小时候对草原的印象，后一句是写梦中。而且写"我曾经为草原做过许多梦"这句话加重了前一句"在我很小的时候"的用意。虽然这两句话相连紧密，但似乎也有矛盾之处。读第一句时以为作者是在草原，草原给作者留下了美的印记，可后面却写"我曾经为草原做过许多梦"这句话证明不是在草原，或许是在离草原很远的地方。用这种反差创作写法看上去好像是错误的，但细想，也许作者是有意写出的错觉感，想让表达的思想更突出，从而达到引起读者关注的效果。

这段文章写出了作者对草原复杂的心情。

杨庆发在《亲近草原》作品的第二段写：

我的故乡敖汉旗地处燕山余脉的努鲁尔虎山北麓、科尔沁沙地南缘，东南与辽宁省毗邻，西南与河北省相望，属于辽宁、河北、内蒙古三省（区）交界处。清末至新中国建国初期曾经先后隶属于热中、热辽专署和热河省，是 1956 年撤销热河省后划归内蒙古自治区的。"文革"期间又划归到辽宁省十年，直到 1979 年才又回归内蒙古，所以说故乡的文化并不是纯粹的草原文化，它应该是辽西文化和草原文化相融合的一种特型产物。

这段文章写出了三种文意。第一种是作者介绍了故乡敖汉旗的地理位置。第二种是行政管辖权与划分的演变过程。第三种是文化特点。

文中写"所以说故乡的文化并不是纯粹的草原文化，它应该是辽西文化和草原文化相融合的一种特型产物"。从这行语句中能看出来，前两种文意是在给第三种做铺垫。

杨庆发在《亲近草原》作品的第三段写：

敖汉旗属于半农半牧地区，牧区多是丘陵地带，所以草场也只是条条块块的狭窄草地。真正的草原距离最近的是锡林郭勒大草原，但也在几百里开外。在那个交通不便的年代，想看大草原谈何容易。特别是想见一见千里之外的呼伦贝尔、乌兰察布以及鄂尔多斯等几处大草原，那更是望尘莫及了！

这段文章写敖汉旗是半农半牧地区。虽然有草场，但不是真正的草原。离最近的锡林郭勒大草原还有几百里的距离。现在交通工具发达了，几百里的路程不算太远，但在那个交通不发达的年代，这是非常远的路程。这段写出了如果去大草原，感受大草原的美丽，是难做到的事。

杨庆发在《亲近草原》作品的第四段写：

关于大草原常常是我和朋友之间的话题，在他们描叙的字里行间，大草原是如此的美丽，宛如一个待嫁的新娘，那么丰姿绰约……或者是受到他们描叙的诱惑了，我萌生出强烈走近草原的冲动，我知道那个在我心中沉睡了很久的大草原梦被彻底唤醒了！

这段写大草原是作者与朋友之间闲聊时的话题。这句“在他们描叙的字里行间，大草原是如此的美丽……”这证明朋友们是去过大草原的，对大草原的美景与风貌记忆犹新，久而不忘。而作者没去过大草原，只是在梦中有着对大草原的憧憬。文中这句“或者是受到他们描叙的诱惑了，我萌生出强烈走近大草原的冲动。”这句话写出了作者感情的变化。因为朋友把大草原说得太美了，或讲述得太好了，刺激了作者的心情，让作者萌生了去大草原的冲动。句中用了“冲动”的词汇，这是不理智的想法。这种不理智的想法是因为朋友描叙大草原的美而产生的。可见大草原对作者的诱惑有多么大。

这句“我知道那个在我心中沉睡了很久的大草原梦被彻底唤醒了”，这句话说出了作者去大草原的决心，也说出了想去大草原的心愿有很长时间了。

杨庆发在《亲近草原》作品的第五段写：

单位出差是有机会去草原的，可我东边到过黑龙江，西边去过青海省，南边到过广西，但距离几百里外的大草原却偏偏阴差阳错地与我擦肩而过！

这段简洁地写出了作者在出差时，利用工作之便到过全国许多地方，似乎走遍全国了，可却没机会去几百里外的大草原。几百里的大草原与全国各地的距离相比，显然是近距离。但有机会去远方，而没机会到近处的大草原。难免作者在文章中流露出失意情绪。

杨庆发在《亲近草原》作品的第六段写：

四十八岁的那年七月，根据内蒙古自治区的特殊政策，我离开了工作岗位，然后受邀去了呼和浩特市的一家报社上班。因为呼和浩特市东临乌兰察布大草原、西接鄂尔多斯大草原，这为我亲近大草原提供了得天独厚的方便条件。

这段写作者工作有了变动，生活环境发生了变化。作者以前在敖汉旗工作与生活，四十八岁这年七月，到呼和浩特市的一家报社上班了。这不只是工作和生活的变化，也为去看大草原创造了机会。呼和浩特是内蒙古政治、经济、文化中心城市。敖汉旗是赤峰市管辖的县级城市，县城与省城两者差距大，没有可比性。作者离开县城进入省城工作，心情肯定非常好。

文章中介绍了呼和浩特市与大草原之间的距离比较近。这样作者不管是利用工作之便，还是在休息日去草原都方便。

此前文章中没提起作者从事何种工作，看不出这次工作变动与从前工作之间的区别。不过新工作是在报社当记者，记者工作性质是灵活的，出差时应该有机会去大草原。

杨庆发在《亲近草原》作品的第七段写：

去报社上班的那天，天公作美，澄澈的天空，有几朵白云轻轻飘浮。我们乘坐报社的专车起早从赤峰出发，临近中午才到锡林郭勒大草原。瞬间，那一望无际的绿色草原展现在视线中。车驶进草原腹地时，视野更开阔了。这无边无际的大草原是那样恢宏、恬静、柔和、舒缓。草地平坦得如绿色地毯铺向远方，与碧蓝的天空连成一片。雪白的羊群悠闲地吃着草，在这几乎静止的画面上缓缓移动着，如同蓝天上的白云在绿海上漂浮。这无垠的草原和无穷的天空，让你眼里的世界，除了天上的蓝，就是这草原的绿，除了天上的云朵，就是这地毯上的牛羊。那撼人心魄的绿，那深远澄净的蓝，能让你骚动的心立刻安静下来。

文章第七段是延续第六段写的。作者到新工作单位上班第一天，就有了去大草原的机会。并且是乘坐单位专车去的。这应该是集体公出，或集体游玩。集体出行比独自一人，或约少数几个友人出行更开心。

文章中把早晨出发地点与到大草原的时间略写了，省下笔墨重点描写大草原美丽的景观，达到主次分明的效果。文章中对大草原描写得非常细，也非常美。

这句：那撼人心魄的绿，那深远澄净的蓝，能让你骚动的心立刻安静下来。这是对大草原美的称赞，也具有夸张性。

现实生活中无论是多么辽阔、多么美的大草原都不可能让人们骚动的心安静下来。能让骚动的心安静下来，只能是人们面对美景时自我调解心情。

文章中把前面的“我”改成了“你”，这是称呼的转换。我是专一的。你可以用于任何人，涉及面广泛了，表达的思想少了约束性。

文章中写任何人到美丽的大草原都会有这种感受。

我读到第七段文章时，不禁油然想起了蒙古族歌唱家齐峰演唱的《我和草原有个约定》歌曲了。这首歌 2001 年 12 月 26 日荣获“第六届康佳杯中国音乐电视大赛”银奖，又收录在2003年10月齐峰个人专辑《我和草原有个约定》中。这是专辑中主打歌曲。后来又被德德玛、格格、布仁巴雅尔、凤凰传奇、乌兰托娅等知名歌星多次翻唱。之所以这么多歌星翻唱《我和草原有个约定》这首歌，因为歌曲中倾诉了浓浓的草原情怀。

情怀是感情之根。

我喜欢《我和草原有个约定》这首歌，正如同喜欢杨庆发的《亲近草原》散文一样。当我读到作品中对草原美丽的描写时，被感染了，动情了，随之轻微哼唱起《我和草原有个约定》的歌。歌中唱：总想看看你的笑脸 / 总想听听你的声音 / 总想住住你的毡房 / 总想举举你的酒樽；我和草原有个约定 / 相约去寻找共同的根……草原不是我的根，我与草原以前没有任何瓜葛，只有去看草原的心愿。我对草原的感觉如同杨庆发在《亲近草原》作品中，第一段所写：在我很小的时候，草原上那些动人、凄美的故事就深深扎根在心灵里了……我在年少时就喜欢草原了，也向往草原。

当时我喜欢那首《草原之夜》的歌曲，歌曲中喝道：美丽的夜色多沉静 / 草原上只留下我的琴声 / 想给远方的姑娘写封信……这是我最早对草原的印象，也是草原打动我原因之一。

我对草原的向往似乎与杨庆发相同。可杨庆发实现了去看草原的心愿，而我还没有。当我读到《亲近草原》作品的第七段时，被草原的美景诱惑着，有着迫不及待去草原的想法。正如《亲近草原》作品在第四段所写：或者是受到他们描叙的诱惑了，我萌生出强烈走近草原的冲动，我知道那个在我心中沉睡了很久的草原梦被彻底唤醒了！

文章中第七段对大草原成功的描写，使文章第四段出现的激动感情更准确了。从第七段对大草原的描写能看出作者文学功底是深厚的，笔法也娴熟，还有敏感的观察力……

杨庆发在《亲近草原》作品的第八段写：

贯穿大草原这条公路是笔直的，由于地势平坦，公路远方居然与蓝天相接，汽车行驶了七八个小时仍不见尽头。路上的颠簸尽管有些疲惫，但我仍然不愿停止难得的观赏机会。我目不转睛地看着车窗外，让行走着的草原风光尽收眼底，直至到达目的地，我仍余兴未尽。

这段写了一次出差时，在大草原的行程路线，也写出了作者的心情。这是一条笔直、平坦的公路，汽车行驶七八个小时，还没驶出草原，证明了大草原的辽阔。

汽车在美丽的大草原上行进，作者不顾疲惫，欣赏着自然风光。

这句“我目不转睛地看着车窗外，让行走着的草原风光尽收眼底……”语句中的“让行走着的草原风光”，风光是不会走的，而是作者乘坐的汽车在行驶，这么写能更好地体现出作品的艺术性。

杨庆发在《亲近草原》作品的第九段写：

“走！我再领你去看看西部的大草原。”主编笑着对我说。

这段只有一行语句，文章的脉络从欣赏草原的美景转到了工作上。领导这句“走！我再领你去看看西部的大草原”鲜明地说出了新单位领导对作者的关心。

作者年少时就有看大草原的梦想，因为种种原因这个心愿直到四十八岁这年换了新工作单位，生活环境改变了，才实现这个梦想。并且这个梦想是作者到新单位上班第一天就实现了。这是巧合，还是命中注定的事，或是新单位领导给作者安排的。我认为不是新单位有意安排的，而是巧合。如果是有意安排的不应该是集体出游，而应该是作者与少数几位同事。虽然不是新单位为作者有意安排的，但在这个时间点上，在这个阳光灿烂的日子里，实现了从童年到中年久远的梦想，也能让作者永生难忘。

杨庆发在《亲近草原》作品的第十段写：

为了尽早熟悉报社的工作，次日一早主编就带着我乘车出发。一路上见证了包头的繁荣、乌海的兴盛、巴盟的富庶和鄂尔多斯的崛起，还有乌兰察布的淳朴和阿拉善的洁净。当然让我最感兴趣的还是大草原！不过这里的乌兰察布大草原和鄂尔多斯大草原因为有些沙化，所以草的长势不如锡林郭勒大草原茂盛，但是草原上的蒿草长得依然是乌烟瘴气，当微风吹来草原上好似大海的波涛汹涌澎湃。

这段文章写出了作者的工作性质。单位领导带着作者去了包头、乌海、巴盟等地，作者目睹了这些地区经济的发展，环境的变化。在经济方面采用了简略概括，没有详细记述，而对大草原的描写是详细的。虽然文章在第七段有对大草原的描写，但第七段写的只是锡林郭勒大草原一处景观，而在第九段写了乌兰察布、阿拉善、鄂尔多斯等多处大草原。用这几处大草原说明内蒙古草原的整体状况。

杨庆发在《亲近草原》作品的第十一段写：

7月的天气变化无常，刚才还是晴朗的天空，转眼间就会飘来一片乌云，然后就是一阵如注的倾盆大雨。在鄂尔多斯大草原上，雨过天晴后，草地上散发出来的清香扑面而来。那种沁人肺腑的清香简直让人窒息！在辽阔的大草原上，我们还能清晰地看见一块块乌云下边挂着伸向大地的白茫茫雨脚。这样的奇观从前是从没见到过的。

这段文章写出了7月时，鄂尔多斯大草原的天气变化，原本晴朗的天空转眼就会飘来乌云，下起大雨。还写了下大雨时的场景。说明在这个季节大草原天气变化是没有规律的。

文章中这句“那种沁人肺腑的清香简直让人窒息”这句话说明了雨后草原空气新鲜得让人喘不过气。这是夸张的描写。

杨庆发在《亲近草原》作品的第十二段写：

我是报社记者，工作任务是到各盟、市采访，这下可给了我近距离接触草原的机会。记得那是8月的一天，我和同事去锡林郭勒盟采访，因为受访人在下边的苏木，所以我们驱车驶入草原深处。

这段写出了作者的工作性质及工作任务，也写了去采访的事情。能看出作者热爱记者这份工作，记者的职务让作者有更多机会去大草原，了解大草原的风情。

文章中这句：这下可给了我近距离接触草原的机会。句中“可”的运用，使语句显得格外鲜活。

杨庆发在《亲近草原》作品的第十三段写：

蓝天、白云、羊群和几座白色蒙古包安闲地展现在我眼前，不远处还点缀着几座用树条编成的灰色小屋。好像一幅悠闲的草原图画。此时不知用怎样的语言来形容这天然、纯净的美。

这段写的是作者在工作路上看到了一处景观，景观太美了，找不到表达的语句了。

杨庆发在《亲近草原》作品的第十四段写：

眼前的一切告诉我，这里的一草一木都颇具浓郁的蒙古族风情。我们找到了受访人，采访完毕，他以主人的身份在蒙古包内招待我们。吃过醇香的手把肉，喝完甜美的马奶酒，乘着酒兴，我们边唱边追逐着奔向草原的怀抱。同事们追逐远处的马群了。我被草丛中盛开的野花吸引住。我一个人盘点着各种野花：蓝色的是鸽子花，金黄的是山菊花，火红色的是百合花，粉红相间的是石竹花，还有一些白色、紫色，我未曾见过的花。这些野花只能开在美丽辽阔的草原上，不来草原是无缘遇见它们的。

这段文章原本作者是写工作的，但为了衬托出对草原的感受，与文章主题相扣，而是把工作的事一笔带过，略写了，详细写了吃饭及吃饭后的行为。

美丽的大草原吸引着作者与同事，同事尽情地去追逐马群了。作者一个人看野花。不管是野花，还是马群，这都是大草原特有的物种。虽然野花别处也会有，但这些野花只能开在草原上，这说明了草原的野花与别处野花的不同。

文章中写：不来草原是无缘遇见它们的。这是对草原的赞美。

杨庆发在《亲近草原》作品的第十五段写：

我有些累了，顺势躺在了绿茸茸的草地上，仰望着清如净水的天空。那朵朵白云轻柔地在蓝天中飘着，微风轻抚我的脸颊。这时的草原是那么安静而祥和，偌大的草原只剩我自己了。远离了城市的喧嚣和繁华，远离了俗世的纷扰，抛开一切杂念，将自己完全融入这片纯净的绿中。我享受着这软软的绿床，闭上双目，任思绪飞扬……

这段是写作者心情的。在大草原上作者的思绪得到了净化，如同在人间仙境一般。

杨庆发在《亲近草原》作品的第十六段写：

曾经的内蒙古大草原是喧嚣的，是古代北方少数民族政权更迭必经之地，匈奴、鲜卑、突厥、契丹、女真等民族，曾经都在大草原的舞台上展示过雄姿。一代天骄成吉思汗为了统一草原，率部征服了一个又一个蒙古部落，实现了蒙古草原大统一。然后他挥师南征北战，扩展疆土、建立了中国历史上第一个少数民族朝代——元朝。

这段文章写出了历史上草原经历过的大事及政权更迭。当然是粗略写的。虽然是寥寥几笔，但把文章的容量充实得极为丰满。假如不写这段历史，这篇《亲近草原》应该是风景散文，而写了这段历史，就是思想性散文。

引用历史增加了作品的思想性。

杨庆发在《亲近草原》作品的第十七段写：

朦胧之中我好似看到了万马奔腾的蒙古铁骑，在这旷远的大草原上扬鞭策马奔驰而过，然后与这蓝蓝的天、白白的云、绿绿的草地组成一幅清丽的历史画卷。而我却亲近地抚摸她的肌肤，陶醉在她的温情中。

这段是延续了前面一段的文意，有着回顾历史的意念。这句“朦胧之中我好似看到了万马奔腾的蒙古铁骑……”其中“朦胧之中”四个字的使用，证明是虚幻，而不是真实的。

因为是文章的结尾处，所以有着概括性。作者用幻觉，写出了历史上草原英雄的壮阔场面。

结尾处的幻觉与开篇的梦想，两者有着情感互补之意，使文章段落与段落之间的联络紧密了，结构也更稳定了。

我在读过杨庆发的《亲近草原》散文后，感觉他在散文创作方面是有潜力的。作品中表达的思想与创作技巧都有高度。但我产生了疑问，他在文学创作方面已经辛勤耕耘几十年了，还出过好几部书，可为什么没得到读者的关注呢？为什么没被更多同行知晓呢？我猜测可能与他只是埋头创作，不善于推广有关。

文学作品如同市场的商品，如果不做推广，不做宣传，再好的作品也不会被读者知道。好的商品需要做广告，需要宣传，文学作品也是相同的。

目前文坛许多名家在作品还没出来时，就开始有计划地造声势。当作品出来后，媒体的采访、专家的评论、研讨会，一波接一波，如同地毯式轰炸，形成一股强大的宣传风，把作品推向市场，推荐给读者。

关于宣传与推广的效应，让我想起了《故乡的云》这首经典老歌。这首歌曲是由小轩作词，谭健常作曲，歌星文章在台湾首唱的。并且文章还把《故乡的云》收录在 1984 年 5 月 1 日发行的专辑《三百六十五里路》中。当时这首歌曲在台湾非常流行。然而 1987 春节联欢晚会邀请费翔到北京参加演出。费翔深知这是一次千载难逢推广自己的好机会。他在挑选演唱歌曲时极其慎重。他在精挑细选后，选用了这首《故乡的云》歌曲。因为春节联欢晚会是全国观众的焦点，传播性广，加上费翔的唱功好，歌曲迅速在神州大地上传播开去。听众几乎都认为歌曲《故乡的云》是费翔首唱，从而忘记了原唱者文章。

全国观众熟知费翔也是从 1987 春节联欢晚会《故乡的云》歌曲开始的。

当然文学作品与歌曲不同，文学作品谁创作，就是谁的。但是被人知晓是非常重要的。再好的作品，如果束之高阁，没有读者，也是会被遗忘的。

比如说许多作品被他人抄袭，而抄袭后还成为了有影响力的作品。这说明抄袭者有推广与宣传能力。而原作者缺少推广与宣传能力。我们可以想一想，谁敢抄袭路遥的作品。路遥手中没枪没炮，不是他有多么厉害，而是他的作品被众人知晓，抄袭后被识破的风险性大，一旦抄袭行为被揭穿，就会臭名远扬。但又有几个人知道路遥的那篇获全国小说奖的《惊心动魄的一幕》发表时的艰难呢？当时遭到多次退稿，如果他不委托熟人把稿件送给《当代》杂志主编，如果《当代》杂志不发表，还会有后来的《平凡的世界》吗？我建议作家，或文学作者，学一点艺人的推广手段，这或许能加快在文学界被承认的进度。

我认为杨庆发的《亲近草原》散文有优点，其他作品也不错，但他被读者的认可度不够，建议他能在推广方面多付出些努力，把作品推荐给更多读者。

当然这是我个人看法。

我喜欢杨庆发的《亲近草原》散文作品，也喜欢内蒙古大草原。情至深处，我耳边仿佛萦绕着齐峰演唱的《我和草原有个约定》歌曲。

歌中唱：我和草原有个约定 / 相约去诉说思念的情 / 如今依偎在草原的怀抱 / 就让这约定凝成永恒……

杨庆发说过我去内蒙古赤峰是必须请我喝酒的，我不只跟他同样有对草原的情结，我们还同样有着文学创作交流的愿望。我期待有一天去大草原跟杨庆发一起唱歌、喝酒、骑马，交流文学创作，那情，那景……将融入生命中。

我认为《亲近草原》是具有思想深度的散文作品，已经推荐给相关杂志的友人，如果不出意外，或许能尽快发表面世。

杨庆发先生，祝你好运！

发表在 2020 年 2 期《上饶文艺》杂志

由心灵之光折射的激情

——读安德烈·纪德［法国］散文《沙漠》

1

我喜欢读带有三种感情色彩的文学作品。其一是舒缓而情浓的；其二是平静能引起深思的；其三是在阅读时能激发心情的。比如梁晓声的小说《母亲》应该属于是第一种；比如卢梭的《一个孤独的散步者的遐想》随笔集应该属于第二种；比如高尔基的散文《海燕》应该属于第三种。当然这三种类型文学作品是我根据多年来阅读习惯自己划分的。

我认为小说与诗在这三种感情方面突显性不大，而散文较为明显。这跟诗、小说、散文作品的体裁及结构有关，也跟运用语言方式有关。

法国著名作家安德烈·纪德创作的散文《沙漠》，感情高昂，阅读时能从内心涌起情感波动。我喜欢读《沙漠》这篇散文。

虽然这篇散文全篇只有 1230 字，属于短文，但在这么短的作品中却体现了复杂的情感及宏大的自然场景，读后有着热血沸腾般感觉。

这篇散文可以分成三部分解读。第一部分是写沙漠自然环境独特性的。这种自然界独特性触动了作者的思想。

安德烈·纪德在散文《沙漠》第一部分中写：

多少次黎明即起，面向霞光万道、比光轮还明灿的东方——多少次走到绿洲的边缘，那里的最后几棵棕榈枯萎了，再也战胜不了沙漠——多少次啊，我把自己的欲望伸向你，沐浴在阳光中的酷热的大漠，正如俯向这无比强烈的耀眼的光源……何等激动的瞻仰、何等强烈的爱恋，才能战胜这沙漠的灼热呢？

不毛之地，冷酷无情之地，热烈赤诚之地，先知神往之地——啊！苦难的沙漠、辉煌的沙漠，我曾狂热地爱过你。

在那时时出现海市蜃楼的北非盐湖上，我看见犹如水面一样的白茫茫盐层——我知道，湖面上映照着碧空——盐湖湛蓝得好似大海，——但是为什么——会有一簇簇灯心草，稍远处还会矗立着正在崩坍的页岩峭壁——为什么会有漂浮的船只和远处宫殿的幻象？——所有这些变了形的景物，悬浮在这片臆想的深水之上。（盐湖岸边的气味令人作呕；岸边是可怕的泥灰岩，吸饱了盐分，暑气熏蒸）

我曾见在朝阳的斜照中，阿马尔卡杜山变成玫瑰色，好像是一种燃烧的物质。

我读这部分文章时，感觉到了语句的唯美，在唯美的语句中充满着情感，情感充实了语句的思想性，也浸润了语句流畅性，流畅让语句更有光泽、柔性，流畅的语句及光泽的艺术性如同一张风景画面呈现在眼前。

比如开篇“多少次黎明即起，面向霞光万道、比光轮还明灿的东方——多少次走到绿洲的边缘，那里的最后几棵棕榈枯萎了，再也战胜不了沙漠”这行语句艺术性地写出了沙漠的威力。这威力似乎有着不可战胜之美，而这种美带有残酷性。

这行语句前面把自然景观写得无限壮观，引人入胜，让读者感受到了美好的风景，但收尾时却写“再也战胜不了沙漠”，把文章思想推向了至高点，这种至高点是残酷，不是温情。

而这行“不毛之地，冷酷无情之地，热烈赤诚之地，先知神往之地——啊！苦难的沙漠、辉煌的沙漠，我曾狂热地爱过你”写出了沙漠的原貌，沙漠是寸草不生之地，只有黄沙漫漫。虽然沙漠是不能生长植物的地方，但这里的景观非常好，很特别，具有诱惑与观赏性。也许正因为这是特别景致，才能打动人，感染情绪，所以在艺术品中经常出现。有的是借助沙漠抒情；有的是反衬情缘；有的是表达哲理。

这篇散文《沙漠》的作者也曾存有对沙漠痴情的向往。那种向往应该是理想，或者是人生目标。比如这行“我曾见在朝阳的斜照中，阿马尔卡杜山变成玫瑰色，好像是一种燃烧的物质”语句，就写出了沙漠如火的壮丽场景。

我们在读这段文章时，可以想象一座山在燃烧时的场景。

那场景一定是壮观的。

所以作家安德烈·纪德在散文《沙漠》的第一部分，把沙漠的景观写到了极致。

2

安德烈·纪德在散文《沙漠》第二部分写：

我曾见天边狂风怒吼，飞沙走石，令绿洲气喘吁吁，像一只遭受暴风雨袭击而惊慌失措的航船，绿洲被狂风掀翻。而在小村庄的街道上，瘦骨嶙峋的男人赤身露体，蜷缩着身子，忍受着炙热焦渴的折磨。

我曾见荒凉的旅途上，骆驼的白骨蔽野；那些骆驼因过度疲顿，再难赶路，被商人遗弃了；随即尸体腐烂，缀满苍蝇，散发出恶臭。

我也曾见过这种黄昏：除了鸣虫的尖叫，再也听不到任何歌声。

——我还想谈谈沙漠：

生长细茎针茅的荒漠，游蛇遍地：绿色的原野随风起伏。

乱石的荒漠，不毛之地。页岩熠熠闪光；小虫飞来舞去；灯心草干枯了。在烈日的曝晒下，一切景物都发出噼噼啪啪的声音。

黏土的荒漠，只要有涓滴之水，万物就会充满生机。只要一场雨后，万物就会葱绿。虽然土地过于干旱，难得露出一丝笑容，但这里的青草似乎比别处更嫩更香。由于害怕未待结实就被烈日晒枯，青草都急急忙忙地开花，授粉播香，它们的爱情是急促短暂的。可是太阳又出来了，大地龟裂、风化，水从各个裂缝里逃遁。大地坼裂得面目全非；大雨滂沱，激流涌进沟里，冲刷着大地；但大地无力挽留住水，依然干涸而绝望。

黄沙漫漫的荒漠——宛似海浪的流沙；不断移动的沙丘，在远处像金字塔一样指引着商队。登上一座沙丘，便可望见天边另一座沙丘的顶端。

刮起狂风时，商队停下，赶骆驼的人便在骆驼的身边躲避。这里生命灭绝，唯有风与热的搏动。阴天下雨。沙漠犹如天鹅绒一般柔软；夕阳中，像燃烧的火焰；而到早晨，又似化为灰烬。沙丘间是白色的谷壑，我们骑马而过，每个足迹都立即被尘沙所覆盖。由于疲惫不堪，每到一座沙丘，我们总感到难以跨越了。

散文《沙漠》在第二部分主要是写人类与沙漠的关系，把文笔的接触点落到了现实中。人类生活在自然界环境中，自然界的价值是在于为人类做的贡献，两者是密不可分的，如果分开了，都不存在了。比如这行“我曾见荒凉的旅途上，骆驼的白骨蔽野；那些骆驼因过度疲顿，再难赶路，被商人遗弃了；随即尸体腐烂，缀满苍蝇，散发出恶臭”语句写商人遗弃了骆驼，而骆驼腐烂的尸体散发着恶臭气味，气味在空气中散去。阅读文章时，直接理解是人类为了生存，把交通工具“骆驼”抛弃了，但深层次理解应该是人类的生存环境受到了沙漠威胁，这种形势非常严峻。我们知道在动物种类中，最适应沙漠生存的是骆驼，然而骆驼都无法生存了，又何况人类呢。

当然人类的生存能力可以借助科技，科技能帮助人类适应生存环境。

人类在生存路上从没停止过跟自然界搏斗，时刻在改变环境，不然就没有现代化的今天。古往今来人类处在进化中，这种进化不只是科技，而是人类自身。如果人类的智慧与思想不发生进化，又怎么会有生产力的发展，生活的改变呢？无论科技多么发达，生活多么美好，最根本还是“人”，万物以人为根基。

比如这行“刮起狂风时，商队停下，赶骆驼的人便在骆驼的身边躲避。这里生命灭绝，唯有风与热的搏动”语句充分体现了这种思想。

我在读到这段文章时，眼前仿佛出现了在风沙狂舞的沙漠中，有一行商队在穿行的画面。那画面揪着我的心，这种揪心的感觉是来自为了生存，为了繁衍生息。这句“唯有风与热的搏动”把人与自然的关系写到了实处。

散文《沙漠》第二部分把人与沙漠写得融为一体。

3

安德烈 · 纪德在散文《沙漠》第三部分写：

黄沙漫漫的荒漠啊，我早就应当狂热地爱你！但愿你最小的尘粒在它微小的空间，也能映现宇宙的整体！微尘啊，你忆起何种生活，从何种爱情中分离出来？微尘也想得到人的赞颂。

我的灵魂，你曾在黄沙上看到什么？

白骨——空的贝壳……

一天早晨，我们来到一座高高的沙丘脚下避日。我们坐下，那里还算阴凉，悄然长着灯心草。

至于黑夜，茫茫黑夜，我能谈些什么呢？

海浪输却沙丘三分蓝，胜似天空一片光。

——我熟悉这样的夜晚，似乎觉得一颗颗明星格外璀璨。

这部分用沙漠表达思想，把思想映衬在沙漠中。比如这句“我的灵魂，你曾在黄沙上看到什么？”有着一语点破作用。而这句“白骨——空的贝壳……”写得冷峻，入木三分。肉体腐烂之后，只留下了骨头。当然年久了，骨头也会风化的，但这需要漫长的过程。而灵魂是永恒性的。文章用两者对比，写出了思想的光芒。

而这句“一天早晨，我们来到一座高高的沙丘脚下避日。我们坐下，那里还算阴凉，悄然长着灯心草”把文章表达的情绪舒缓下来。这种舒缓是一种意境与遐想。作者写某天早晨去沙丘上赏景，看见了灯心草，灯心草应该是作者的寄托与希望。

这句话中把前面的“我”改为“我们”，我是专一的，而我们是广泛的，显然作者有意拓宽文章的思想性。

散文《沙漠》第三部分主要是写作者的思想感悟，用感悟说明人生的道理。

4

我在读过法国作家安德烈·纪德的《沙漠》散文后，感觉如同一幅精雕细琢的精美图画呈现在眼前，又如同身处在一片广阔无边无际的沙海中，我在沙海中感受着大漠的雄浑、悲壮、凄凉。实际上，我的这种感受是来自作家安德烈·纪德的思想与心灵之光。

虽然散文《沙漠》中写了大漠中的海市蜃楼、风暴中的飞沙走石，荒凉路上的累累白骨及寂寥无声的凄凄荒漠，但这是在证明生命与自然界的依存关系，在用大漠倾诉所思所想。

这篇散文《沙漠》是作家心灵与思想折射出的光，光芒照亮沙漠，沙漠的狂热与冷峻在质问人类的生存环境。

这个质问应该引起思考。

我们应该在阅读作品后冷静思考生命的根源。

安德烈・纪德：1869 年 11 月 22 日出生于巴黎，1951 年 2 月 19 日逝世。他是法国二十世纪最重要的作家之一。1889 年与皮埃尔•路易和马塞尔•德鲁安等创办《中学生杂志》。代表作有诗集《安德烈・瓦尔特诗集》；笔记《安德烈・瓦尔特笔记》；剧本《没有缚紧的普罗米修斯》；长篇小说《背德者》《伪币制造者》《田园交响曲》；游记《刚果之行》等多种体裁作品。1947 年获得诺贝尔文学奖。

发表在 2019 年 12 期《辽河》杂志
发表在 2019 年 4 期《新安江》杂志
发表在 2020 年 2 期《大足文艺》杂志

相约春天

——读岳静华散文集《枫韵》及随想

1

我在读黑龙江省北大荒岳静华的《枫韵》散文集时，正是2019年的阳春三月。虽然青岛的3月树是绿的，草也萌芽了，但花还没开，天气还有些寒冷。虽然冬衣依然穿在身上，但已经感受到春天的脚步渐渐走来。

春天是新年的开始，也是生活的希望。

梦想与希望在美好的春季绽放。

我乘坐的丰田越野车经过一片麦田，放下手机，从车窗朝田野望去。轻柔的风扑面而来，那么凉爽与清新。青岛的麦田冬季也是绿色的。春季到来，绿色更浓，焕发着英姿。眼前绿油油的田野，让我触景生情，让我想起了26年前的春天往事。

我是1993年春季的3月离开北大荒垦区的。算来已经26年过去了。虽然春天还是春天，生活还是生活，但是岁月已经不是从前的岁月了。不用说岁月的车轮已经过去26年了，就是过去一天，或一个小时，也是无法挽回的。过去的岁月往事只能回首，不能重复。

回首是心灵的祭奠。

祭奠是一种感触。

此刻，我正在微信中阅读岳静华的《枫韵》散文集作品。她的作品由电波传来。我看见她的作品，仿佛回到了北大荒，如同重温黑土地的生活往事。

车在行驶，我思绪飘逸。眼前这片小小的麦田如同北大荒广阔田野的缩影。北大荒的田野是一望无际的，而青岛的农田是这边可以看见那边的。北大荒肥沃的黑土地上留下了许多著名作家的影子，如丁玲、梁晓声、张抗抗等。

其实，我知道岳静华不是现在，而是早在26年以前的事了。

那时，我在北大荒垦区生活。她跟我同属于北大荒垦区系统。虽然在一个系统，但黑土地地域辽阔，我们分别生活在两个不同地区。我生活在鹤岗市绥滨县境内的农场。她生活在黑河市嫩江县境内的农场。

虽然我们相隔遥远，素不相识，但我经常在《北大荒文学》《北大荒日报》《农垦工人》等报刊上看见她的名字。

当时，这几份报刊是黑龙江省北大荒垦区全国发行的媒体。在北大荒垦区作者心目中有着举足轻重的权威性，也是向往发表作品之地。在上面发表作品有着自豪感。

那时，我特别羡慕岳静华。也期望我的名字能经常出现在这些媒体上。

那时，岳静华还不算作家，应该是单位的通讯报导员，或是负责宣传工作的基层领导干部，或是走在通往作家路上的文学女青年。

虽然那时我也在这些报刊上发表作品，但数量没有岳静华多。她是我学习的榜样，也是偶像。也许我知道她，而她不知道我。后来我离开了黑龙江北大荒垦区，远离了四季分明的北大荒，相识岳静华的机会少了。

俗语说：两座山不能到一起，两个人是能到一起的。

2018年，朋友把岳静华的稿件传给我。朋友介绍说岳静华写的作品有特点。我看到她的名字眼睛一亮，还没等朋友介绍完，就抢话说：我知道她……

此时，我知道岳静华已经不是26年前的文学女青年，或基层领导宣传干部了，而是名副其实的作家了，更是副处级领导了。

她的简介这样介绍：

岳静华：女，汉族，党员，本科学历。曾任农场档案科副科长、监察科长、纪委副书记、组织部长，九三管理局工会女工部长、工会副主席，中国散文学会会员、黑龙江省作家协会会员、北大荒作家协会主席团委员、九三管理局作家协会主席。从小热爱文学，小学四年级开始读小说、散文，上世纪八十年代开始文学创作。散文《读书的幸福》《丁香花又开》《鸣少山·月牙泉》等12篇散文先后选载于中国散文学会出版的《中华散文精粹》《中国散文大系》并获一等奖、最佳散文创作奖；散文《生命之河》《荷塘秋韵》收录于北京华樾教育集团出版的《语文主题学习》（下册）；散文“读书的幸福”分别获得黑龙省总工会和省图书馆征文一、二等奖；出版散文集《那天》

《谛听》《枫韵》；创办了九三工会《职工文苑》内刊……

因为岳静华文笔娴熟，又是朋友推荐，并且久闻其名，我有着故友重逢之情，所以 2018 年我在《北极光学》杂志上编发了她多篇作品。

从此我们有了更多交流，成为很好的友人。

岳静华在电话中多次跟我提起她的散文集。我能感觉到她对自己出过的散文集有着钟爱之情。因为我没读过她的书，很少发表看法，只听她说。她出版过三部书。她最喜欢的是散文集《枫韵》这部书。她说只有一本了。我知道一本书绝对不可以送人的，自己留纪念用还不够呢……我们相隔遥远，她既不能送给我看，我也无法到她那看。她就把《枫韵》散文集的电子稿用微信传给了我。

因为看电脑时间长，我对屏幕有些生厌，不喜欢阅读电子书。

这是我第一次阅读电子书。

岳静华这部散文集《枫韵》，是华龄出版社在 2016 年 6 月出版的。书为 8.5 印张，32 开，18 万字，全书分四个章节。

第一章节为“情暖人生” 。在这个章节，也是书的第 20 页，收入了《相约紫园》这篇作品。

岳静华的这篇作品是写去北京探望女儿的生活经历及对生活的感悟。文章第一段写：

初秋的一个周末，我与女儿相约去紫园采风。紫园是北京紫谷伊甸园（Purple Valley Eden）的简称，北京首农集团下属的北京市卢沟桥农场，在永定河岸建立的一座薰衣草庄园。

这段文章写出了去紫园的季节，也写出了紫园是北京郊区的一个农场。这是有说明性的，让读者一目了然，知道文章想表达的事情。

我在读这段文章时有点不解。岳静华生活在北大荒农场，北大荒农场是全国最具有特色的农场。她到北京没去八达岭、故宫、颐和园等风景游览区，而为什么去紫园这个农场呢？ 她在农场生活和工作数十年，对农场是熟悉的……到了北京不想看一看古城的风貌吗？不想感受大城市的现代生活吗？

我读着文章，带着不解，疑问涌现。

岳静华在第八段这么写：

女儿就像自己喜欢的一枝紫色薰衣草，小小的花朵不惹人眼目，但那紫色的梦已经飞翔到辽远的天空。她在哈尔滨市一所大学毕业，与许多时尚青年一样义无反顾地选择了北漂。选择了北漂这条路，就等于选择了艰辛，选择了奔忙。当年，她爸爸心疼女儿，担心从小娇生惯养的女儿吃不了那份苦，不同意她远离家乡工作。我也明白，那个未知远方的路肯定是荆棘丛生。但是，人生一世，花开一季，女儿不愿意衣来伸手，饭来张口，过舒适安逸的日子。牡丹绚丽，荷花清雅，小草也会绿满天涯。女儿要像薰衣草那样，在姹紫嫣红中开放出自己的色彩。

这段文章写出了岳静华去紫园的目的。她不是为了自己，而是为了女儿。她写出了女儿的一段成长经历及为人父母的担心、顾虑与责任感。

文章第一段写紫园是一座薰衣草庄园。在第八段写：女儿就像自己喜欢的一枝紫色薰衣草，小小的花朵不惹人眼目，但那紫色的梦已经飞翔到辽远的天空。从这行文字能看出作家岳静华想在紫园寻找从前生活的痕迹。她把女儿与薰衣草联系在一起，用文字表达心情。

这段文章写出了女儿小时候的生活环境是非常优越的，如同温室里的花，没见过风雨，但在哈尔滨读完大学后，选择了到北京工作。北京是女儿陌生的城市，选择陌生就是选择了艰难，选择了风雨兼程。

父母是最不愿意看见儿女过艰难生活的。可是人生不能复制，一代人有一代人的生活方式。儿女有自己的生活追求，有自己的人生观。虽然父母担忧儿女对生活方式的选择，可不能完全左右。如果左右了儿女对生活的选择与追求，也就是阻止了儿女奔向理想的脚步，也就改变了儿女的生活方向与人生路程的轨迹。

作家本身应该是具有思想的。正如文章中这么写：我也明白，那个未知远方的路肯定是荆棘丛生。但是，人生一世，花开一季，女儿不愿意衣来伸手，饭来张口，过舒适安逸的日子。牡丹绚丽，荷花清雅，小草也会绿满天涯。女儿要像薰衣草那样，在姹紫嫣红中开放出自己的色彩。这些文字写出了女儿的人生观，也写出了岳静华对女儿选择的生活方式给予了理解。她的理解就是给了女儿支持。她期望女儿能像薰衣草那样在人生的百花园中绽放出自己的色彩。

人生的色彩是在经过风雨，经过磨难与艰辛之后形成的。不经风雨，不经艰苦的人生是平淡的，在人生的史册中是不可能有浓重文笔记载的。

文章第十一段写：

她体质弱，经常感冒发烧。一天晚上她加班做标书，准备第二天去投标，不想竟然发烧三十九度，烧得头晕脑涨，但她硬是坚持到凌晨一点多，做完标书才去医院诊断、输液。输完液又赶去投标现场，经过激烈的竞争中标了，辛苦总算没白付出。喜悦也没能抵挡住疲劳与疾病的袭击，当她站起身要离开时，却晕倒在地。过后，当她打电话跟我讲述这次经历时，我心疼得流泪了，可是天高地远，爱莫能助。

这段文章写出了女儿的坚强及敬业精神。女儿在患病和身体不适应工作时，还带病，加班加点工作，并且出色地完成了工作任务。

同时，也写出了母亲对女儿的关爱。母亲对孩子的关爱是世间最无私，最伟大的爱。可在现实生活中有时是无奈的。成年的孩子为了理想，为了人生目标，许多时候是远离父母，在异乡生活和工作。父母知道孩子在生活，或工作中遇到了困难、波折，也爱莫能助，只能产生无限的牵挂与心疼。

作家岳静华把这种牵挂，把这种情，写到了深处。读起来入情入心。这种入情的文风在文章倒数第三段有了较大转变。

文章倒数第三段写：

落霞孤鹜，秋水长天。云雾花丛，紫色梦幻。漫步在花海中，缭绕在薰衣草淡淡的清香里，看着女儿如花的笑靥，我心里无比温馨，无比舒畅，有这样的女儿，是我今生的幸福。

岳静华在这段文章中写出了紫园的美景，大自然的情怀。也写出了女儿开心的表情，更写出了作家本人的心情及对生活的感悟。

似乎这段文章有着总结性。

总结语应该是：女儿是作家今生的所有，也是幸福所在。

岳静华为了与开篇照应，在文章的倒数第二段写：

想着心事，不知不觉太阳已经滑落山顶，在满天彩霞的映衬下，紫谷伊甸园里弥漫着一片神秘而浪漫的色彩。洁白的巨幅LOVE大字，如伸展的手臂迎接着夕阳；红色的高高风车，似在与游人挥手告别；紫色的满园花朵，似在向晚霞悄悄倾诉满腹心事。

岳静华在这段文章中没写自己的心情，也没写女儿，而是写紫园的黄昏，写黄昏时紫园美丽的景色。作者把紫园黄昏时的景色写得饱满而动情，从而读起来情中有景，景中有情，情景交融的画面展现眼前。

我在读到这段文字时体会出了岳静华的心情。实际上在这么美的景象中离开，心中有着不舍的情结。可是大自然有着自己的运行规律，黎明与夜色交替出现。人类的生活状态是随着自然规律变化着。夕阳西沉之时，人们正常生活规律是回家、吃饭、入眠。

岳静华在文章结尾处写：

我在花中小径上席地而坐，女儿看我端好了相机，挥舞着手中淡黄色的凉帽，高高地跳起来，我适时按动快门，啪！啪！啪！六次连拍，定格在画面里的女儿如一只展开翅膀的白天鹅，在挂满彩霞的蓝天下高高飞翔。

这段文章写出了现在生活的美好，也写出了对女儿的期待与希望，或许是祝愿的一种。特别是这行：定格在画面里的女儿如一只展开翅膀的白天鹅，在挂满彩霞的蓝天下高高飞翔。

作者把心中的想法写到了高处。

那是对女儿的希望与祝愿。

岳静华用这么美的文字做《相约紫园》这篇作品的结尾，无疑是恰到好处的。

我在读过《相约紫园》这篇文章后，认为这是精心构思后成篇的作品，被文章感染着。我在想岳静华从遥远的北大荒千里迢迢到古城北京首都，没有去游览名胜古迹，而陪女儿去北京市卢沟桥农场，这是在寻找生活的记忆，有着对未来生活的展望与期待社会的发展，人类的繁衍生存，都需要更多智慧来克服困难，探索生存空间的未知领域。那么，母亲就是最好的教育者、铺垫者。

这篇《相约紫园》作品，就是艺术性、思想性及教育性融入其中的作品。从而体现出了岳静华的创作高度。

我个人认为这是非常好的作品。当然不足之处是存在的。瑕不掩瑜，优点超越不足就是成功的作品，就是好作品。

因为生活与艺术本身就不是绝对完美的。

2

岳静华把散文集《枫韵》这部书的第二章节定名为“心窗远眺”。在这个章节中，也是书的第73页，收入了《丁香花又开》这篇作品。

丁香花又称紫丁香（拉丁学名：Syringa oblata Lindl）。属于落叶灌木或小乔木。高1.5 ~ 4米，树皮灰褐色，小枝黄褐色，初被短柔毛。后渐脱落。嫩叶簇生，后对生，卵形，倒卵形或披针形，圆锥花序，花淡紫色、紫红色或蓝色，花冠筒长6 ~ 8毫米。生长习性喜阳，喜土壤湿润而排水良好，适庭院栽培，春季盛开时硕大而艳丽的花序布满全株，芳香四溢，观赏效果甚佳。花期5 ~ 6月。原产中国华北地区，在中国已有1000多年的栽培历史，是中国名贵花卉。

我猜测岳静华在写《丁香花又开》作品时，应该与当时的心情及季节有关。我在读这篇作品以前，虽然知道丁香花，但不了解这种花的习性。为了透彻理解岳静华的这篇作品，我查看了相关丁香花的资料。丁香花的开花期是在每年5—6月份。这个季节的黑龙江北大荒天气处在冷热交错时，温差大。早晚气温凉，中午热。此时是花草生长的最佳期。从文章题目理解，就有着岁月轮回的含义。因为“又”就是再次的意思，也是重复出现的象征意义。作家写《丁香花又开》了。意思是又到丁香花开的季节了。那么，在这个季节里发生了什么呢？文章又是想表达什么呢？

这篇作品分为五个小节。

岳静华在《丁香花又开》第一小节第三段写：

下班后，我走在回家的小巷里，没有撑伞，任淅淅沥沥的小雨淋湿头发，淋湿衣服。虽然下着雨，却并不冷，因为这个春天里，一直很冷，没完没了的冷雨天气，憔悴了春天的容颜，推迟了花开时节，推迟了农田的耕种日期。过多的冬雪和过多的春雨，汪洋了黑土地，人们都在抗涝抢播种呢。今天这样温润、清爽的天气才刚刚让人感觉到一丝春天的气息。

这段文章写出了北大荒5、6月份时的天气变化，也写出了作者的心情，更写出了北大荒在这个季节的风貌与农时，农时与天气的关系。

文章第四段写：

我抬起头四处张望，哦，小路两侧，茂密的丁香树上一片淡紫色的云雾。朦胧的黄昏里，茁壮的绿树丛中，摇曳在微风中的一束束淡紫色丁香花，傲然开放在雨中的枝头。不知何时，丁香花又开了。

这段写作者偶然发现丁香花开了。因为发现花开是偶然性的，没心理准备，所以显得惊喜与新奇。这种惊喜与新奇，似乎暗示着作者对生活往事的回想。

果然，岳静华在《丁香花又开》文章第二小节写了一件生活往事。她在第二小节的第三段写：

时间无情，花开花落，一晃婆婆离世整整十三年了。那年5月18号丁香花开的日子，她永远离我们而去。六十二岁的婆婆没能更好地享受生活，就匆匆走了。但她没有白付出辛苦，如今，当年她带着在丁香树下玩耍的两个孙女，一个大学毕业后，在婆婆最喜欢的北京（那是公公的出生地）安家立业，另一个中山大学毕业后，留在了广州工作。如果婆婆在天有灵，一定会露出满足、开心的笑容。

这段文章紧紧扣住了《丁香花又开》这篇作品的主题。作者写十三年前，在丁香花开的季节，婆婆离世了。在丁香花又开时想起了婆婆，写出了对婆婆的怀念，还有愧疚，同时也向离世的婆婆诉说今日美好的生活。

当年婆婆照看的两个孩子都已经学业有成，长大成人，安家立业了，远在天堂的婆婆可以安心了。

文章中写“如果婆婆在天有灵，一定会露出满足、开心的笑容”。因为婆婆已经离世十三年了，不可能出现在作者眼前，这只是作者的想象与心愿。

岳静华在《丁香花又开》作品的第三小节，第一段写：

2010 年，丁香花开的时候，父母亲在我家住了一周的时间，父亲每天到小区楼前丁香树下的健身广场健身。一天，他老人家一边在漫步机上漫步，一边呼吸丁香花的芳香，开心地笑着说：“这一眼就能望到头的小巷还栽了这么多丁香，真是香化、美化环境了，长期住在这儿能长命百岁呢。”

这段文章写出了作者的居住环境和生活状态，也写出了丁香花给人们生活带来的益处。岳静华的父亲说“这一眼就能望到头的小巷还栽了这么多丁香，真是香化、美化环境了，长期住在这儿能长命百岁呢”。充分证明了人类渴望没有污染的生活环境，生活环境对生命的影响非常大。

岳静华在《丁香花又开》作品的结尾处写：

丁香花又激起我的文思与梦想，让我重新审视自己，审视人生。天地和生命的奥秘我读不懂，想不清，正是这读不懂，想不清，才应该不断去探索，去寻找，去追求，让自己的生命更有意义。

这段文章写丁香花对岳静华思想方面的影响与情感触动，触动了情感，思想才能生变化。

作者在文章中写：天地和生命的奥秘我读不懂，想不清，正是这读不懂，想不清，才应该不断去探索，去寻找，去追求，让自己的生命更有意义。

这是《丁香花又开》作品的结束语。这语句似乎是对开篇做出的答案。如同作者在某年某月丁香花开的季节，对人生，对生活有了醒悟。

这篇作品中释放着黑土地的芳香。

岳静华的感情、思想、文化修养，在字里行间都能感受到。

正如《枫韵》散文集中第二章节的标题“心窗远眺”的含义一样，眺望远方，心境就开阔了。

这是作家岳静华的心境。

3

岳静华的散文集《枫韵》第三章节名为“行旅拾贝”。从章节的题目理解应该是收入旅行方面的作品。在这节，也是书的第181页，收录了《麦子熟了》这篇作品。作品在第二段写：

清风微微拂过，麦子的清香在早晨清新的空气中流淌，麦浪如潮水般涌动，一波一波荡漾开去，涌向遥远的天际，深深吸口气，浓郁的麦香和甜美就飘进了心里。

这段是写麦田环境和心情的。北大荒的空气是没被污染的、洁净的，而麦田又是空旷地带，站在空旷的麦田里，呼吸到的空气是清新的。麦田的空气夹带着麦香味，这是生活的享受，也是丰收的喜悦。

文章中对麦子的描写也是形象的。麦子长得齐刷刷一般高，被轻风吹动时形成如同波浪般的晃动。抬眼望去，景色非常美。

我在北大荒生活过，从读小学开始几乎每年都参加麦收劳动。北大荒麦收工作特别繁忙，几乎老少人员全参加劳动。学生在放暑假时到晒场上帮助翻晒麦子。当我读到岳静华这篇作品时，如同回到了久别的岁月中。

作品第六段写：

火红的美国进口“凯斯”收割机轰隆隆疾驶而来，机车过处，麦子齐刷刷向一个方向扑倒，干净利落，一条整整齐齐的麦趟伸向远方，望不到边际。转眼间，机车无影无踪，麦田进入了一种寂然的宁静，齐刷刷的麦茬显得那么孤寂和冷清，一种空旷和落寞的气氛弥漫在田野上。

这段写出了北大荒麦田收割后的场景，也写出了收割时的场面。收割时的场面很美，收割后的场景有些凄凉与落寞。

因为北大荒土地辽阔，农田面积大，所以这里是全国农业机械化作业较高地区。麦收和秋收工作是最繁忙的，在抢时间，分秒必争。北大荒麦收工作处在多雨期。有时下雨，麦田泥泞，机车无法在田间收割作业，就影响麦收工作进度。如果麦子被风吹、雨浇，发生大面积倒伏了，收割机收不起来，浪费是非常大的。北大荒麦收工作基本是速战速决的，又通常被称为“麦收战役”。

岳静华在《麦子熟了》作品的结尾处写：

从我记事起，家乡的主要农产品就是小麦和大豆，家里饭桌上的主要风景，总是热气腾腾的大馒头。冬天妈妈的时间比较充裕了，就经常烙发面饼，晚餐还要加上山东人说的面汤。妈妈会把单一的食物换着花样做，今天吃过水面条，明天就是面片，后天再吃疙瘩汤，汤里加上一些白菜或者大头菜。虽然那个时代家里的食物很简单，但妈妈变着样地做，我们也不感到乏味。我胃不好，至今，一日三餐主食多是面食。今生与麦子结下了不解之缘，麦子的清香飘荡在家乡的空气里，缭绕在我的生活中。

岳静华这段文章写出了与麦子的情缘。她写的真切，形象、沉实。比如她这样描写“家里饭桌上的主要风景，总是热气腾腾的大馒头”。这种吃饭的场景在八九十年代北大荒国营农场的家中，是天天见的事。

北大荒冬季是寒冷的。虽然屋里有暖气，但跟刚出锅的饭比还是形成了反差。吃饭时的热气如同在证实冰雪人间的生活景象。

这是独特的生活。

这种生活给岳静华留下了难忘与美好的记忆。正如结尾处写的“今生与麦子结下了不解之缘，麦子的清香飘荡在家乡的空气里，缭绕在我的生活中”。这是真实的描写。

更主要的是作者没把文章重心放在麦子成熟上，而是把重心放在麦子与人们生活的关系上。作者的感怀也给作品增色不少。

这篇《麦子熟了》是有特色的作品。

4

岳静华的《枫韵》散文集，把第四章节定名为“桑梓月色”。在这章节，也是书的第 193 页，收入了《神奇的土地》这篇作品。

作品第一段写：

清晨，第一缕阳光冲破晨曦的薄雾，照在了老莱河上，河边非常热闹，散步的、打太极的、摄影的人们纷至沓来。还有许多欣赏风景的，站在湖心桥上，手扶桥栏，望着波光粼粼的老莱河，目光是那么沉醉，笑容是那么幸福。他们是夏季从外地回来避暑的，看到家乡的变化，不时交流着感受。不改的是乡音，不变的是乡情。

这段写出了北大荒人的生活环境及晨练时的场景。人们在朝霞中散步，锻炼身体，反映出人们的精神风貌及生活的舒适。

读这段文章时，如果没有在北大荒生活经历的人，可能会出现误读。因为文章中写的是从外地回北大荒避暑的人在晨练，在散步，而不是生活在北大荒的人在晨练、在散步，两者是有区别的。作品中没把两者的区别写出来。是创作上的失误？还是有意让读者去联想？我认为细读，慢品，就能理解其意。

北大荒夏季天气凉爽，是避暑的好地方。那些离开北大荒，到异地生活和工作过的人，在夏季休假时，或已经退休的，时常重返北大荒避暑。

这就出现了疑问，北大荒人干什么去了？为什么他们没晨练呢？夏季是北大荒农忙时节，北大荒人到农田去劳动了。正因为北大荒人辛苦的劳动，才把荒原建成了美好的生活家园。

岳静华在《神奇的土地》第七段写：

九三局以其世界闻名的绿色大豆产业、与世界发达国家比肩的农业劳动生产率，被冠以“绿色大豆之都”的美誉。科学高效的现代化大农业机械，与世界发达国家齐名。中国梦催促九三人，在发展建设的号角声中，忘我工作，奋勇向前。

我在读这段文章时有着被鼓舞的感受与激动。岳静华生活在北大荒九三管理局。九三是以盛产大豆闻名的。文章中体现出了作者热爱黑土地，热爱家乡，歌颂家乡的博大情怀。

文章第十一段写：

白墙蓝瓦的座座奶牛养殖区，矗立在广袤绿野上，肥壮的黑白花澳洲奶牛，安闲而享受地立在蓝天白云下晒着太阳。农场专业化畜牧养殖示范区，展示出一派“天苍苍，野茫茫，风吹草低见牛羊”的古韵新风。

这段文章写出了北大荒生产业与时俱进，开拓进取，多种经营的生产模式。体现出了北大荒不只是以种植农作物生产为主，而畜牧养殖业，也发展得生机勃勃。呈现着“风吹草低见牛羊”的边塞景观。

在《神奇的土地》作品第十二段写：

走进嫩北农场的百栋提子大棚，火红的果实让你心情澎湃，手捧晶莹的果实，不忍心采摘下来。走近鹤山农场荷花池，让你体验到什么是乐观，什么是从容、豁达。荷花，就像北大荒人，用热血忠心点燃这片热土的壮美。

这段写出了北大荒人用辛勤的劳动与智慧浇灌着黑土地，荒原上呈现着蓬勃的生机。黑土地上已经不是从前以种植农作物为主的单一生产模式，也有水果、蔬菜……北大荒人创建成了美好的家园。

这篇《神奇的土地》作品是写家乡变化的。从头到尾贯穿着生活环境变化的线索。因为这是作家熟悉的土地，也是经历的生活，所以作品充满着激情。可以看出作者对北大荒的热爱。作者通过作品赞美北大荒人的勤劳，歌颂美好生活。

5

我在读过北大荒岳静华的《枫韵》散文集后，眼前仿佛出现了那片辽阔的黑土地，好像北大荒人辛勤劳动的身影再次进入视野中。因为我在北大荒生活过二十多年，对那里的人文环境，地理风貌都非常熟悉。最主要的是北大荒文学艺术感染过我，让我萌生了成为作家的梦想，使我年轻的心插上文学的翅膀，伴随理想飞翔。

天空辽阔，理想无边。我在离开北大荒后实现了理想。

虽然我离开北大荒 26 年了，但没忘记生活过的黑土地。当读到有关那里的文学作品时，就会情不自禁地产生心灵回放，让我想起从前的生活，还有那时对文学的热爱及追求。

上世纪的 1991 年 11 月 7 日《农垦报》（现改《北大荒日报》）在第 4 版，发表了臧步龙先生写我的文章《这样执着究竟为什么？》，编发这篇作品的是报社编辑部主任孙成钰先生。这篇作品是写我对文学的追求与热爱，也是北大荒文学界对我文学创作的关注。

北大荒是沃土，不只盛产粮食，曾经还是文学创作的热土。

当年开发北大荒时就有一大批文学家、艺术家等名人从部队转业到这里，形成了屯垦戍边的特殊文化环境，为北大荒垦区打下了文学艺术创作发展的基石。而后又有丁玲、聂绀弩、吴祖光和新凤霞等著名作家来到北大荒生活和工作。北大荒还涌现出一大批知青作家，如梁晓声、张抗抗、陆星儿等。那时北大荒文学创作如同升起的一颗新星，释放着光芒，使北大荒文学创作延续了一段旺盛时期。然而，无论是下放到北大荒的老作家，还是知青作家及那些本土作家，后来都陆续离开了北大荒，此后北大荒文学创作如同新星陨落，失去了色彩，降至谷底。

岳静华不只是作家，还在摄影、书法方面成绩突出。她是黑龙江省职工书法家协会副主席，九三管理局职工书法家协会主席。她还是黑河摄影家协会会员，北大荒摄影家协会会员。把她称为作家，不如称她为艺术家更恰当。她在用艺术智慧反映北大荒人现今的生活，在歌颂、赞美北大荒的人们。

正如黑龙江省作家协会原主席、黑龙江省作家协会现名誉主席冯建福先生在《枫韵》散文集的序言所写：作为地道的北大荒人，作者经历了艰苦岁月的磨砺和火热生活的淬炼。她把对家乡的热爱和明确的人生价值追求转化为责任，也灌注给了文学。几十年来，她在创作的道路上跋涉，从身边熟悉的生活入手，写出了“接地气”的作品，得到家乡人的喜爱。

也正如岳静华在散文集《枫韵》的后记所写：

文学引领着我的生活乃至精神所向，我的灵魂在美与爱的感召下，在黑土地的滋养下，注满热血，迸发豪情。我的生命之河洒满阳光，那里有帆影点点，美丽如画；那里有波光潋滟，纤尘不染；那里有鲜花盛开，春意融融。

岳静华是扎根北大荒黑土地的作家。北大荒文学界因为有了像她这样的作家，文学创作沙漠化进程才放缓了。不过，听说她已经在异地买了房，有意离开北大荒，离开黑龙江的黑土地。

就算她离开了北大荒，离开了黑土地，她也会继续抒写北大荒的生活。因为北大荒生活已经融入她的生命中。

我是在 26 年前知道岳静华的。那时我非常年轻。岳静华应该年长我。我们一起从青春岁月走来，怀揣梦想，走在通往文学殿堂的拥挤小路上。一路磕磕绊绊，艰辛与挫折同在。虽然岁月过去多年，我们未曾谋面，但文学已经编织成联络的纽带，微信、电话的交流，让我们成为友人。

虽然青春离我们远去，但在这阳春三月的季节，明媚的阳光温暖着青春的记忆，春风撩起思绪，我看着远方的景色，期待与岳静华相约，交流青春时的文学梦想。我也期待下一位能写出像《枫韵》散文集这样著作的北大荒作家在文坛出现。

岳静华著的这部《枫韵》散文集，是北大荒文学界一道风景，呈现着荒原文学的美丽。

发表在 2019 年第 6 期《中国农垦》杂志

游走在张爱玲的情感世界里

——读张爱玲散文集《流言》

我在创作这篇作品之前,无论篇幅大小,没有认真读过张爱玲的任何作品。虽然她在中国文学界如同当年的英国首相撒切尔夫人,又如同现今美国总统特朗普似的知名,可是不知为什么我没有阅读她作品的兴趣,感觉她的作品与我的阅读习惯很遥远。我这次阅读她的散文作品,并且是细致阅读,完全因为她在文学界名气大,影响威力超群。她的名字多年来影响着我的文学观念。

我详细阅读《流言》散文集,阅读这部散文集应该能领略到张爱玲在散文创作方面的风貌与心路历程。

作家心路历程的风景各有不同。

这是作家情感世界的展示,情感是作品诞生之源。

1

张爱玲在散文集《流言》开篇,也是书的第一页收入了《天才梦》这篇作品。这篇作品的第一段写:

我是一个古怪的女孩,从小被目为天才,除了发展我的天才外别无生存的目标。然而,当童年的狂想逐渐褪色的时候,我发现我除了天才的梦之外一无所有——所有的只是天才的乖僻缺点。世人原谅瓦格涅的疏狂,可是他们不会原谅我。

这段文章表达了两种文意。第一种文意是写作者有天分，这种天分得到了广泛认可。作者童年时除了发展天分外，在其他方面没有努力与尝试，这是单一性的成长。随着年龄成长，稍微大些时，作者发现这种成长与生活方式都不够健康，是有缺陷的。

第二种文意是写作者生活能力弱。但只用了这句“世人原谅瓦格涅的疏狂，可是他们不会原谅我”来说明生活能力。这句话有些难理解。

瓦格涅，通译为瓦格纳(Richard Wagner)。他的生命历程是1813到1883年，是德国作曲家、文学家，一生致力于歌曲创作，代表作有《尼伯龙根的指环》等。

瓦格纳青年时期受到费尔巴哈和巴枯宁影响，写过许多狂热激进的文章，其思想倾向于“德意志”。他参加过德累斯顿革命，有反犹太主义思想。

虽然瓦格纳疏狂，但他的作品能使人们忘却，或淡化他在思想及宗教方面存在的争议。

张爱玲引用这个故事说明自己的生活能力。虽然她在学习方面是天才，但在生活方面欠缺自立性，独立能力差，难融入社会群体中。父母不可能照顾她一辈子。当她独自生活的时候，即使她拥有惊人的艺术天赋，也难被社会群体接受。所以她用“世人原谅瓦格涅的疏狂，可是他们不会原谅我”这句话比喻自己与社会之间的距离，人们对她的看法。

张爱玲在《天才梦》作品的第一段，坦然地写出了自己的天分，也写出了生活方面的弱点，把弱点与天分呈现在读者的视线中，让读者了解自己的处世能力与聪明智慧，这是正面与负面的对照。

张爱玲在《天才梦》散文的第二段写：

加上一点美国式的宣传，也许我会被誉为神童。我三岁时能背诵唐诗。我还记得摇摇摆摆地立在一个清朝遗老的藤椅前朗吟“商女不知亡国恨，隔江犹唱后庭花”，眼看着他的泪珠滚下来。七岁时我写了第一部小说，一个家庭悲剧。遇到笔画复杂的字，我常常跑去问厨子怎样写。第二部小说是关于一个失恋自杀的女郎。我母亲批评说：如果她要自杀，她决不会从上海乘火车到西湖去自溺。可是我因为西湖诗意的背景，终于固执地保存了这一点。

这段文章写作者三岁时能背诵唐诗，七岁就开始小说创作了。三岁背诵唐诗，在同年龄人中已经是学习较早的了，七岁开始创作小说，体现出了张爱玲在文学创作方面的天分。文章中在写受到美国文化影响时，用了“宣传”

而没用“教育”，通常应该是用“教育”，两者用词是有区别的。“教育”是理性用语。而“宣传”有着轻浮，或被蛊惑的意思。

这段还写了作者与母亲在文章观点上的不同看法，从作者没听从母亲的意见，能看出作者在文学创作中是有主见的。

张爱玲在《天才梦》散文的第三段写：

我仅有的课外读物是《西游记》与少量的童话，但我的思想并不为它们所束缚。八岁那年，我尝试过一篇类似乌托邦的小说，题名《快乐村》。快乐村人是一个好战的高原民族，因克服苗人有功，蒙中国皇帝特许，免征赋税，并予自治权。所以快乐村是一个与外界隔绝的大家庭，自耕自织，保存着部落时代的活泼文化。

这段文章写作者虽然阅读面小，但窄小的阅读面没有影响在文学创作方面发展。

作者八岁时创作了一篇题为《快乐村》的小说，并且对小说内容进行了详细介绍。小说是写少数民族的，体现了作者独特的创作思路。这是天才的一个方面。

张爱玲在《天才梦》散文的第四段写：

我特地将半打练习簿缝在一起，预期一本洋洋大作，然而不久我就对这伟大的题材失去了兴趣。现在我仍旧保存着我所绘的插画多帧，介绍这种理想社会的服务，建筑，室内装修，包括图书馆，演武厅，巧克力店，屋顶花园。公共餐室是荷花池里一座凉亭。我不记得那里有没有电影院与社会主义——虽然缺少这两样文明产物，他们似乎也过得很好。

这段文章除了介绍作者在文学创作方面的天分以外，还对绘画有着浓厚兴致。并且在插画方面进行了尝试。作者在多年后还记得画的内容。文章中对画的内容剖解，说明了作者年少时对生活的认知方向广泛。

张爱玲在《天才梦》散文的第五段写：

九岁时，我踌躇着不知道应当选择音乐或美术做我终生的事业。看了一张描写穷困的画家的影片后，我哭了一场，决定做一个钢琴家，在富丽堂皇的音乐厅里演奏。

这段写作者在九岁时想选择终身的职业不是作家，而是画家，或音乐家。音乐家与画家比作家更能让人们感觉到存在性。可当作者看过一部有关画家贫穷的电影后，想法改变了，有意选择钢琴家这个职业。钢琴是昂贵的乐器，演奏者身份显得高贵，可以看出作者年少时就有着想过贵族生活的愿望。

九岁，选择一生从事的职业，显然思想成熟较早，人生目标在年少时就明确了。这也是与普通人不同之处。

张爱玲在《天才梦》散文的第六段写：

对于色彩，音符，字眼，我极为敏感。当我弹奏钢琴时，我想象那八个音符有不同的个性，穿戴了鲜艳的衣帽携手舞蹈。我学写文章，爱用色彩浓厚，音韵铿锵的字眼，如“珠灰”，“黄昏”，“婉妙”，“splendour”（辉煌，壮丽），“melancholy”（忧郁），因此常犯了堆砌的毛病。直到现在，我仍然爱看《聊斋志异》与俗气的巴黎时装报告，便是为了这种有吸引力的字眼。

这段文章写作者喜好鲜艳色彩，或字句。因为偏爱这种色彩，有时在创作方面会犯一些不应该出现的字句错误。

作者写“爱看《聊斋志异》与俗气的巴黎时装报告”这是对生活的辨别力，因为《聊斋志异》与俗气的巴黎时装报告都是生活与文学特有的事。

张爱玲在《天才梦》散文的第七段写：

在学校里我得到自由发展。我的自信心日益坚强，直到我十六岁时，我母亲从法国回来，将她睽违多年的女儿研究了一下。

这段写作者在十六岁之前没受到任何束缚，是自由成长的。而在十六岁以后发生了改变，因为母亲从法国回家，开始思量作者的成长事情。

文章中用“研究”这个词，证明母亲非常重视。

张爱玲在《天才梦》散文的第八段写：

“我懊悔从前小心看护你的伤寒症，”她告诉我，“我宁愿看你死，不愿看你活着使你自己处处受痛苦。”

这段文章通过作者母亲的表达，反映出作者生活独立性差。也体现了母亲对作者在生活方面的态度。

张爱玲在《天才梦》散文的第九段写：

我发现我不会削苹果，经过艰苦的努力我才学会补袜子。我怕上理发店，怕见客，怕给裁缝试衣裳。许多人尝试过教我织绒线，可是没有一个成功。在一间房里住了两年，问我电铃在哪儿我还茫然。我天天乘黄包车上医院去打针，接连三个月，仍然不认识那条路。总而言之，在现实的社会里，我等于一个废物。

这段文章用削苹果、补袜子、理发等生活中的小事，从细节方面，详细写出作者在生活中的弱点。

张爱玲在《天才梦》散文的第十段写：

我母亲给我两年的时间学习适应环境。她教我煮饭；用肥皂粉洗衣；练习行路的姿势；看人的眼色；点灯后记得拉上窗帘；照镜子研究面部神态；如果没有幽默天才，千万别说笑话。

这段写母亲发现作者在生活中的弱点后，有意从点点滴滴培养作者独立的生活能力。这种培养规划为两年时间。能看出母亲对作者培养用心良苦。

张爱玲在《天才梦》散文的第十一段写：

在待人接物的常识方面，我显露惊人的愚笨。我的两年计划是一个失败的试验。除了使我的思想失去均衡外，我母亲的沉痛警告没有给我任何的影响。

这段文章写母亲两年时间的培养，不但没改变作者的生活能力，反而让作者失去了思想自由的空间。

张爱玲在《天才梦》散文的第十二段写：

生活的艺术，有一部分我不是不能领略。我懂得怎么看“七月巧云”，听苏格兰兵吹 bagpipe（风笛），享受微风中的藤椅，吃盐水花生，欣赏雨夜的霓虹灯，从双层公共汽车上伸出手摘树顶的绿叶。在没有人与人交接的场合，我充满了生命的欢悦。可是我一天不能克服这种咬啮性的小烦恼，生命是一袭华美的袍，爬满了蚤子。

一九三九年

这段写作者虽然对生活中的事有些不能适应，但对艺术感觉灵敏，有超人之处，比如“懂得怎么看‘七月巧云’，听苏格兰兵吹 bagpipe（风笛），享受微风中的藤椅，吃盐水花生，欣赏雨夜的霓虹灯，从双层公共汽车上伸出手摘树顶的绿叶。”这些文字体现出了作者的艺术感觉。

这段文章还对作者的生活进行了剖析，阐明了观点。这句“可是我一天不能克服这种咬啮性的小烦恼，生命是一袭华美的袍，爬满了蚤子。”表明生活中有不如意之处，还写出了作者对生活的心态。

俗语说：人无完人。世间哪有十全十美的人呢。

张爱玲这篇《天才梦》散文是写个人爱好与成长环境的，记述了作者的成长环境，应该说这种想法许多人都有，特别是在当今的时代，许多孩子都有着对未来生活的憧憬，而家长们也是在尽最大可能培养孩子。不过在张爱玲童年、少年的时代，很少有家庭能做到。那时国人不富足，在为温饱奔命，没有心思考虑生活的情趣。可见张爱玲的童年、少年是生活在富裕的物质生活中。因为有了富足的生活保证，她才有了许多梦想，才能实现梦想。

这篇《天才梦》写出了作者在文学创作方面的天分与独立生活的弱点，两者成为对比。用对比写天分与生活的关系。

我读过张爱玲的《天才梦》散文后，感觉语句贴近生活，作者把自己的情感、生活、心态、处世能力，写得平实。

2

如果说张爱玲的《天才梦》是写作者对生活与成长的解读，那么《造人》这篇散文写的是什么呢？又是反映怎样的思想内涵呢？散文《造人》与《天才梦》是同类作品吗？或许是各有不同？

这篇《造人》作品收入在《流言》散文集的第 109 页。

张爱玲在《造人》散文的第一段写：

我一向是对于年纪大一点的人感到亲切，对于和自己差不多岁数的人稍微有点看不起，对于小孩则是尊重与恐惧，完全敬而远之。倒不是因这“后生可畏”。多半他们长大成人之后也都是很平凡的，还不如我们这一代也说不定。

这段文章写出了作者与人交往的态度。文章中说明了作者对年纪大的人、同年龄人及小孩这三种人的不同态度。在这三种态度中，让我不解的是作者对小孩的态度。这句“对于小孩则是尊重与恐惧，完全敬而远之”显然是作者不愿意接触小孩，对小孩有着抵触情绪。

接着这句“多半他们长大成人之后也都是很平凡的，还不如我们这一代也说不定”说明了小孩成人后的状态，既然小孩长大后没有超越作者这代人的长处，为什么作者不愿意接触小孩呢？这段为后面的文意留了悬念与空间。

张爱玲在《造人》散文的第二段写：

小孩是从生命的泉源里分出来的一点新的力量，所以可敬，可怖。

这句话说明了小孩的存在性。

张爱玲在《造人》散文的第三段写：

小孩不像我们想象的那么糊涂。父母大都不懂得子女，而子女往往看穿了父母的为人。我记得很清楚，小时候怎样渴望把我所知道的全部吐露出来，把长辈们大大地吓唬一下。

这段写出了父母不懂得小孩的想法，以为小孩什么都不知道，其实小孩什么都知道。小孩不但懂得大人做的事，还把父母的为人与处世看在眼里。并且举例说“我记得很清楚，小时候怎样渴望把我所知道的全部吐露出来，把长辈们大大地吓唬一下”。作者用自己经历过的事，证明小孩与大人处世的不同。虽然文章中没表明作者说了什么话，但能感觉到大人说了假话、谎话，或做了不应该做的事。大人这种不端行为被小孩天真的话语一丝不挂地揭穿了。

张爱玲在《造人》散文的第四段写：

青年的特点是善忘，才过了儿童时代便把儿童心理忘得干净净，直到老年，又渐渐和儿童接近起来，中间隔了一个时期，俗障最深，与孩子们完全失去接触——刚巧这便是生孩子的时候。

这段文章写人在不同年龄时期有着不同的记忆力，这种叙述如同证明人生的轮回，人类繁衍重复的存在性。写出了青年、儿童、老人，这也是人生的初、中、晚三个阶段，这是生命时期的组合结构，人生岁月的轮回。

张爱玲在《造人》散文的第五段写：

无怪生孩子的可以生了又生。他们把小孩看作有趣的小傻子，可笑又可爱的累赘。他们不觉得孩子的眼睛的可怕——那么认真的眼睛，像末日审判的时候，天使的眼睛。

这段写孩子的眼睛很锐利，能看透大人的不端行为。然而，大人们却不在意，也没注意到小孩明净的心灵，反而当小孩什么也不懂，这是大人们的认知错误。

张爱玲在《造人》散文的第六段写：

凭空制造出这样一双眼睛，这样的有评判力的脑子，这样的身体，知道最细致的痛苦也知道快乐，凭空制造了一个人，然后半饥半饱半明半昧地养大他……造人是危险的工作。做父母的不是上帝而被迫处于神的地位。即使你慎重从事，生孩子以前把一切都给他筹备好了，还保不定他会成为何等样的人物。若是他还没下地之前，一切的环境就是于他不利的，那他是绝少成功的机会——注定了。

这段文章写孩子与父母之间生命的关系，这是一条生命纽带。纽带起初是由父母编织成的。

在这段文章中还写了孩子出世前的环境。那时的环境对生命形成有很大风险性，能看出作者有悲观情绪。

张爱玲在《造人》散文的第七段写：

当然哪，环境越艰难，越显出父母之爱的伟大。父母子女之间，处处需要牺牲，因而养成了克己的美德。

这段文章写出父母与孩子在生活中需要磨合，需要有相互奉献的精神。这种奉献在孩子还没出生时，已经在父母身上开始了。可以理解为父母养育孩子时的奉献，也可以理解为孩子长大后，照料年迈父母，为其养老送终的奉献及义务。

张爱玲在《造人》散文的第八段写：

自我牺牲的母爱是美德，可是这种美德是我们的兽祖先遗传下来的，我们的家畜也同样具有的——我们似乎不能引以自傲。本能的仁爱只是兽性的善。人之所以异于禽兽者并不在此。人之所以为人，全在乎高一等的知觉，高一等的理解力。此种论调或者会被认为过于理智化，过于冷淡，总之，缺乏“人性”——其实例是比较“人性”的，因为是对于兽性的善的标准表示不满。

这段写母性的美德不只是存在于人类，在兽类中也有，这种母性不是人类骄傲的资本。人之所以与兽类有着较大的不同，因为人有很高的知觉与理解力。

文章中也写出了这种定论存在不科学性，但作者还是阐明了自己的观点。

张爱玲在《造人》散文的第九段写：

兽类有天生的慈爱，也有天生的残酷，于是在血肉淋漓的生存竞争中一代一代活了下来。“自然”这东西是神秘伟大不可思议的，但是我们不能“止于自然”。自然的作风是惊人的浪费——一条鱼产下几百万鱼子，被其他的水族吞噬之下，单剩下不多的几个侥幸孵成小鱼。为什么我们也要这样地浪费我们的骨血呢？文明人是相当值钱的动物，喂养，教养，处处需要巨大的耗费。我们的精力有限，在世的时间也有限，可做，该做的事又有那么多——凭什么我们要大量制造一批迟早要被淘汰的废物？

这段文章写出了生命诞生是不容易的，举例以鱼的生命形成来说人的生命。人的生命形成跟鱼的生命形成有着类似。

文章中还写出了人与动物的不同，人不应该跟动物繁衍一样。作者表达了自己的观念。虽然这种观念看上去有一定道理，实际上是没有道理的。

我认为这段文意有很大的偏激性。

张爱玲在《造人》散文的第十段写：

我们的天性是要人种滋长繁殖，多多的生，生了又生。我们自己是要死的，可是我们的种子遍布于大地。然而，是什么样的不幸的种子，仇恨的种子！

（原刊 1944 年 5 月《天地》月刊第 7—8 期合刊）

这段文章是《造人》作品的总结。但这样的总结有着错误论点。从语句中能看出来张爱玲是反对生孩子，反对培养下一代的。她认为生孩子是错误的事情。她这种观点是不符合人类发展的。不过，作家有自己的思想观点很正常，只是这种个人观点与人性，与大众思想不吻合。

我在读过张爱玲的散文《造人》后，感觉语句别嘴，思路不够清晰，读起来有些难懂。难懂的文学作品有着劣质痕迹。

这篇散文作品《造人》，主要反映的是作者对生孩子的观点，把生孩子写成“造人”。虽然这么表达似乎合乎情理，但思想不贴切，起到了负面作用。

我个人认为散文作品《造人》中的观点与人类发展、繁衍，是背道而驰的，违背了生命的延续规律。

3

我在读过张爱玲的散文《天才梦》和《造人》两篇作品后，对张爱玲的散文作品及散文集《流言》有了一定了解。如果只凭借两篇散文就对一位著名作家的散文作品集下定论，显然理由不足，但我在阅读《天才梦》和《造人》两篇作品之前，已经把《流言》这部散文集，从头到尾，大致翻看了一遍，只是没有逐篇细看。我认为这两篇作品在《流言》这部书中，相对是比较好的作品，所以才挑选出来，细致品读。

散文《天才梦》是写个人成长经历的作品，而《造人》是论述生孩子与养育下一代的作品，两篇作品取材不同，创作手法也不同。

文学作品不管取材哪种，不管采用何种手法创作，但都是在呈现作家的思想观点与世界观。

我对《天才梦》的疑义不大，因这是写个人经历的作品，但我对《造人》作品是非常有疑义的。

因为生孩子、抚养下一代是人类的发展，也是人类的本性，退一步说，任何动物都有这种本性，更何况人类呢。

我对张爱玲的论点持有反对看法。比如她在《造人》作品的第九段中写“为什么我们也要这样地浪费我们的骨血呢？文明人是相当值钱的动物，喂养，教养，处处需要巨大的耗费。我们的精力有限，在世的时间也有限，可做，该做的事又有那么多——凭什么我们要大量制造一批迟早要被淘汰的废物？”这证明了她的心态。她的心态有着很大自私性。当然，每个人都有私心，但私心是有度的，超越了应有的界线，就是负面性的。

我认为张爱玲这篇《造人》作品在创作上偏离了人性轨道。

如果说《天才梦》和《造人》两篇作品，让散文集《流言》在艺术方面失色的话，那么《流言》中收入的《雨伞下》《秘密》《说胡萝卜》等作品，更是让散文集在艺术方面降了品位。

我在阅读《雨伞下》时，就有着这种感受。这篇作品收入在《流言》散文集的第 109 页。作品中写：

下大雨，有人打着伞，有人没带伞。没伞的挨着有伞的，钻到伞底下去躲雨，多少有点掩蔽，可是伞的边缘滔滔流下水来，反而比外面的雨更来得凶。挤在伞沿下的人，头上游得稀湿。

当然这是说教式的寓言，意义很明显：穷人结交富人，往往要赔本，某一次在雨天的街头想到这一节，一直没有写出来，因为太像讷厂先生茶话的作风了。

这篇《雨伞下》作品只有 150 字。这么短的散文作品，如果想反映出深刻思想是非常难的。虽然我在阅读全文时感觉到有些思想，语句也凝练，但思想深度不够，艺术性不够突然，缺少佳作特点。有许多专家、学者、读者，把《雨伞下》作品当成经典、佳作，我有些不解、疑惑，把这篇作品视为经典、佳作的根据是从何处而来呢？

我推测可能是张爱玲的名气太大了，冲着名气。如同我写这篇作品选材时的想法相似。

无论是作家的名气，还是普通人的名气，或物品的名气，这都是一种品牌效应。品牌意味着影响力与存在范围、发展空间。

张爱玲名气大，在文学界名声如雷贯耳，所以说她的作品一版再版，一路畅销，经久不衰。当然她是有许多好作品的，或许不是散文，而是小说、翻译、剧本等。

张爱玲这部《流言》随笔散文集，可以说是大珠小珠满玉盘，有着散文作品总结性，如果不从艺术高角度看，而是作为作家全集中的一部分，或人生经历记载，这是无可厚非的。因为作家创作的每一篇作品，不管是成功，还是败笔，都是一时期的心境与创作技术的体现，也是人生中不可删节的组成部分。

我虽然没在《流言》这部散文集中找到阅读兴趣及艺术高度，但对张爱玲的散文创作风格有了解，知道了她的散文作品艺术高度。

作家的作品在文学界中如同大自然的风景，我们阅读作家的作品跟游走在山间小路上的感受有相似之处，风光有野花、树木、溪流，也有鸟叫、虫鸣的声音……文学创作原本就是多样性的。

我认为阅读《流言》散文集让我开阔了视野，感受到了不同的风情，也了解到了张爱玲这位具有传奇性的女作家，非同一般的人生经历及情感世界。

张爱玲：1920 年 9 月 30 日出生于上海，祖籍河北丰润。原名煐，笔名梁京，7 岁开始写小说，1943 年开始发表作品；1930 年改名张爱玲；1939 年考进香港大学；1941 年与胡兰成结婚，1947 年离异；1943 至 1944 年创作和发表了《沉香屑·第一炉香》《沉香屑·第二炉香》《茉莉香片》《倾城之恋》《红玫瑰与白玫瑰》等小说；1945 年自编《倾城之恋》在上海公演； 1952 年移居香港；1955 年赴美国定居，创作英文小说多部，仅出版一部；1977 年《红楼梦魇》在台湾皇冠出版社出版；1995 年 9 月在洛杉矶公寓离世。

发表在 2019 年 2 期《蓝梅苑》杂志
发表在 2020 年 2 期《土家族文学》杂志

从印象萌生

——读姚玉霞散文《印象》

收到兰州姚玉霞女士的散文《印象》后，我读文情动，寻思着与姚玉霞交往的经过。隐约记得那是从她来稿开始的，当时我制作图书，编辑杂志……全国各地作者纷纷来稿。虽然来稿者多，但作品质量参差不齐，又因为每个人对事情的观念不同，不同观念的人难以成为朋友，我对作者保持着距离，有时敬而远之……或许我与姚玉霞在文学创作方面有相同观点，所以交流得多些。姚玉霞发来散文《印象》给我，希望我对作品说点儿什么，这是对我的信任。

姚玉霞这篇散文《印象》是写兰州新区变化的作品。自从改革开放后，全国各地出现了许多新区，“新区”顾名思义就是有新气象的行政管辖区域。那么姚玉霞写的兰州新区是怎样的地方呢？姚玉霞的文风又是怎样呢？我想在阅读《印象》时找到答案。

姚玉霞在散文《印象》的第一段写：

新区总是以新面貌进入人们的视野，比如我要说的兰州新区。兰州新区所辖永登县中川镇、秦王川镇等。我初到兰州新区（以下简称新区），就去了秦王川镇。

这段文章说明了新区是有新面貌的，介绍了兰州新区行政管辖范围，说明了作者第一次去兰州新区是先到了秦王川镇。这段文章以直截了当地叙述，表达了文意。

姚玉霞在散文《印象》的第二段写：

说起秦王川，可追溯到十几年前。当时秦王川作为兰州新开发的区域，安排地处偏远山区的湖滩乡及黄裕乡村民迁移。大尖山作为黄裕乡交通不便的高山地带，理应是首选。我大姑家住在大尖山，为了响应国家政策，大姑家和村上大部分村民搬迁至秦王川。

在这段文章中作者写了十多年前兰州新区刚开始建设时，对周边村庄进行了规划，对湖滩乡及黄裕乡村民进行了迁移、安置。作者大姑家是在黄裕乡的大尖山村，因为大尖山村处在高山，生活不便，被政府列为首批迁移、安置的村庄。作者在这段文章中回顾了大姑家搬迁到秦王川的原因。

姚玉霞在散文《印象》的第三段写：

兰州虽是甘肃的省会城市，但地理位置有点儿闭塞。客车出了兰州城，驶向新区，视野逐渐开阔。远方天地相接，广袤的平川望不到尽头。秦王川果然名不虚传。大姑家能从大尖山顶搬迁至此，的确是不错的选择。

作者在这段文章中表达了三种文意：第一种表达兰州虽然是省会城市，行政级别高于地市级城市，但地理位置不占有利条件，交通环境不是很好，有些闭塞；第二种表达了乘坐客车出了兰州城，在通往兰州新区的路上，看到的景观与兰州城完全不同。用对比反映新区自然环境的优越性；第三种表达了大姑家从大尖山搬迁到秦王川是正确的选择。

这段文章用三种文意阐释当地政府开发新区有着前瞻性决策。

姚玉霞在散文《印象》的第四段写：

那天不知是否因为阴天的缘故，云层很低很厚，有伸手可触及的感觉。七月的盛夏理应是炎热的，可这里风有点儿大，气候有点儿冷，也许跟这里一望无际的地理环境有关，也许这别样的天气预示着什么。大姑病重已到弥留之际。心的寒冷与天气达成了某种契合。

这段文章对天气进行了详细描写，用天气环境衬托作者的心情。从文章结构来看文意发生了转向。前面的一、二、三段主要是写自然环境，而这段隐喻了作者的心情，流露出此行的目的不是观光风景，而是探望病重的大姑。

从这段文章的语句中能看出来姚玉霞写作功底较深，有着思想性，文采斐然。

姚玉霞在散文《印象》的第五段写：

大巴车载我们一路颠簸到了秦川镇。镇子不大，干净整洁。马路上车辆稀少，没有多少行人，安静质朴得如同一位不愿张扬的村民。此时阵雨沙沙地下起来。小镇沐浴在烟雨中，那夹杂着泥土的湿润气息扑鼻而来。我喜欢这气味，它让我陷入对故乡的怀念中。我欣喜，我是幸福的人，有美丽的乡村让我永生怀念。虽然我的家乡黄裕乡宋家沟村在湖滩乡山脚下，交通比较便利，但视野没有秦王川开阔。

这段文章表达了两种文意：第一种是对秦川镇进行了介绍，这种介绍是作者看见的，也是直观的；第二种是秦川镇触动了作者的心灵，让作者想起了自己的家乡。虽然作者的家乡离秦川镇不远，交通便利，但没有秦王川开阔。

我在读这段文章时认为作者是有较好的文学素养。因为情中有景，景中有情，又把情与景交融在一起，这是作者创作技巧成熟的体现。

姚玉霞在散文《印象》的第六段写：

我们在秦川镇滞留了几分钟，转乘大巴直达大姑所在的秦王川村。此时大巴司机才顺着新修的道路沿途直下。这时我才知道出了兰州，大巴司机带我们走的是旧路，没有从新修的路上走，怪不得一路颠簸。

这段文章与第五段有着互补性。第五段写“大巴车载我们一路颠簸到了秦川镇”，写了从兰州到秦川镇的路况不好，而第六段写从秦川镇到作者大姑居住的村庄路况比较好，坐在车上没有颠簸感觉。从两条路的对比，说明了新路与旧路的不同，似乎在讲述兰州新区与周边环境的不同。

姚玉霞在散文《印象》的第七段写：

车辆迎风而驶，阵雨已停，我看着湛蓝的天空，呼吸着清新的空气，感叹着秦王川特有的魅力。宽阔、笔直、无限延伸的马路让人嫉妒。马路旁的花朵恬静安然，优雅娴静，这里多么适合居住啊！我想若不是国家政策好，大姑家是搬迁不到这里的。我在路上看见许多村民盖上了两层小楼，彰显着富足生活。

这段文章采用了借景抒情的创作手法。作者乘车从镇到村庄，在路途中看见了优美的环境，村民们居住的楼房，居住环境的改化，富裕的生活，联想到了国家的好政策。

姚玉霞在散文《印象》的第八段写：

大姑在我探望一周后与世长辞。二叔后来这样对我说："也就是搬迁到了秦王川，不然，以你大姑病弱的身体是活不到现在的。"二叔说得不无道理，大姑原本身体不好，在大尖山凡事都要人背人扛的贫困村庄，人会缩短寿命的。大姑去世时七十岁。而大姑在不到五十岁时就经常喊不行了，无形中多活了近二十年。应该是秦王川平原的居住环境延长了大姑的寿命。

作者在这段文章中引用了二叔的"也就是搬迁到了秦王川，不然，以你大姑病弱的身体是活不到现在的。"这句话，说出了大姑寿命延长的原因。大姑在五十多岁时就生病了，并且经常喊"不行了"，这种不行证明生命不能延续，有着绝望与求生性。然而，在搬迁到秦王川后又活了近二十年，在70岁才去世。

这段文章写了秦王川平原的生活与人寿命的关系。自然环境与人寿命是息息相关的。好的自然环境能延长寿命，不好的自然环境能缩短寿命。近年来国家加大了治理污染的力度，在改变居住环境方面做了许多实际性工作。

文章中表达作者大姑从50岁到70岁之间的近二十年生命历程，应该是秦王川平原生活赐予的。

姚玉霞在散文《印象》的第九段写：

我再次去新区是在大姑去世两年后。这次我是带儿子和堂妹全家去玩的。我们去的是中川机场附近。这是一趟假日之旅，比起上次心情愉快了许多。

这段文章写作者再次去新区是两年后了。这次去新区是游玩，上次去新区是探望病重的大姑，因为游玩与探望病重的亲人性质不同，心情自然也就不同，心情不同在感观上也就不同。

姚玉霞在散文《印象》的第十段写：

这天是国庆，天高云淡，适合外出旅行。妹夫开车行驶在高速路上。打开车窗，凉爽的秋风扑面而来，甚是惬意。堂妹 5 岁的儿子在车里闹得很欢。他聪明机灵，长得有点儿像俄罗斯小孩儿。我堂妹是个美女，儿子遗传了她的基因。欢乐与车速并进。

这段文章写了出行的时间、天气、路线、交通工具，还有路上的场景。文章中写堂妹5岁的儿子活泼、淘气，还对堂妹的儿子及堂妹相貌进行了描写，用美丽的相貌展现人生及愉悦的出行心情。

姚玉霞在散文《印象》的第十一段写：

临近飞机场时，飞机鲜亮的羽翼映入眼帘。小孩看到飞机惊呼起来。我为那偌大的飞机场震惊。堂妹和妹夫来过，他们没表现出惊诧。我们没有走近飞机场，有些景物远观比近看更有意境。何况我们的目的是体味闲情雅致。我们的车在飞机场旁边的丛林路上缓缓前行，蓝天白云，绿树丛林，奔跑似的掠过，风轻柔地扑来，由不得你深深陶醉。我们为了能更真实地感受到与天地相融的感觉，便将车停在偏僻的地方，徒步而行。“天地真宽阔啊！”我喊着，张开双臂，像鸟落原野，任由我自由欢唱。不远处的农家幢幢二层小楼被绿树围绕，好一幅田园风光啊！

这段文章写孩子见到飞机时的兴奋，也写了作者惊异的神态。因为堂妹和妹夫来过此地，见过此景，表情是平静的。文章中用作者及孩子看见飞机时的表情，反映新区日新月异的发展。

这段文章对飞机场的周围环境进行了详细描写，写出了作者的心情。读到此处有着身临其境的感觉。

姚玉霞在散文《印象》的第十二段写：

“快看，飞机！”是妹夫的招呼声。

虽然这段只有一句话，但有着明确性。明确飞机来了，招呼看飞机。

姚玉霞在散文《印象》的第十三段写：

向北的天空有个很小的黑点儿，黑点儿朝飞机场的方向急速移动。若不是定睛细看，是看不到那个黑点儿的。我们凭着生活常识判断是飞机。在我们兴奋遥望中，黑点儿变成了飞机，飞机的外观逐渐清晰了。同时我们看见了飞机场有飞机滑行出轨道，飞向南方的天空，隐没在云层里。

这段写了飞机从天空飞来，由远而近的场景，也写了飞机起飞的场景，用降落与起飞的过程，留下了思考的空间。

姚玉霞在散文《印象》的第十四段写：

飞机载人上天是个奇迹，堂妹的儿子睁着清澈的眼睛凝望，也许在思索飞机原来就是这么上天的啊。那一刻，他出奇的安静，也许他长大成人后，会有更多的新奇让他这样安静下来。

这段文章写了堂妹的儿子再次看见飞机的表情。这是他第二次看见飞机，第一次看见飞机是在第十一段，第一次看见飞机时的表情是惊呼，而第二次是安静与凝望。凝望与安静是在思索。

文章中写“飞机载人上天是个奇迹”，正是这种奇迹让小男孩儿发生了表情变化。作者在文章中设想了今后会有更多事情引发小男孩儿思考。

姚玉霞在散文《印象》的第十五段写：

来这里游玩的不仅仅是我们一行人，还有两个类似摄影爱好者的中年男子，他们站在高高的土堆上，不时地将手中的镜头拉长。这辽阔的美，让男人的心灵也是如此柔软。

这段文章写出了美丽环境影响了人们的心灵，让人的心灵变得如此柔情。文章用摄影爱好者的相机表达出了人们想记住美景。

姚玉霞在散文《印象》的第十六段写：

当夕阳把醉人的光抛洒开时，妹夫带我们去吃大盘鸡。此时映入眼帘的有正在修建的幢幢楼宇……预示着一座新城在崛起。

这段文章一是写了游玩结束去用餐，二是写了看见在夕阳中有兴建的楼房，二者似乎没有关联性。建设中的楼房证明新区在发展中，那么“妹夫带我们去吃大盘鸡”这句话是想说明什么呢？在这段没写出答案。

姚玉霞在散文《印象》的第十七段写：

马路上穿行的感觉真好，没有闹市的喧嚣，只有静谧与安详。有的商铺在营业中却不见有人进出。这是新区初建的现象，不足为奇。不过倘若一直这样也好，安然、静寂，适合心灵归放。

这段文章是写城区街道场景的。因为作者是从兰州主城来到新区，兰州城比新区要繁华得多。新区在建设中，缺少商业气息，这与经济发展不对应。因为新区在建设中，处在起步阶段，所以这是正常的发展规律。当然，如果没有商业气息的喧闹也很好，宁静的环境适合人类居住。作者表达了自己的想法，把新区环境的利与弊都表达出来了。

姚玉霞在散文《印象》的第十八段写：

我们在新区吃了大盘鸡。新区的大盘鸡不只是味道好，量也大，鸡块垒得像用了一整只鸡，不像兰州主城区的大盘鸡那么少。兰州主城区的大盘鸡多数是土豆，只是象征性地在土豆上面摆放几块儿鸡肉。也许这就是兰州人愿意乘车到新区吃大盘鸡的缘故吧。这里的店家给客人的感觉是实在、坦诚、亲切。

这段文章解答了十六段中“妹夫带我们去吃大盘鸡”出现的疑问。大盘鸡是新区餐饮中的特色菜。文章中把新区的大盘鸡与兰州主城区的大盘鸡做了对比，用对比说明新区人经商的理念与兰州主城区不同，新区人这种经商理念是受客人欢迎的。这是兴业元素之一，也是新区发展的希望。

姚玉霞在散文《印象》的第十九段写：

再后来，我没去过新区。有同学说现在新区发展得很好，恐龙园、生态园、音乐喷泉等都有了，尤其是新开的影视城更是值得观看。其实从某种角度来说，我只是在新区边缘瞭望了一下，没有目睹它腹地的繁华。但只是这一眼的瞭望，新区就给了我永生难忘的感觉，相信新区的明天会更美好。

这段文章中一是列举了“恐龙园、生态园、音乐喷泉”等建成的景点，概括性地写了新区现在的面貌。二是把自己放在观望者的角度写对新区的感觉，这种感觉是寄托与展望性的，有着更美好的期待。

我在读过姚玉霞这篇《印象》散文后，加深了对她在文学创作方面的了解。这让我想起与她交流时她说的话。她羞涩地笑着说，虽然发表的数量不多，可写的却不少。因为此前我只读过她写的两篇评论和几篇散文作品，对她创作情况不是很了解，便问她主要写什么作品。她说“诗歌、散文、小说都写。”我说“你写得挺全面。”她羞涩地一笑说“都写不好。”我没读过她的小说，我说："以前不知道你写小说。"她有点儿激动地说，"我写了两部长篇，还有好几个中篇和短篇呢。"我吃惊地问，"发表了吗？"她又是羞涩一笑说，"没投稿，在纸上，还没录入电脑……"这时我才知道姚玉霞是先把想写的文章写在稿纸上，然后再录入电脑。她是中年人，这个年龄的文学创作者，是很少往稿纸上写的，多数是用电脑创作，这是她写作方式的与众不同，也是对文学创作严谨的体现。她这种严谨创作的态度，我在读散文《印象》时感觉到了。

虽然散文《印象》有不足之处，但我认为姚玉霞是在用真情写。她写得细，我读得也细心。我逐字逐句读了好几遍，读后的感觉是文思成熟，情真意浓。虽然有不足之处，但瑕不掩瑜，不然《兰州日报》是不会刊发全文的。

我认为作家、作者，不管是写散文还是小说，或诗及文学评论，只有掌握了创作技巧，有了成熟的创作思路，才能创作出优秀的作品。显然姚玉霞具备了这方面素质。我说："你把长篇录入到电脑中，或许可以出版。"

她又一次羞涩地笑着说："老师，好呢。"

我与她第一次交流时，她就是这么说的，几乎每次都是这样，就是这么简单，从简单中流露着温情。她羞涩的笑声从听筒里传来，声音低弱，给我留下了深深的印象。她是知道感谢的人，别人为她做了事，她想着回谢，不能回谢时，就有着过意不去的感受。这也是我与她保持交流的原因这一。

我感觉姚玉霞是很踏实的女子。踏实才能把事做好，才能得到别人的帮助。有时我跟她开玩笑，说："霞姐。"她羞涩地笑，我又说："姚姐。"她依然笑。她这种纯朴、善意的确很好，这是我对她的印象，也是交往中的感觉。有了感觉，才会去观望。人与人交往时感观很重要。我希望通过《印象》这篇散文，让更多读者知道她，关注她，更希望她的文学作品在今后的岁月中流传开去。

附：姚玉霞散文原名《新区印象》发表在 2019 年 5 月 22 日《兰州日报》副刊。

发表在 2020 年 2 期《蓝梅苑》杂志
发表在 2020 年 3 期《南梁》杂志

散文的质朴与真情

——读鲁迅《风筝》，何其芳《雨前》及巴金《海上日出》

1

我喜欢文学，也从事文学创作，断断续续已经在文学创作路上行进三十多年了，发表的作品类别涉及小说、散文、评论，早期还从事过新闻报道……体裁领域有点儿广泛。此前，我没认真思考过哪种体裁的渊源与品质，近来这种想法与情思较为浓厚与强烈。作为文学作者或作家，了解创作体裁是理所当然的事，也应该了解，只有了解了才能更好地掌握创作技巧，才能在创作时确定文章的方向与脉络。虽然我主要从事小说、散文、文学评论的创作，但目前散文方面没有小说量大。我特别喜欢散文，也有意在今后创作路程中加大散文作品的创作力度，努力在散文创作道路上前行。所以我开始广泛阅读优秀散文作品，考量内涵，取长补短，力争在创作中登上新台阶。

散文是一种以抒发作者真情实感为主，而且创作方式较为灵活的文学体裁。大约出现在我国北宋时期。

我们的生活跟散文有着较为密切的关系。我们说的话都是散文，但是，会说话的人，会写字的人，不可能都是散文家。

散文有散文的艺术。

散文都是一种翻译。

散文是把我们脑子里的思想、情绪、想象，译成语言文字。古人说："言为心声。"其实散文也是心声。头脑笨的人说出来的话蠢，写成散文也拙劣；富于感情的人说的话固然沉挚，写成散文情致缠绵；思路清晰的人说的话有条不紊，写成散文清澈见底。由此可见散文是没有一定格式的，是自由随意的，也是不容易处置的文体。

散文篇幅短小、形式自由、取材广泛、写法灵活、语言优美，是能比较迅速反映生活中的事与情，情与景的作品体裁。

散文主要分广义和狭义两种。

广义的散文是指除诗歌、小说、戏剧以外的所有具有文学性的散行文章；狭义的散文是指文艺性散文，是以记叙或抒情为主。

散文的结构主要以时间顺序、空间位置、事物性质、类别组织材料等安排结构，以作者思想情感变化脉络组织材料，以双线结构明线和暗线，以环扣结构式，以阳光散射式，以流水结构式，以套箱结构式等组成。

虽然从事散文创作者较多，各行各业领域的作家或作者都有，但成品佳作所占比例不大，能被流传的作品更是少之又少。

我认为如果想创作出优秀的散文作品，能被阅读者接受的作品，在作品中体现出质朴与真情，真情与实景，这是非常重要的。

虽然质朴与真情看上去只有几个字，文意简单，但是想在作品中恰到好处地体现出来，也是非常难做到的。

我们可以从阅读鲁迅、何其芳、老舍、朱自清、钱钟书、巴金等著名作家创作的散文作品佳作中得到某些启迪。

鲁迅出生于1881年9月25日的浙江绍兴，原名周樟寿，后改名周树人，字豫山，而后改豫才。他是中国近代作家代表之一。他的散文作品影响了许多作家、作者与读者，他的散文作品流传较广。

我喜欢阅读鲁迅《风筝》这篇散文作品。我们可以从《风筝》作品的成功所在，汲取精华，提高鉴赏与创作能力。

2

鲁迅在散文《风筝》作品的第一段写：

北京的冬季，地上还有积雪，灰黑色的秃树枝丫杈于晴朗的天空中，而远处有一二风筝浮动，在我是一种惊异和悲哀。

这段写了在什么样的时间、地点、天气，看见了天空的风筝及风筝的数量。作者在看见风筝后，勾起了怎么样的心绪。

写出了当时鲁迅的心情是落寞而伤感的。

鲁迅在散文《风筝》作品的第二段写：

故乡的风筝时节，是春二月，倘听到沙沙的风轮声，仰头便能看见一个淡墨色的蟹风筝或嫩蓝色的蜈蚣风筝。还有寂寞的瓦片风筝，没有风轮，又放得很低，伶仃地显出憔悴可怜的模样。但此时地上的杨柳已经发芽，早的山桃也多吐蕾，和孩子们的天上的点缀相照应，打成一片春日的温和。我现在在哪里呢？四面都还是严冬的肃杀，而久经诀别的故乡的久经逝去的春天，却就在这天空中荡漾了。

这段文章写了两种文意。其一是想起了此时故乡的季节，故乡的天气与北京不同。北京寒冷，而故乡已经是杨柳发芽、春暖花开了。在春暖花开的故乡，也有放风筝的孩童；其二是写鲁迅离开故乡多年了，身处寒冷的异乡，已经享受不到故乡那种春天的温暖了。

这段把逝去的美好生活与现实生活做了对比。

鲁迅在散文《风筝》作品的第三段写：

但我是向来不爱放风筝的，不但不爱，并且嫌恶它，因为我以为这是没出息孩子所做的玩艺。和我相反的是我的小兄弟，他那时大概十岁内外罢，多病，瘦得不堪，然而最喜欢风筝，自己买不起，我又不许放，他只得张着小嘴，呆看着空中出神，有时竟至于小半日。远处的蟹风筝突然落下来了，他惊呼；两个瓦片风筝的缠绕解开了，他高兴得跳跃。他的这些，在我看来都是笑柄，可鄙的。

这段文章一方面写了鲁迅讨厌风筝的态度与程度，另一方面写了小兄弟的年龄，小兄弟喜欢放风筝，家中却没有风筝。鲁迅不喜欢放风筝，但家中有风筝。小兄弟渴望放风筝，是那么期待，有时看着鲁迅的风筝长达半日都不肯离开。

这几句“然而最喜欢风筝，自己买不起，我又不许放，他只得张着小嘴，呆看着空中出神，有时竟至于小半日。远处的蟹风筝突然落下来了，他惊呼；

两个瓦片风筝的缠绕解开了，他高兴得跳跃”描写，把静的神态，动的细节对应写，让静与动出现反差。文章中把小兄弟对风筝的陶醉之情呈现出来。人物的神情与情趣变化都显露着。

这段文章中把鲁迅与小兄弟的神情，生活家境，对风筝的态度都做了比较。把小兄弟的体质写得较细，似乎有意让病弱的身体与家境对应。

鲁迅在散文《风筝》作品的第四段写：

有一天，我忽然想起，似乎多日不很看见他了，但记得曾见他在后园拾枯竹。我恍然大悟似的，便跑向少有人去的一间堆积杂物的小屋去，推开门，果然就在尘封的什物堆中发现了他。他向着大方凳，坐在小凳上；便很惊惶地站了起来，失了色瑟缩着。大方凳旁靠着一个蝴蝶风筝的竹骨，还没有糊上纸，凳上是一对做眼睛用的小风轮，正用红纸条装饰着，将要完工了。我在破获秘密的满足中，又很愤怒他的瞒了我的眼睛，这样苦心孤诣地来偷做没出息孩子的玩艺。我即刻伸手折断了蝴蝶的一支翅骨，又将风轮掷在地下，踏扁了。论长幼，论力气，他是都敌不过我的，我当然得到完全的胜利，于是傲然走出，留他绝望地站在小屋里。后来他怎样，我不知道，也没有留心。

这段文章写出了两种文意。一种是写小兄弟想放风筝，而又没有风筝，便自己制作风筝。小兄弟知道鲁迅反对放风筝，在制作风筝时不想让鲁迅知道，便躲藏在堆满杂物，很少有人去的小屋中制作风筝。另一种写出了鲁迅强行损坏了小兄弟制作的风筝。他这种做法体现出了霸道、蛮横，强者欺压弱者的行为。

这句“便很惊惶地站了起来，失了色瑟缩着”描写简洁，准确地揭示了小兄弟制作风筝的秘密被鲁迅发现后，产生的惶悚心理。而这句“论长幼，论力气，他是都敌不过我的，我当然得到完全的胜利，于是傲然走出，留他绝望地站在小屋里”的描写，写出了小兄弟绝望的神态，并且无声地抗议，传达出小兄弟心灵深处无法言说的悲痛。也把鲁迅强者欺压弱者的行为写到了佳处。

文章写出了鲁迅对小兄弟精神的伤害与摧残。

鲁迅在散文《风筝》作品的第五段写：

然而我的惩罚终于轮到了，在我们离别得很久之后，我已经是中年。我不幸偶尔看了一本外国的讲论儿童的书，才知道游戏是儿童最正当的行为，玩具是儿童的天使。于是二十年来毫不忆及的幼小时候对于精神的虐杀的这一幕，忽地在眼前展开，而我的心也仿佛同时变了铅块，很重很重地堕下去了。

这段写了鲁迅在离开故乡，人到中年后，偶然间看到了一本外国讲论儿童的书，才知道“玩具”是儿童的天使，而“玩”是儿童的天性与本质。鲁迅在读过这本书后，思想发生了撞击，对二十多年前做过的事产生了深深悔意。

虽然文章中没写这是一本什么样的外国书，但写了是讲论儿童方面的书，这应该是关于儿童健康成长方面的专业书籍。

看到书原本应该是高兴的事，但文章中却用了“不幸”两个字。看到书却成为了“不幸”的事情，此处用意是书的知识揭开了无知的思想观念。

文章中为了达到心情沉重的效果，还写：很重很重地堕下去了。重叠的字句如同物品，缓慢往下落。

书在这段文章中只是燃点，不是定论。表面看鲁迅是在看到这本书时引发了悔意，实际上这种悔意在鲁迅心中早就存在了，不是突然出现的。在他离开故乡，年龄增长中，这种悔意如同滚雪球似的加重了分量，只是没有完全展现出来。鲁迅看见这本书后，便如同高空物体似的往下堕。

鲁迅在散文《风筝》作品的第六段写：

但心又不竟堕下去而至于断绝，它只是很重很重地堕着，堕着。

第六段只有一行语句，并且有意重复第五段的文意。鲁迅加上这一行语句，并且独立成一段落，可见这种心情在整篇作品中占的分量很重。

这一段文章有意证明心情。如果不看这一段，读者会认为沉重的心情在往下落。而读了这段，能看出描写是往下堕着，而没有往下落的意思。

往下落与堕着，表面看区别不大，文意似乎相近，而细想区别是很大的。堕着，是停留在原来的位置，持续的时间久，分量也比落下去重。

鲁迅在散文《风筝》作品的第七段写：

我也知道补过的方法的：送他风筝，赞成他放，劝他放，我和他一同放。我们嚷着，跑着，笑着。——然而他其时已经和我一样，早已有了胡子了。

这段写鲁迅设想弥补过错的方式。

鲁迅没写道歉、对不起、原谅……这类的浮华字句，而是直接写了应该做的事怎么做。虽然他知道怎么弥补，可是年少时光已过，当年的小兄弟已经跟自己一样到了长胡须的年龄，已经远远告别放风筝的人生时期。既然不是放风筝的年龄了，那种补过也就无法去做了。

鲁迅在散文《风筝》作品的第八段写：

我也知道还有一个补过的方法的：去讨他的宽恕，等他说，“我可是毫不怪你呵。”那么，我的心一定就轻松了，这确是一个可行的方法。有一回，我们会面的时候，是脸上都已添刻了许多“生”的辛苦的条纹，而我的心很沉重。我们渐渐谈起儿时的旧事来，我便叙述到这一节，自说少年时代的胡涂。“我可是毫不怪你呵。”我想，他要说了，我即刻便受了宽恕，我的心从此也宽松了罢。

这段写了鲁迅想到了另一种补过的方式。因为在第七段已经写了一种补过的方式，那种方式不符合年龄了，不适合做，便想到了另一种补过方式。显示出了不弥补过错，不甘心的用意。

鲁迅在这段文章中设想让当年小兄弟宽恕的想法，并且设想小兄弟怎么说，还把说的话拟定好了。

鲁迅设想了让小兄弟宽恕的两个表达方法。一种是小兄弟主动说出来，另一种是自己说出来。当然小兄弟主动说出来是最好的，可是小兄弟没说。在一次相遇时鲁迅主动说起了童年往事。他有意提起童年往事，是想得到小兄弟说“我可是毫不怪你呵”这句宽恕的话，如果能听见小兄弟这么说，他也就得到了安慰。然而小兄弟却没按照鲁迅设想的说。

这段文章除了写宽恕的方式外，还写了年龄。文中写“是脸上都已添刻了许多‘生’的辛苦的条纹”，这证明他和小兄弟在岁月的风雨、生活的磨砺中都已经跋涉多年了，都不年轻了，生活的磨难与艰辛同时刻在身心上。

鲁迅在散文《风筝》作品的第九段写：

“有过这样的事么？”他惊异地笑着说，就像旁听着别人的故事一样。他什么也不记得了。

这段写出了小兄弟对童年往事的态度。这种态度是出乎鲁迅意料之外的。鲁迅愁肠满怀，忏悔多年的往事，在小兄弟心中却是模糊的。小兄弟似乎不记得发生过这样不愉快的事。小兄弟的态度与鲁迅纠结的心情产生了巨大反差。因为文章中把鲁迅忏悔的心情写得饱满，没有空间，所以小兄弟轻描淡写，简短的话语更显得不同，两者层次分明。

虽然描写小兄弟的语句不多，但分量重，达到了衬托主题的效果。

鲁迅在散文《风筝》作品的第十段写：

全然忘却，毫无怨恨，又有什么宽恕之可言呢？无怨的恕，说谎罢了。

这段文章写得一目了然，小兄弟已经不记得了，根本不用宽恕，也谈不上宽恕。鲁迅这种沉重忏悔之情显得多余了。

鲁迅在散文《风筝》作品的第十一段写：

我还能希求什么呢？我的心只得沉重着。

因为小兄弟没有责备自己，也没说原谅自己的话，这种心情没有终结，只能延续，也只能保持这种心情。这是一种失落，也无法释怀。

鲁迅在散文《风筝》作品的十二段，也是《风筝》作品的结尾处写：

现在，故乡的春天又在这异地的空中了，既给我久经逝去的儿时的回忆，而一并也带着无可把握的悲哀。我倒不如躲到肃杀的严冬中去罢，——但是，四面又明明是严冬，正给我非常的寒威和冷气。

这段写到了现实生活，可以理解成社会环境不好，也可以理解为鲁迅在生活中遇到了波折与困扰。

文章中写故乡的春天在异乡出现，这是说季节的。在这个季节故乡已经是阳光明媚了，但在北京却是寒冷的。季节原本也有这样的差别，但鲁迅在文章中隐喻着生活环境与个人心情不好，有着忧思。

3

我在读过鲁迅《风筝》这篇散文作品后，有着一种心痛。因为鲁迅写的是 1925 年春天在北京看见天空中飘动着二三只风筝，由风筝引发了回想童年的往事。他回忆起了童年时对小兄弟放风筝的粗暴阻止行为，萌生了感慨与愁绪。从时间推断，能断定让鲁迅萌生悔意的童年往事，发生得更早。在那么早的年代，鲁迅能有机会放风筝，是令我无比羡慕的。

我的童年是在上世纪 70 年代。当时我生活在黑龙江省北大荒生产建设兵团，可我却没放过风筝，也没玩过风筝。而我现在生活的海滨城市青岛，不仅环境优美，在公园还时常能看见有人放风筝。距离青岛不远的城市——潍坊，每年还有一次风筝节，所以我喜欢风筝。

我现在见到的风筝应该比鲁迅童年的风筝制作得精良。不过无论多么精良的风筝，给人们提供的欢乐是相同的。

虽然我在多年前读过鲁迅这篇《风筝》散文作品，但仍然想读。这篇作品之所以没被风尘岁月、书海波涛淹没，因为作品中有吸引我的真情，如同年少时在春节放鞭炮，那景、那情，存在记忆里。

我知道有许多专家、学者解读过《风筝》这篇作品，而我再次解读，难度是非常大的。这么大的难度，我为什么还选择这篇作品呢？我喜欢这篇作品，也一直存有与以前专家、学者解读的不同观点，如果不阐明自己的观点，我心中的情愫总放不下。

正如鲁迅在《风筝》作品中第五段写的：很重很重地堕下去了。

我在阅读作品过程中已经把文章中的每个段落做了分析、解读。梳理整篇作品的脉络，就解其意了。

鲁迅是 1925 年带着歉疚的心情，以质朴的语句，真挚的情感创作《风筝》作品的。全文以回忆儿时放风筝为线索，带着浓浓忏悔之情，缓慢而深沉，叙述娓娓道来。

通篇叙事，也通篇抒情。所述之事细小平凡，以小见大，墨淡情浓。事件中蕴蓄着情感，情感真挚。难抹掉的愧疚与醒悟，在平实冷静的叙述中，显得格外朴实。叙事与深沉交融，浑然一体，优美和谐，朴实感人。

作品中借景抒情，托物咏怀，对景物描写寄寓了无限深情，创造了广阔深远、令人遐想的意境；作品中的细节描写，心理描写达到了真切传神的境地；作品中对小兄弟形象的刻画，使人物情感细腻丰满，表情极富神韵。

许多专家、学者在解读这篇作品时，或多或少写了鲁迅对当时社会的不满，有着与黑暗抗争、顽强求索的内心世界。

我不那么认为。

我认为鲁迅只是看见了北京天空飘动着几只风筝，心灵受到了触动，回忆起了童年做过的愧疚往事，从而创作了这篇作品。

当然不排除鲁迅对自己当时的生活环境有着失意与感触。

如果每读一篇作品，就把作品与社会挂钩，与政治结合，这显然不符合作家创作的出发点。作家是思想家，有反映社会的举动，但不是所有作品都必须反映社会与政治的。也不是所有作家在写作时，先考虑反映社会哪种现象，怎样的政治风向。作家在创作时想表达一种心情或感慨，这是正常的文学创作规律。

鲁迅虽然写了许多与社会政治有关的作品，但在创作这篇作品时，应该没考虑那么多。

从作品的开篇就证明了这一点。开篇写：北京的冬季，地上还有积雪，灰黑色的秃树枝丫杈于晴朗的天空中，而远处有一二风筝浮动，在我是一种惊异和悲哀。证明这是一篇借事感怀，触景生情的作品。

这篇作品之所以能被许多读者记住，读过了还想读，成功之处不是反映了什么样的社会政治背景，也不是写了什么样的生活环境，而是写了一件普通的事件，对事件写得深刻入微，拨动了读者的心弦，产生了心灵的乐律。

鲁迅选择了一件质朴而贴切的童年往事，用写实手法创作了《风筝》这篇作品。他把一件普通小事写到了入木三分的程度，引起了读者的思考与心灵共鸣。

我们在读过《风筝》这篇作品后，或许能联想到自己的生活。我们生活中的一件事、一处景，可能一生不忘。如果我们把这事、这景，用饱满的情愫，朴实的语句，写成散文作品，可能就容易被读者接受。这就是质朴与真情的功效。

所以我认为在散文创作方面质朴与真情非常重要。

应该说质朴与真情决定着散文作品的成功与失败。

4

我在阅读过鲁迅《风筝》这篇散文作品后，寻找到了质朴与真情在散文作品中的重要性。又一想，这是一篇记事性作品，记事作品原本就是抒发心情的，容易做到这一点。那么别的素材是否可以体现出质朴与真情呢？我认为也应该能做到。

我在阅读散文家何其芳的《雨前》作品时，也有着真情与质朴的感受。

何其芳1912年2月5日生于重庆万州。幼年时喜爱中国古诗词。1929年到上海中国公学预科学习；1931年在北京大学哲学系学习；1936年他与卞之琳、李广田出版诗歌合集《汉园集》；1937年出版散文集《画梦录》，获得了《大公报》文艺金奖；1938年到延安鲁迅艺术学院任教。他创作了如《黄昏》《雨前》《炉边夜话》等许多优秀散文作品。

何其芳在散文《雨前》作品的第一段写：

最后的鸽群带着低弱的笛声在微风里划一个圈子后，也消失了。也许是误认这灰暗的凄冷的天空为夜色的来袭，或是也预感到风雨的将至，遂过早地飞回它们温暖的木舍。

这段文章写了天空灰暗且有些凄冷，一群鸽子误以为夜色来了或风雨将涌来，带着笛哨般的鸣叫，提前飞回木窝里了。

说起鸽子，许多读者都不陌生。我是了解鸽子的。我年少时在黑龙江省北大荒生产建设兵团生活，那里地域辽阔、田野无垠、人烟稀少，许多人家饲养过鸽子。

虽然我家饲养过鸽子，但数量不多。而我叔叔家饲养的鸽子有上百只，村庄是鸽子的窝，田野是鸽子觅食之地，鸽群在村庄与田野之间飞来飞去。

文章中写的鸽群与我生活中熟知的鸽群相似。

何其芳在散文《雨前》作品的第二段写：

几天的阳光在柳条上洒下的一抹嫩绿，被尘土埋掩得有憔悴色了，是需要一次洗涤。还有干裂的大地和树根也早已期待着雨。雨却迟疑着。

这段文章写阳光把柳树晒得憔悴，高温夺走了泥土中的水分，土地开始干裂，干旱影响了植物生长，植物与泥土都需要雨水浇灌，可是雨却没来。

何其芳在散文《雨前》作品的第三段写：

我怀想着故乡的雷声和雨声。那隆隆的有力的搏击，从山谷返响到山谷，仿佛春之芽就从冻土里震动，惊醒，而怒茁出来。细草样柔的雨声又以温存之手抚摩它，使它簇生油绿的枝叶而开出红色的花。这些怀想如乡愁一样萦绕得使我忧郁了。我心里的气候也和这北方大陆一样缺少雨量，一滴温柔的泪在我枯涩的眼里，如迟疑在这阴沉的天空里的雨点，久不落下。

这段文章写了两个文意。其一是作者对下雨时的怀想。但这不是作者生活处地的北方雨，而是在怀想南方故乡下雨的情形。作者没把北方地理位置写具体，也没写清楚南方何处是故乡，只能通过阅读作品，借用下雨的区别与不同，推测何处是作者的故乡。

作品中把南方故乡下雨时的自然景观，雨来后自然界发生的变化，描写得较为详细、逼真。用南方下雨时的自然界变化对比北方无雨的现实。

在这段文章中另一个文意是作者的心绪。作者把自己心绪比喻成生活处地的北方气候，写眼泪如同雨点儿不愿意落下，而在眼中消失，眼睛如同树叶似的枯涩，这是夸张与渴望。

何其芳在散文《雨前》作品的第四段写：

白色的鸭也似有一点烦躁了，有不洁的颜色的都市的河沟里传出它们焦急的叫声。有的还未厌倦那船一样的徐徐的划行，有的却倒插它们的长颈在水里，红色的蹼趾伸在尾巴后，不停地扑击着水以支持身体的平衡。不知是在寻找沟底的细微的食物，还是贪那深深的水里的寒冷。

这段文章写没有雨水冲洗的城市河流很脏，但鸭子没有选择的条件，只能在这脏乱的河流中觅食、乘凉。这是生存的一种方式。

文章是在用鸭子来证明没有雨水的恶劣生活环境。

何其芳在散文《雨前》作品的第五段写：

有几个已上岸了。在柳树下来回地作绅士的散步，舒息划行的疲劳。然后参差地站着，用嘴细细地梳理它们遍体白色的羽毛，间或又摇动身子或扑展着阔翅，使那缀在羽毛间的水珠坠落。一个已修饰完毕的，弯曲它的颈到背上，长长的红嘴藏没在翅膀里，静静合上它白色的茸毛间的小黑眼睛，仿佛准备睡眠。可怜的小动物，你就是这样做你的梦吗？

这段文章详细描写了鸭子在岸上的活动状态。把鸭子的状态写得生动，然后笔锋急转，简明扼要地写：可怜的小动物，你就是这样做你的梦吗？这是文章的转折点，也是这段文章的亮点与重点。

前面对鸭子在岸上活动的描写是为了给转折做铺垫。

何其芳在散文《雨前》作品的第六段写：

我想起故乡放雏鸭的人了。一大群鹅黄的雏鸭游牧在溪流间。清浅的水，两岸青青的草，一根长长的竹竿在牧人的手里。他的小队伍是多么欢欣地发出啁啾声，又多么驯服地随着他的竿头越过一个田野又一个山坡！夜来了，帐幕似的竹篷撑在地上，就是他的家。但这是怎样辽远的想象呵！在这多尘土的国土里，我仅只希望听见一点树叶上的雨声。一点雨声的幽凉滴到我憔悴的梦，也许会长成一树圆圆的绿阴来覆荫我自己。

这段文章在牧人与鸭子之间来回替换描写，把鸭子与牧人写得柔和、恬静，呈现出一幅美丽的田园景观。用美景作为心绪的背景。

文章中写出了作者思想的波动及对雨的渴望。思想只是流露，没有完全展现。对雨的渴望真切。从这句“在这多尘土的国土里，我仅只希望听见一点树叶上的雨声。”这是广义的，不是个人小情绪。能感受到作者博大的胸怀与思想境界。

何其芳在散文《雨前》作品的第七段写：

我仰起头。天空低垂如灰色的雾幕，落下一些寒冷的碎屑到我脸上。一只远来的鹰隼仿佛带着怒愤，对这沉重的天色的怒愤，平张的双翅不动地从天空斜插下，几乎触到河沟对岸的土阜，而又鼓扑着双翅，作出猛烈的声响腾上了。那样巨大的翅使我惊异，我看见了它两肋间斑白的羽毛。

作者在这段文章中做了设想。虽然这种设想与文章中的第三段怀想相似，但对雨来时描写不同。第三段在写故乡下雨的场景时用了“怀想”，显然第三段写下雨景观是不真实的，而是想象与意念。但在这段中却用了写实手法，如同真正发生的事情，笔墨写到了实处。用真实描写没发生的事，这是内心情感的激发。

作品中写了“鹰”的勇猛姿态，借用鹰的活动，反映作者的思想。

这句“我看见了它两肋间斑白的羽毛。”是证明与鹰的距离，这么近的距离，现实中存在性非常小，作品中这么描写应该是想突显作者有着和鹰般的激情。

何其芳在散文《雨前》作品的第八段写：

接着听见了它有力的鸣声，如同一个巨大的心的呼号，或是在黑暗里寻找伴侣的叫唤。

这段只有一句话，这句话如同在给第七段做回答。但是文章中没有肯定性的答案。而是用推测，推测带有不确定性因素。

作者有意留出更广阔的假想与思想空间。

何其芳在散文《雨前》作品的第九段写：

然而雨还是没有来。

这是结尾段落，是对整篇作品主题的简单交代，也是答案。读到此处，情思收拢，有着冷峻，触人深思般的感觉。

5

何其芳把这篇散文作品命名《雨前》，如果不读作品内容，只看题目，以为只是写雨来之前的气象与事物的作品。可在读过作品后，感觉文章重心不完全是写雨前气象的，而穿插写了许多景，但这些景是围绕雨写的。这就是散的特点：形散而神聚。

通篇作品写了天气阴得厉害，也有下雨的迹象，但笔墨重点放在了缺少雨水与渴望下雨方面。

文章中对鸭子在都市河里、岸边的描写……这些都不是写雨，而是想用物与人、人与水的关系，抒发一种情怀。

那么，这又是怎样的情怀呢？

因为作者没直接写出来，我在阅读时只能推测作品的创作背景与当时作者身处的生活环境。

这篇作品是何其芳 30 年代初期在北京创作的。他对当时的社会环境与生活环境有着许多忧思，对生活与人生有着不确定性的渴望。

这种渴望应该是寄托与理想。

作品中呈现了南北方环境的差别，既描写了北方的烦闷与焦灼，也写了南方故乡春雨的迹象，采用对比手法，表现出作者心灵的期待与焦渴。

何其芳这篇《雨前》散文作品写出了自然物的情态，将视觉与触觉、怀想与现实交织起来，形成了感人的力量。

我在阅读何其芳的《雨前》作品及阅读鲁迅的《风筝》作品时，感觉有的语句不通顺，读起来有点儿别嘴，这或许跟那个年代写作方式和阅读有关。虽然有语句不通顺的感觉，但不影响整篇作品的思想与艺术高度。虽然鲁迅的《风筝》跟何其芳的《雨前》给我的感觉不同，可以说两者反差是较大的，但相同的是入情入心，拨动心弦。

6

鲁迅在散文《风筝》作品中写了对童年放风筝的具体事，通过对童年往事的回忆，表达心情；而何其芳在散文《雨前》作品中写了鸽子、鸭子、鹰及怀想南方故乡下雨的场景，通过多种事物，全方位表达思潮。《雨前》和《风筝》是两篇取材不同，创作手法不同的散文作品。

虽然取材不同，创作手法不同，但是这两篇作品都语言朴实，情感真挚。作品的真情与质朴抓住了读者的心灵及阅读感觉。

《雨前》和《风筝》给读者留下的印象是相同深刻的，也都达到了让读者过目不忘，读了还想读的效果。

所以说《雨前》和《风筝》都是精湛的散文作品。

散文是个人与世界相遇的一种方式，就基本文体特性而言，它更强调个人经验与情感传达。比如巴金创作的《海上日出》散文，就是完全写景观，凸显个人情感的作品。

巴金在散文《海上日出》作品的第一段写：

为了看日出，我常常早起。那时天还没有大亮，周围非常清静，船上只有机器的响声。

这段文章写起早在海上看日出，周围很静，只有船上的机器声音。文章中交代了看日出的时间与周围环境。

这句“我常常早起”写出了作者多次起早看日出的热切心情。

这段文章有着干净利落、开门见山、朗朗上口的特点。

巴金在散文《海上日出》作品的第二段写：

天空还是一片浅蓝，颜色很浅。转眼间天边出现了一道红霞，慢慢地在扩大它的范围，加强它的亮光。我知道太阳要从天边升起来了，便不转眼地望着那里。

这段文章对太阳升起的天空进行了描写，写太阳是在怎样的天色中升起的。写出了作者神情专注、满怀欣喜看日出的心情。

这个“浅”字叠用，并且以“很”加以强调，更加突出了好的天气。

这句“天边出现了一道红霞”是太阳即将升起，晨曦初露的征兆。

巴金在散文《海上日出》作品的第三段写：

果然过了一会儿，在那个地方出现了太阳的小半边脸，红是真红，却没有亮光。这个太阳好像负着重荷似的一步一步，慢慢地努力上升，到了最后，终于冲破了云霞，完全跳出了海面，颜色红得非常可爱。一刹那间，这个深红的圆东西，忽然发出了夺目的亮光，射得人眼睛发痛，它旁边的云片也突然有了光彩。

这段文章运用了拟人的修辞手法，写太阳即将跃出海面时的变化。把太阳“喷薄欲出”的过程，写得层次分明，刻画细腻，给人以庄重、艰辛而壮观的印象。

巴金在散文《海上日出》作品的第四段写：

有时太阳走进了云堆中，它的光线却从云里射下来，直射到水面上。这时候要分辨出哪里是水，哪里是天，倒也不容易，因为我就只看见一片灿烂的亮光。

这段文章写太阳上升时天空的环境。天空环境对阳光的影响。

这句“直射到水面上”中的“直”把光线写到了精准处。因为光线作用，把天光和水光融为一体，形成水天一色的亮光。

巴金在散文《海上日出》作品的第五段写：

有时天边有黑云，而且云片很厚，太阳出来，人眼还看不见。然而太阳在黑云里放射的光芒，透过黑云的重围，替黑云镶了一道发光的金边。后来太阳才慢慢地冲出重围，出现在天空，甚至把黑云也染成了紫色或者红色。这时候发亮的不仅是太阳、云和海水，连我自己也成了明亮的了。

这段文章是对太阳进入黑云中的描写。文章中写云厚，色浓。虽然云能挡住太阳的“本体”，却阻挡不了太阳的光亮。太阳的光亮从黑云边照射出来，万丈阳光不只是改变了黑云的颜色，还照亮了人与海，海与天空，给读者留下了宽广的想象空间。

这句“甚至把黑云也染成了紫色或者红色。”刻画出了太阳的威力。

这段文章也反映出了作者热烈的情绪。

巴金在散文《海上日出》作品的第六段写：

这不是很伟大的奇观么？

这段是《海上日出》作品的结尾。此处采用设问语法给观赏海上日出做了答案。这答案是“奇观”，有着赞叹，也带有奋发进取的精神。

巴金的《海上日出》散文作品精短，文字简洁，写得传神，没有社会政治背景映衬，何时阅读都会产生美好心情。

我认为这跟当时巴金的创作环境与心情有关。

这篇作品是1927年巴金乘船从上海去伦敦留学，在船上创作的。出国留学是人生中的大事，也是喜事。巴金的心情应该很好。他充满青春的年华，面对浩瀚大海，对人生与生活充满无限美好的期待。面对海上升起的日出美景，有感而发，水到渠成地创作了这篇作品。

我在阅读巴金的《海上日出》，鲁迅的《风筝》，何其芳的《雨前》三篇作品时，有着完全不同的感受。但这三篇不同风格的作品都是优秀之作，都是散文作品中的经典。因为三篇作品都紧紧抓住了我的阅读感觉与心灵。

7

优秀的散文作品运用的语言质朴，表达的情感真挚。真挚与质朴几乎成为决定散文作品成功与失败的关键。

我在读巴金的《海上日出》，鲁迅的《风筝》，何其芳的《雨前》三篇作品时，都能感觉到情感真切。情真意切是作家在创作时想达到的效果。当然何其芳、鲁迅、巴金都是成绩显著的作家，他们创作的高度看上去是普通作家或作者难以达到的。可实际上，无论巴金写《海上日出》，鲁迅写《风筝》，还是何其芳写《雨前》时，他们都还没达到名扬天下，在文坛大红大紫的程度，那时的读者也不是冲着他们的名气才喜欢阅读他们作品的，而是他们的作品读起来确实能给予人以艺术熏陶。

著名作家的文学功力是天分与勤奋相结合的。那么普通作者是否可以写出这样的作品呢？我认为普通作者也是可以创作出引人入胜、过目不忘的作品。

我从年少时就喜欢文学，学生时代语文老师几乎把我所有的作文都当范文读给同学。可我真正在报纸、杂志上公开发表作品，是参加工作后，是在上世纪 90 年代初期。那时没有电脑，用笔写，稿件从邮局寄到编辑部。我生活在与苏联比邻的边境地区，交通不便，稿件在邮的路上得走好几天才能到编辑部。编辑部稿件多，普通作者发表作品是非常难的。当时单位想提高知名度，扩大影响力，非常重视新闻报道宣传工作。每年宣传部与工会都给资金奖励，也都有培训活动。许多文学爱好者为了能尽快发表作品，放弃了文学创作，转向写新闻通讯类稿件。新闻稿件短，发表概率大。我也有一段这样的创作经历。但与别的作者不同的是我一直没放弃文学创作。我在发表《那追赶太阳的小屋》散文时，欣喜了好多天。当时宣传部的周茂祥看了说：“新财，这篇写得真切……”

我的《那追赶太阳的小屋》散文发表在 1992 年 7 月 18 日《鹤岗日报》副刊显著位置。这篇散文写：

雨，淅淅沥沥下了两天后，在第三天的傍晚停了。天空悬挂起一道七色彩虹，我迫不及待地推开房门，径直朝土屋坐落的地方奔去。

雨后的天空像刚洗刷过一样明净。我边跑边唱：“我们追赶太阳，多么自在多么欢畅……”

土屋跃入了我的眼帘，它孤单地伫立在旷野上，在土屋的身旁有机车正在施工。隆隆的机声，在天宇里回响。噢，我忽然明白了，今天是土屋生存的最后日子，它要去追赶西沉的太阳了。我心中蓦然涌起一股说不出的感觉。

记得在我懂事时，我家就居住在土屋里，爸爸妈妈总是忙忙碌碌的。每天在太阳刚吐露白线时，爸爸妈妈便悄悄地起来做饭。吃过早饭，把我留在家里，他们就出工了。

中午，爸爸妈妈有时一起回家，有时只妈妈一人回家，又是匆忙地吃完饭就走了。等他们再次回来时，天已经黑透了。

那时的生活很艰苦。屋里没电灯，每到夜晚，只有一盏煤油灯，释放着发黄暗淡的光亮。妈妈拿出装针线的笸箩，就着油灯飞针走线……

爸爸坐在妈妈身边吸着烟。

那天妈妈边缝衣服边问爸爸说："咱这里快建砖房了吧？"

"快了。电也快通了。"爸爸说。

我感觉新鲜，插话说："啥时才能住上砖房呢？"

"两三年。"爸爸回答。

我说："那么长时间。"

"小家伙，你着什么急呀。咱们刚到北大荒时连土屋都没有……"爸爸说。

砖房盖好后，我们搬进了新房，土屋被人们冷落了。土屋成了人们养鸡、鸭、猪的圈舍了。

土屋成了家禽的乐园。

在年轮的增长中，爸爸妈妈额头上布满了皱纹。这时我才知道爸爸妈妈那时为何忙忙碌碌，也更知道他们同土屋一样，久经风霜之后老了。他们在黑土地上追赶太阳，同太阳一样辛勤。

我站在那里，见一台挖掘机张着大嘴巴吞噬着土屋。仿佛，我看到了座座高楼在黑土地上拔地而起。

人们每天从楼房里走出来，迎着太阳到原野上劳动，紧追太阳的脚步。

虽然在写《那追赶太阳的小屋》散文时，我生活的地方已经没有土屋了，但这是我年少时的所见所闻，有着生活经历，突然有一天萌生了创作想法。

我想编辑能在报纸最显著处刊发这篇作品，应该是我写出了一种心灵的感觉与纯真。现在看这篇散文是微不足道的，甚至幼稚，但在当时当地，这可是发表的大作品，也是我们县团级单位当年最好的文学作品之一。

当然我的作品不能跟巴金、鲁迅、何其芳等名家相提并论，我只是想说散文作品中的真情实感及语言的质朴非常重要。

散文作品虽然创作方式不拘一格，但注重语言美、感情真、富有思想。作品中无论是直抒胸臆，还是触景生情，或浓烈的诗情画意，都应该有深刻的内容及思想感情。

优秀的散文作品是语言凝练，接近口语，感情真挚，把思想寓于形象之中，具有强烈的艺术感染力。

散文家的语言有着不同风格，例如：鲁迅的散文语言精练深邃，茅盾的散文语言细腻深刻，巴金的散文语言朴素优美，朱自清的散文语言清新隽永，孙犁的散文语言质朴，杨朔的散文语言精巧等等。

凡是艺术都是人为的。

散文艺术是作者自觉的选择。散文家福楼拜认为只有一个名词能够代表他心中的一件事物，只有一个形容词能够描写他心中的一种特色，只有一个动词能够表示他心中的一个动作。他的每一篇作品都是经过这样苦痛步骤写成的。

散文艺术需要意念真实，把意念确切地表示出来。

透视散文创作历程，优秀的散文作品不是干巴巴的语言堆积，应该发挥联想和想象，结合个人生活体验，融情于景、寄情于事、发生情感共鸣，产生思想火花，表达作者真情实感，展现更深远的思想。

散文创作时不要太多枝节，不要太生硬，不要太粗陋，应该注重作品的线索，追寻作品的旨趣与纯洁精神；散文的美不在于写出多少旁征博引的故事，不在多少华丽的辞句，而在于能否把心中的情思干干净净、直截了当地表现出来；散文应该写得亲切，语言自然流畅，力求写景如在眼前，务求明白，不要勉强粉饰。

当我们阅读语言雅致，思绪飘逸，理念凝聚的散文作品时，心灵如同蘸了情感与思想的液汁，味入情中，这就是散文艺术之美。

这就是真情与质朴的作用。

我认为质朴与真情是散文创作成功的金钥匙。

发表在 2019 年 5 期《漳河文学》杂志

热恋的家乡

——读黄玉凤散文《山沟沟的别样年华》

我在读青岛市城阳区黄玉凤女士创作的《山沟沟的别样年华》散文作品时，不由自主地想到了她的人，还有她生活与工作的棉花村。

我第一次去棉花村是几年前的事了。在没去棉花村前，我不知道棉花村。但事出偶然，雨桦 2000 年在新疆《伊犁河》杂志 5 期上发表的《日子》中篇小说里有个棉花村。当然雨桦小说中的棉花村是虚构的，与黄玉凤生活的棉花村不同，两者没有相关性。虽然黄玉凤本人比她创作的文学作品更能吸引我，可我们是通过文学作品相识的。

几年前我在编青岛市城阳区文联的内刊时，计划与区教育局联合出一期教育系统文学作品专刊。教育局下发了通知，收到了大量来稿。黄玉凤的稿件在其中，文笔娴熟，刊发了。随后她约我去棉花村做客。当时我特别忙，虽然相隔只有几十里路，但约定的时间一拖再拖，拖延了半年后，才与在教育系统工作的几位友人前往。

黄玉凤早早地在棉花村路口等我们了。虽然是初次见面，却没有丝毫的陌生感，亲近有加。她的热情足以融化冬天的冰雪，又何况是在阳光灿烂的五月相聚呢！

那次黄玉凤好像是约我们到棉花村看樱花的。虽然青岛的樱花很多，但此前我对樱花如同过眼烟云，没有关注过。我对樱花的一知半解应该是在学生时代读了鲁迅创作的《藤野先生》散文作品后。那篇《藤野先生》散文是鲁迅于 1926 年在厦门大学时写的回忆性散文。他在文中回忆了在日本东北大学的留学生活，表达了深切怀念之情；文中也赞颂了藤野严九郎先生辛勤治学、诲人不倦的精神及其严谨踏实的作风，特别是他对中国人民的诚挚友谊；文中同时还表现了鲁迅强烈的爱国主义思想。鲁迅写的是日本的樱花，而我写的是青岛棉花村的樱花。鲁迅作品中写的是日本学者藤野严九郎先生，而我写的是青岛城阳区黄玉凤女士。我猜测黄玉凤邀请我们到棉花村看樱花应该是想介绍棉花村的美景，或许是有意向外界宣传棉花村。

因为我去棉花村看过樱花，所以对棉花村有了印象。

我还没读黄玉凤创作的《山沟沟的别样年华》散文作品，就感觉到了作品中是写棉花村的事与景。

黄玉凤在《山沟沟的别样年华》作品的第一段写：

这是一条连绵不断被野花缀满的山谷，姿态各异的岩石凸出在野花层上，两片对称清澈的小湖荡漾在山谷之中。远远望去，仿佛是一位美丽的女子如笑如眠静躺在天地之间。美女的裙带上点缀的别墅及四合小院折射出她别样的美。这就是生我养我的家乡——棉花村。

这段文章介绍了棉花村的外部自然环境。写了山谷的野花，写了石头，还有山谷中的湖。特别是把别墅与四合院描写得恰到好处。别墅与四合院体现出棉花村与别的村庄不同，有着别样风情。然后笔锋一转说“这就是生我养我的家乡——棉花村”。文章前面的描写证明了棉花村地处山谷中，山谷的景色非常美。

黄玉凤在《山沟沟的别样年华》作品的第二段写：

棉花村被誉为全国最美休闲乡村。

虽然这段文章只有一句话，但这句话非常有权威性。全国最美休闲乡村与普通乡村是不同的。普通乡村随处都有，全国最美休闲乡村却寥寥无几。

棉花村在 2016 年被农业部评为最美休闲乡村后，又在 2017 年被住建部评为美丽乡村示范村。住建部与农业部先后在经济发展、乡村建设方面给予了棉花村高度肯定。这证明了棉花村与别的山村不同，更证明了第一段文章对棉花村优美的描写不失真，没有夸张性。

黄玉凤在《山沟沟的别样年华》作品的第三段写：

相传明永乐年间(1403 — 1424 年)，赵氏从云南迁至即墨城西莹上，又迁此地定居。据老年人讲，明末黄家善的后代二世孙，从即墨迁此看管黄家莹地逐成小庄园，简称小庄。清末又有王氏从纸房村迁此入籍。其余如仲、孙氏等分别从不同地方迁此定居。因村处在山花绵延的山涧中，故名“绵花”。后演化为棉花。

这段文章介绍了棉花村的由来。经过作品介绍，读者知道村庄形成的年代，发展过程。读这段文章能感觉到作者对村庄的衍变是熟知的，或许在创作之前，为了准确记述村庄形成的年月，查阅了相关资料。

黄玉凤在《山沟沟的别样年华》作品的第四段写：

棉花象征着浪漫，代表着温暖。成长在浪漫又温暖的家乡，喝着家乡清泉水长大的我，描述过祖国的大好河山，却未曾墨染过心爱家乡的点点儿好，如同没对父母说过一句“我爱您”的话一样。我心里爱着，却羞于开口。当我要把家乡的变化墨染于纸上的时候，不知为什么眼眶里却浸满了泪水。

这段文章写出了作者对家乡的心情。虽然家乡环境很美，但作者却没写过赞颂家乡的一点点文字。

文章中“当我要把家乡的变化墨染于纸上的时候，不知为什么眼眶里却浸满了泪水。”这句话，体现出了作者的身份。虽然没写作者是从事何种职业的，但潜意识的证明不是工人，也不是农民，应该是知识分子。不管是农民，还是工人都不可能这么倾诉对家乡的感情。这并不是说农民和工人对家乡没有感情，而是不可能用这种含蓄方式表达。这种充满文学底蕴的表达方式是思想的升华，语句的锤炼，有着间接性，不是直接表达。

黄玉凤是中共党员、高级教师、大学本科毕业生、并且被评为青岛市学前教育先进个人。她还爱好文学创作，目前是中国诗歌学会会员，青岛市作家协会会员。作品先后在《山东教育》《吉林教育》《辽河》《齐鲁文学年展》《北极光文学》《西部散文月刊》等多家刊物发表。论文获全国基础教育一等奖，小说获得了“青岛市改革开放 40 年征文”二等奖。

因为她有深厚的文学功底，所以在这段对家乡赞美笔法的运用中有了创新。

这段文章也写出了作者的心情。作者激动得眼眶里溢出了泪水。

黄玉凤在《山沟沟的别样年华》作品的第五段写：

鲁迅先生说："世上本没有路，走的人多了便成了路。"

这段文章只引用了鲁迅的一句名言，这是一句众人皆知的话，作者引用这句名言是想说明家乡的路。

那么这是一条怎样的路呢？

黄玉凤在《山沟沟的别样年华》作品的第六段写：

儿时记忆里家乡是闭塞的小村庄，与外界相连的唯一通道就是那条10多华里的蜿蜒小山路。这路是祖祖辈辈们用脚踩出来的。那时不能称为路，应该称为"小道"。村里人赶集、走亲戚、种田、孩子上学等一切外出都是用双腿，步量这条蜿蜒的小路。每到下雨之际，山路泥泞得更是无从下脚。它承载着棉花村几代人的心酸往事。

这段文章写了作者童年时对家乡的记忆。文章中主要写了村庄通往外界的路。并且写这是棉花村唯一与外界相连的路。

那时没有交通工具，进出山村全是步行。这段文章的描写与第五段引用鲁迅的名言"世上本没有路，走的人多了便成了路"紧紧相扣。

文章第六段写了两种文意。第一种是棉花村通往外界的路不像路，如同人们在荒野中踩出的"小道"；第二种写的是生活之路，人类繁衍之路。

黄玉凤在《山沟沟的别样年华》作品的第七段写：

姐姐常讲她们种地的事情。当时生产队里不管男孩，还是女孩，只要一退学，都要到生产队劳动。十五六岁的小姑娘也要跟着男人外出劳动。有一次割小麦时，邻家小姑娘的月经初潮了，小姑娘被这突如其来的变化吓得直流眼泪。姐姐们将各自的套袖给小姑娘用来止血。下午回家的路上，男人们推着载满麦子的木车。女孩们在前面老牛似的拉车。夏天的脸说变就变，还没进村，雷雨交加，无从避雨。他们冒雨往村里赶。血水拌着雨水从小姑娘的裤腿里流下来，血与水就这样无情地浸入小路中。每当说到这种事时，姐姐不乏感叹地说："现在的生活多好啊！"

这段文章记述了棉花村人一段工作历程。不管是男还是女，只要不读书了，离开学校了，别无选择只能到生产队参加集体劳动。这是失去理想色彩的劳动。

文章中通过姐姐的讲述，写了棉花村割麦子时的一件往事。这件事详细讲了一个女孩来初潮时的经历。通过女孩的生活经历来证明当时劳动环境的恶劣，条件的艰苦。体现出了棉花村人吃苦耐劳的精神。

黄玉凤在《山沟沟的别样年华》作品的第八段写：

崎岖的小路不但阻碍了村民的出行，更影响了村里男青年的婚姻。村里的姑娘想方设法嫁到外村去，外村的姑娘又不愿意嫁到村里来。外村来的媳妇，也经常因生活困苦锁紧眉头。更为可怕的是在上世纪80年代初，山路上发生了两次杀人案件，一时间外出上学的女生纷纷退学，男生不敢独自走山路。本来需要知识拯救的山村，因此失去了改变的机会。

这段文章中写了两件事。第一件事写了生活环境不好，男青年找不到对象，而女青年又嫁到外村去了。这件事看上去是婚姻问题，实际是说村里人在向外流失。如果流失的人多了，在村庄居住的人少，或成为了空村，村庄还能存在吗？这个问题关系到棉花村是否能继续存在的问题。

第二件事写在山路上发生了杀人案件。因为发生了杀人案件，惊恐之时，学生不敢外出读书。不读书就学不到知识，没有知识就无法发展。这样会让棉花村更加封闭，封闭是没有出路的。

黄玉凤在《山沟沟的别样年华》作品的第九段写：

常言道："靠山吃山，靠海吃海"。一个四面环山的小村庄，土地贫瘠，种粮食是喂不饱人们肚子的。人们为了生计披星戴月地到远山割草拾柴，晒干后，用木车送到百余里之外的即墨大集换点儿粮食充饥。砍伐的大树用木车推不动，人们就烧成木炭，运送到集市变卖。这样的滥砍滥伐并没有改变山村贫穷状况，而且是越来越穷，近山还成了不毛之地。

这段文章写了山村整体生活的贫穷状况和人们采取维持生计的方式。

人们随意砍伐树木，毁林种田，想多打粮食让生活富裕起来，可收效甚微。不但没有解决贫穷，连吃饭条件都保证不了。饭是维系生命的最基本元素。人们为了维系生命只好加大砍伐树木的力度，从而造成山的荒芜。虽然树木被砍伐了，但并没改变山村的贫穷，反而出现了恶性循环。从而证明那句“靠山吃山，靠海吃海”的话，在某些环境中是没有道理的。

可以理解为：山也好，海也罢，如果不合理保护，适度开发，进行后续资源储备，就会适得其反，失去应有的作用。

黄玉凤在《山沟沟的别样年华》作品的第十段写：

突然有一天，那个从没间断给山村传递信息的邮差带来了好消息，《人民日报》在头版头条刊登了“想要富、先修路”的文章。村领导抓住机遇，征得上级政府部门大力支持，为时两年的修路工程开始了。通路那天，山村沸腾了，村民们放起了鞭炮、敲起了锣鼓，庆祝祖祖辈辈梦寐以求的宽阔马路通车。随即自行车、摩托车替换了双腿。山村里各种无污染厂房拔地而起，水果源源不断销往山外。棉花村变了，昔日“楼上楼下，电灯电话，苹果碰着头，看电影坐炕头”的笑谈变成了现实。

这段文章反映了改革开放的好政策及引导人们认清致富的出路。如果想致富必须有好的交通环境。村领导看见报纸上的信息，茅塞顿开，抓住了国家改革开放的好时机，组织各方力量修建了村庄通往外界的公路。公路提高了运输能力，引来了外资。村庄里建成了许多没有污染的工厂。村庄里的水果也顺畅地销售出去了。

经济发展了，人们的生活也发生了变化。从前在山村通往外界的小路上是步行的人们，而现在公路上来往的是自行车、摩托车，还有轿车。以前人们理想中的“楼上楼下，电灯电话，苹果碰着头，看电影坐炕头……”的生活畅想变成了现实。

反映出人们的生活得到了彻底改变。

黄玉凤在《山沟沟的别样年华》作品的第十一段写：

如今宽阔的马路早已变成了柏油路，政府配备的客运公交车，接孩子们读书的校车，还有私家轿车等，往来村庄与外界之间。村里男青年的婚姻再也不用发愁了，从前是村里的姑娘纷纷外嫁，现在是村里的姑娘不愿意外嫁，外村的姑娘还想嫁进村里来的现象。交通的便利促进了生态旅游业发展，果品采摘、农家宴、蜜蜂养殖、山野茶等成为村民的额外收入。棉花村的人们过上了幸福的小康生活。

这段文章写了交通工具的改变，男青年婚姻状况的改变，还写了旅游业的发展。文章中从这三个方面的改变，展现了如今棉花村人们的幸福生活。

黄玉凤在《山沟沟的别样年华》作品的第十二段写：

党的十一届三中全会召开后，村里建起了许多工厂，村民们进工厂上班，不用毁林种田了，成为了具有农民身份的工人。村民们的收入有增无减，生活水平提高了，思维方式也发生了改变，对绿化家乡有了新意识。村领导班子研究后制定了对植树者奖励，对毁树者处罚的规章制度。人们投入到植树造林的行动中。因此数年来昔日的荒山野岭逐步变成了山花烂漫、硕果累累的花果山。

这段文章写在经济发展后，人们生活水平提高了，思想发生了变化，人们意识到美化家乡了。村里制定了奖罚制度，经过数年植树造林，把山村绿化得更加美丽了。

黄玉凤在《山沟沟的别样年华》作品的第十三段写：

春天的棉花村花香四溢，山坡上、田野里、房前屋后到处盛开着鲜花，白的像雪、粉的像霞、红的似火、黄的似金。粉里透红的杏花像害羞的少女娇滴滴的，仰起抹了胭脂的笑脸；雪白的樱桃花像 40 岁的女人，清新中也不缺乏唯美；粉嘟嘟的桃花像 21 世纪的少女，张扬着青春的气息；一束束迎春花像顽皮的孩子，爬满了墙头；红红的玉兰花像雍容华贵的夫人，端详而又慈祥。在这花的海洋里，蜜蜂唱着美妙的小曲久久不去采粉。蝴蝶展开它那迷人的双翅，在花丛中飞来飞去与花儿媲美。如此美景，真是让人目不暇接。

这段文章全方位描写了棉花村优美的生活环境。写了各种各样的花儿。用花儿来展现村庄的美丽。

文章中的："在这花的海洋里，蜜蜂唱着美妙的小曲久久不去采粉。蝴蝶展开它那迷人的双翅，在花丛中飞来飞去与花儿媲美。"这两行语句比喻得非常形象，也很生动。

读这段文章有着身在世外桃源的感觉。

黄玉凤在《山沟沟的别样年华》作品的第十四段写：

樱桃成熟的季节，正是棉花村最热闹的季节。早晨七点半左右汽车的喇叭声就此起彼伏了，人们像潮水一般涌来。山村的每一条山谷、每一个山坡、每一条山路，每一块平地都布满了前来品尝樱桃的人们，有着人比樱桃多的气势。随着游客们欢乐的笑声，大把的钞票在樱桃树下流进了果农们的腰包，果农们的脸笑开了花。

这段文章写了丰收时棉花村人的精神面貌与场景。文章中只写了樱桃成熟时，采摘樱桃的外地游客涌来，给山村带来了收入的场景。其实樱桃收获的季节只是棉花村丰收的一种场景，这里还有其他品种的果树，也有其他土特产品……因为各种农产品成熟的时间与季节不同，在文章中不可能全部体现，只是一个缩影。

文章中用樱桃代表棉花村收获的喜庆及经济收入的来源。

黄玉凤在《山沟沟的别样年华》作品的第十五段写：

现在的棉花村山美了，人富了。作为棉花村的我，深深感到了家乡变化是来自党的好政策，来自棉花村的领导班子正确引领，才使往昔的穷山村变成了富裕村。

这段文章写出了穷山村变为富裕村的原因。文章中写了一是国家好政策，二是村领导班子工作得当。

黄玉凤在《山沟沟的别样年华》作品的第十六段写：

近日棉花村社区党支部王春光书记向村民们传达了青岛市城阳区第六届

人民代表大会第一次会议精神。城阳区加强了东部山区基础配套建设及对最美乡村建设有了新的工作方案。我在聆听了会议精神后，感觉到了棉花村社区的前瞻规划，心里扬起了激动的情感。棉花村社区将以保护生态环境，改善生态环境为工作重点，扎扎实实做到绿水青山的工作。

这段文章写出了上级政府部门对棉花村的重视及未来发展方向。同时也写了棉花村今后的工作计划。

在这段文章中出现了“社区”这个词，此前，文章中没出现“社区”这个词。这是村庄行政称呼的改变。社区更能体现新时期新农村建设的发展。

黄玉凤在《山沟沟的别样年华》作品的第十七段写：

亲爱的家乡，此时我不再羞涩，我要告诉您“我爱您”。您的美丽、您的富足、您的朴实以及您永不褪去的别样年华，会让生活在这里的我们感觉幸福与自豪。

这段是《山沟沟的别样年华》散文作品的收尾段落。作者对家乡充满了感情，为有这么美丽富裕的家乡感到自豪。

文章中这句：您的美丽、您的富足、您的朴实以及您永不褪去的别样年华……作者连续用了好几次“您”这个字。这是对家乡非常敬重的用意。

这句“您永不褪去的别样年华”是采用拟人写法。把村庄比喻成人，说成人的年华。人的年华是分阶段性的，也会随着岁月褪色，老去。这里却写永不改变的经历。这种经历应该是村庄从贫穷到富裕的过程，这经历已经记载在了棉花村的史册中，或许是绿水青山长存的含义。

我在读过黄玉凤创作的《山沟沟的别样年华》散文作品后，认为她是在用真情写这篇作品。作品中不管是写从前村庄的贫穷，还是写现在的富裕，在字里行间都能感觉到饱满的深情。

这应该是与作者的性情有关。

性情决定着作品的韵味。一个悲悯的作者创作不出激情四射的作品。一个兴高采烈的作者创作不出怨天尤人的作品。这就是作者与作者的不同，这就是作品与作品的不同。

黄玉凤性格外向，释放着温暖，对生活充满热情，处事时考虑周全，尺度把握得非常好，她对工作对生活有着合理的规划。她是土生土长的棉花村人，她对村庄里的一草一木，点滴山泉全是了解的，在描写村庄的景观时，不用思考，可以信手拈来，随意取材；她又是棉花村少数几位有编制的国家公职人员，证明她的工作性质与普通村民不同；她是公办幼儿园园长，肩负为棉花村培养下一代的重任。

黄玉凤思想上要求进取，工作中一丝不苟，为了实现生活与工作的目标，踏踏实实、一步一个脚印、稳健地往前走。

我去过她的办公室。她的办公室在棉花村幼儿园二楼，文件柜收拾得干净利落，能看出她是多么喜爱教育工作。

她虽然生活在棉花村，也把家乡比喻成“山沟沟”里的村庄，但这是美丽的山沟沟，这是风景秀丽的山村。棉花村在她心目中是最美的山村。

近日我在跟棉花村的几位朋友一起喝酒时，棉花村以前的老村长也在场，酒兴之时，有朋友调侃地说，黄玉凤是棉花村的凤凰……我也认为她是棉花村的凤凰。她为棉花村的教育事业、文化事业，做出了不可否定的贡献。她这只凤凰曾经有许多次机会可以调到外地工作，因为她热爱棉花村、热恋家乡而不肯飞离棉花村。她或许想用自身魅力为棉花村增添更多耀眼的光彩。

人们将会通过阅读黄玉凤创作的《山沟沟的别样年华》散文作品，对棉花村有更多了解。这是篇好作品。

发表在 2019 年第 6 期《北极光》杂志

萧红故里论萧红

——读萧红散文《初冬》

2015 年 2 月春节刚过，我来到哈尔滨市呼兰区的萧红故居。这是我在黑龙江省长达一个多月旅行中的最后一站。我此行的目的是收集写作素材，为写新书做准备。我准备写东北地域的小说。我去绥化、大庆等地，也把参观萧红故居列入行程计划中了。

虽然青岛的二月已经是春风袭来的季节了，但在黑龙江省还是白雪皑皑一片苍茫的景色。我乘车来到呼兰时，已经看不见萧红作品中描写的乡土风景了，眼前是钢筋混凝土筑成的楼群。下了车，寻问路人，没走多远，来到了萧红故居。

萧红故居由两部分组成。一部分是纪念馆，在楼房室内，另一部分是生活过的旧宅院。楼房室内陈列着萧红用过的物品，留为纪念。这是独立的二层小楼。

我走进楼房，两名穿制服的门卫面对面坐在室内门口，阳光很好，室内温暖，其中一人看了我的身份证，自语地说“青岛来的”。

我走进室内，感觉这是现代化布局，精致，紧跟时代性。因为室内面积不是很大，物品不多，我没用多长时间就看完了。

我走出小楼，去旧宅院。在旧宅院外面有三三两两的居民（村民）在那闲逛，晒太阳。虽然此处已经由村庄变成城区了，但居住的人改变不大，从他们身上似乎能感受到萧红作品中的东北人形象。我进入萧红居住过的旧宅院。

这是占地面积较大的宅院，这个宅院是萧红出生的家庭，在那个年代，应该是富裕的家庭。萧红的塑像坐落在院中。

我看着寒冷中的萧红，不解地问：这么富裕的家庭，怎么容不下她呢？让她过着漂泊生活，英年早逝。

萧红好像知道我的疑问，似乎在对我说：此家不留我。

我问："你在哈尔滨读过书，在北京读过书，去过武汉、重庆等那么多地方，怎么没找到谋生的方式？"

萧红说："没有适合的。"

我问："是什么原因没找到？"

萧红说："要么是生活环境不适合我，要么我不适合生活环境，两者没有接触点。"

我问："你是为文学而生吗？"

萧红说："如果可以选择，我会选择普通人的生活方式而不是作家。"

我问："你的文学创作成就显著，在作家行列中有较高的地位。在大文坛中如同夜空中的星光，为什么不想当作家？"

萧红说："作家首先是人，而不是神。既然是人，就应该过正常人的生活，而我连普通人的生活都没能过上。"

我问："人们对你的名声争议大，看法不同，你怎么认为？"

萧红说："流言大于作品。"

我说："文学界把你归为小说家，并且是著名小说家，你怎么看？"

萧红说："我散文写得也很多，散文的质量不比小说差。"

我问："既然你这么认为，为什么没把你定为散文家？"

萧红说："这是天意吧。"

我问："你信命吗？"

萧红说："没有丝毫怀疑，绝对相信。"

我问："黑龙江省用你的名字命名为文学院的名，你怎么想？"

萧红说："虽然我感谢这种命名，但觉得把我抬高了。在这片神奇的黑土地上走出过许多优秀作家。"

我调侃地说："包括我吗？"

萧红笑着说："当然是，不过，这里走出的作家不只是咱们两个人，还有许多……"

我说："你是在离开黑龙江省后才渐渐成名的，许多作家也都是在离开家乡多年后才功成名就的，这是为什么？”

萧红说：“成名得天时地利人和，少了哪个环节都不行。并且需要漫长的成长过程。”

我说：“我看过你的小说。”

萧红说：“你应该看一看我的散文，小说艺术夸张性大，散文真实性大于小说。”

我说：“你想让我读哪篇散文？”

萧红沉默片刻说：“现在是黑龙江省的初春，这里的初春应该跟青岛的初冬气候相仿，你看《初冬》那篇散文吧。”

太阳爬上了天空的正中，我肚子饿了，抬头看了一眼天空，回想起萧红食不果腹的生活，想象着她漂泊的人生路程。

我读萧红的散文是想从中找到她的文学艺术新维度。

萧红在散文《初冬》里写：

初冬，我走在清凉的街道上，遇见了我的弟弟。

“莹姐，你走到哪里去？”

“随便走走吧！”

“我们去吃一杯咖啡，好不好，莹姐。”

咖啡店的窗子在帘幕下挂着苍白的霜层。我把领口脱着毛的外衣搭在衣架上。

我们开始搅着杯子铃啷地响了。

“天冷了吧！并且也太孤寂了，你还是回家的好。”弟弟的眼睛是深黑色的。

我摇了头，我说：“你们学校的篮球队近来怎么样？还活跃吗？你还很热心吗？”

“我掷筐掷得更进步，可惜你总也没到我们球场上来了。你这样不畅快是不行的。”

我仍搅着杯子，也许飘流久了的心情，就和离了岸的海水一般，若非遇到大风是不会翻起的。我开始弄着手帕。弟弟再向我说什么我已不去听清他，仿佛自己是沉坠在深远的幻想的井里。

我不记得咖啡怎样被我吃干了杯了。茶匙在搅着空的杯子时，弟弟说：“再来一杯吧！”

女侍者带着欢笑一般飞起的头发来到我们桌边，她又用很响亮的脚步摇摇地走了去。

也许因为清早或天寒，再没有人走进这咖啡店。在弟弟默默看着我的时候，在我的思想凝静得玻璃一般平的时候，壁间暖气管小小嘶鸣的声音都听得到了。

“天冷了，还是回家好，心情这样不畅快，长久了是无益的。”

“怎么！”

“太坏的心情与你有什么好处呢？”

“为什么要说我的心情不好呢？”

我们又都搅着杯子。有外国人走进来，那响着嗓子的、嘴不住在说的女人，就坐在我们的近边。她离得我越近，我越嗅到她满衣的香气，那使我感到她离得我更辽远，也感到全人类离得我更辽远。也许她那安闲而幸福的态度与我一点联系也没有。

我们搅着杯子，杯子不能像起初搅得发响了。街车好像渐渐多了起来，闪在窗子上的人影，迅速而且繁多了。隔着窗子，可以听到喑哑的笑声和喑哑地踏在行人道上的鞋子的声音。

“莹姐，”弟弟的眼睛深黑色的。“天冷了，再不能飘流下去，回家去吧！”弟弟说：“你的头发这样长了，怎么不到理发店去一次呢？”我不知道为什么被他这话所激动了。

也许要熄灭的灯火在我心中复燃起来，热力和光明鼓荡着我：“那样的家我是不想回去的。”

“那么飘流着，就这样飘流着？”弟弟的眼睛是深黑色的。他的杯子留在左手里边，另一只手在桌面上，手心向上翻张了开来，要在空间摸索着什么似的。最后，他是捉住自己的领巾。我看着他在抖动的嘴唇：“莹姐，我真担心你这个女浪人！”

他牙齿好像更白了些，更大些，而且有力了，而且充满热情了。为热情而波动，他的嘴唇是那样的退去了颜色。并且他的全人有些近乎狂人，然而安静，完全被热情侵占着。

出了咖啡店，我们在结着薄碎的冰雪上面踏着脚。

初冬，早晨的红日扑着我们的头发，这样的红光使我感到欣快和寂寞。

弟弟不住地在手下摇着帽子，肩头耸起了又落下了；心脏也是高了又低了。

渺小的同情者和被同情者离开了市街。

停在一个荒败的枣树园的前面时，他突然把很厚的手伸给了我，这是我们要告别了。

“我到学校去上课！”他脱开我的手，向着我相反的方向背转过去。可是走了几步，又转回来：“莹姐，我看你还是回家的好！”

“那样的家我是不能回去的，我不愿意受和我站在两极端的父亲的豢养……”

“那么你要钱用吗？”

“不要的。”

“那么，你就这个样子吗？你瘦了！你快要生病了！你的衣服也太薄啊！”弟弟的眼睛是深黑色的，充满着祈祷和愿望。我们又握过手，分别向不同的方向走去。

太阳在我的脸面上闪闪耀耀，仍和未遇见弟弟以前一样，我穿过街头，我无目的地走。寒风，刺着喉头，时时要发作小小的咳嗽。

弟弟留给我的是深黑色的眼睛，这在我散漫与孤独的流荡人的心板上，怎能不微温了一个时刻？

我读过萧红这篇《初冬》散文后，心中萌生了隐隐的痛感，这痛感似乎与之前我读过萧红的人生自传文章有关。

我跟许多读者相同，关注萧红的人生经历要比关注她的作品用心。如同关注明星的绯闻比关注演技有兴致。无论是作家，还是演艺界明星，只要有粉丝，只要被众人关注了，最根本点还应该是好的作品与演技。如果没有好的演技与作品，是不可能成为优秀作家与演艺界明星的。我们知道萧红，关注萧红，萧红的名字之所以流传开，被一代又一代阅读者与艺术家接受、记住，还是因为她才华横溢，留下了优秀的作品。如果萧红作品不优秀，成绩不显著，在名家如林的文学界，就不会有她一席之地，也就没人关注她了。

萧红这篇《初冬》散文只有1400字，属于短散文，而在这么短的文章中却凝聚了她对人生浓郁的看法与观点，也体现出了她的性格与生活遭遇。

比如这句“天冷了，再不能飘流下去，回家去吧！”，虽然是弟弟关心萧红的语句，出发点是温情的，但在温情中流露着酸味或冷的感觉，读着心生悲悯之情或寒意。又比如这句“你的头发这样长了，怎么不到理发店去一次呢？”，证明了萧红经济的拮据，为了节省生活消费头发都不理。不理头发有时是个人的生活习惯或喜好，可此处萧红不理头发却是为了省钱或没有理发的钱。她的头发很乱，已经影响了容貌。女人，尤其是年轻女人，是在意容貌的。那时萧红年轻，有知识、有思想，生活在城里，应该属于是在意容貌的年轻女子，所以从语句中能看出萧红当时的经济状况非常不好。

从这句“莹姐，我真担心你这个女浪人！”话语中，能感觉到萧红当时的处境。弟弟称她为“女浪人”，浪人不用解释，众人也知道是什么生活习惯的人。当然，不排除弟弟话语中带有调侃，但根据前面这句“天冷了吧！并且也太孤寂了，你还是回家的好。”，依然证明萧红是处在有家不愿意回的生活中。当时萧红的处境非常艰难，读到此处，让人辛酸。

散文《初冬》也把萧红当时的心态表达出来了。心态与思想有关。结尾处的“弟弟留给我的是深黑色的眼睛，这在我散漫与孤独的流荡人的心板上，怎能不微温了一个时刻？”这语句，证明萧红在遇见弟弟后思想的变化，从文章中能感觉出来萧红遇见弟弟后，如同寒冷中刮起一股暖风。虽然暖风过去寒冷还在，但留下了回味。这是萧红在遇见弟弟后发生的思想变化，这种变化是温暖的。文章的结尾与开篇“初冬，我走在清凉的街道上，遇见了我的弟弟。”相衔接。从文章结构看，有着文思循环性。

萧红的散文《初冬》，以在街上偶然遇见了弟弟这件事为主线，通过记述弟弟请萧红在咖啡店喝咖啡及聊生活中的琐事，反映出亲情的相互关爱与牵挂。同时，也通过描写弟弟对萧红的关心，讲明了萧红生活处境。萧红在弟弟走后的思想变化，也是文章的亮点与灵魂。这是篇纪实性散文。

纪实性散文在于真实表达情感，释放情怀，以情怀感染人，闪现人性之光。

显然散文《初冬》具有了这种艺术光芒。

我在读过《初冬》散文后，感觉作品具有鲜明的小说体裁特征。作品中使用了小说的对话及描写技巧，从作品体裁方面看，接近了小说的语言风格。

萧红创造出了一种介于小说、散文和诗之间的边缘文体。她以自己悲剧性的人生，感受生活、洞察亲情，反映出了生存境遇，从而呈现了浓烈而深沉的散文艺术内涵。

我阅读《初冬》散文，脑海中闪现着萧红坎坷的人生命运。我不解，那么富裕的家庭，为什么容不下萧红？为什么让萧红过着颠沛流离的生活？虽然作品中写父亲对她严厉、刻薄，似乎不近人情，父亲不像父亲，但起因是什么呢？根源又在哪里呢？

实际上不只是我有这样的疑问，许多人也有。

2013 年由霍建起导演的电影《萧红》上映了，2014 年由许鞍华导演的电影《黄金时代》上映了，这两部电影都是以萧红生活经历为主题，经过艺术加工后拍摄的。电影制作人拍摄以萧红为内容的电影，无疑是想让更多人了解萧红，认为萧红的人生经历有商业价值，能得到经济收益。

萧红的商业价值就是她的知名度与非同寻常的生活经历。

这是电影的看点。

我在看过这两部电影后，感觉对萧红离家出走的原因表达得不是很准确。我认为萧红离开家，一人远行，赴异乡寻找生活出路的原因，应该是思想上与家人发生了分歧。她不接受家中的生活方式，家人也坚决反对她的选择，两者之间存在着巨大差别。

这是一条思想与生活观念的裂痕，裂痕变成鸿沟，鸿沟无限扩大，无法弥补，也无法跨越，只是越来越宽，越来越深。这条鸿沟是由萧红的成长经历，思想变化、生活变化，逐渐形成的。

萧红 1920 在呼兰县乙种农业学校读初小；1924 年在北关初高两级小学校读高小，后转入呼兰县第一女子学校读书；1927 年在哈尔滨市第一女子中学读书，在校刊上发表了署名悄吟的抒情诗；1930 年初中毕业，不顾家庭反对，到北平大学女子师范学院附属女子中学读高中一年级。因为家庭不支持她，她没有经济来源，生活陷入困顿中。

家庭想用经济手段迫使萧红让步，可适得其反，这让萧红产生了叛逆思想。她想挣脱枷锁，奋力抗争，迈开坚定的步伐，用青春的激情走向了远方。

在那个特殊年代，产生叛逆思想的年轻人不只是萧红一个人，还有许多富豪家的子女。他们为了真理，为了信念，放弃优越生活，脱离了家庭，走上了革命的道路，追求人生的光明。而萧红是走上了文学创作之路，成了作家。

作家又是比较容易受到关注的职业，并且有着高贵性质。

虽然萧红在世间只生活了 31 年，生命短暂，但她的文学成绩是闪耀光芒的，艺术生命是永恒的。她创作的诗有《可纪念的枫叶》《偶然想起》《幻觉》，她创作的散文有《天空的点缀》《孤独的生活》《失眠之夜》，她创作的小说就更多了。她的作品如同种子一样播撒在文学的土壤中，经受岁月的孕育，生根发芽，影响着后人。

夏志清称萧红是20世纪中国最优秀的作家之一。

鲁迅说萧红是当今中国最有前途的女作家。

我在这个初冬的季节，回想着2015年去萧红故居的往事，又重读《初冬》这篇散文……这又是怎样的复杂心情呢？

萧红，我在你的故居与你对话的情景，你是否还记得？我这么论述你的人生与生活，还有你的《初冬》散文，你怎么想？

我知道你在天堂心不甘，还在关注生活，还在关注文学发展。虽然你是一位有心计的女子，也才华横溢，更渴望过幸福生活，但你生不逢时，在那动荡的年代，你没有驾驭生活航船的能力，也没找对航向。你在经受过狂风骇浪，漂泊一生后，离世时也没找到归宿，更没荣归故里。正如你写的：半生尽遭白眼冷遇，身先死，不甘，不甘。

萧红，愿你在远方的世界里，得到灵魂的归宿。

萧红：1911年生于黑龙江省呼兰县富裕家庭，幼年丧母。原名张迺莹，笔名悄吟、玲玲、田娣等。1932年结识萧军。1933年用笔名悄吟发表第一篇小说《弃儿》。1935年在鲁迅支持下发表成名作《生死场》中篇小说。1936年去日本。1940年和端木蕻良去香港。1942年1月22日病逝在香港。主要作品有散文《孤独的生活》，长篇组诗《砂粒》，长篇小说《呼兰河传》《马伯乐》等。被誉为中国“30年代文学洛神”。

发表在2019年6期《北大荒文化》杂志

远处飘来泥土的芬芳

——读刘方计散文简谈

因为最近特别忙，很少有时间能静下心来读点儿东西，更不用说是去读业余作家写的作品了。在友人的推荐下，我还是抽出时间，细心地读了威海作家刘方计先生的几篇散文。

我不认识刘方计先生，在此之前我也没有听说过他，更没有见过面，但这不影响我对他作品的感觉。

人出生时谁都不认识谁，都是在生活的道路上相识相知的。人与人之间总是从陌生到熟悉的，爱好文学创作的人更是这样了。

我认识的作家中有先闻其人，后识其文的；也有先识其文，后闻其人的。我读过了刘方计先生的作品，仍然不认识他。不过，我已经深深地感觉到了，他是一位从乡村走来的作家。他走得那么艰难，那么痛苦，那么无助。从他的文笔中能寻找到乡村的质朴与芬芳，似乎还带着泥土的气息。

我的这种喜爱是从学生时代开始的。

那时，我读过了鲁讯先生的散文《从百草园到三味书屋》后，就对描写乡村的散文产生了浓厚的兴趣。我被鲁迅先生笔下的乡村风景深深地感染着、吸引着。

我喜欢文章的质朴，乡下的风景。

我喜爱散文，也从事散文创作。但随着时代的变迁，那种质朴的散文已经很少见到了。

我们翻开杂志也好，打开书也罢，一片都市气息，繁华景色。这是时代的产物，在这物欲横流的社会里，那种乡村的景色早就不存在了。

我并不否认时代变迁给我们带来了美好的生活，也对思想的升华起到了促进作用。可那种质朴也或多或少应该留下来一些。当我读过刘方计先生的这组散文后，眼睛一亮，这不正是久违的乡村散文之风吗?

我还没有细心阅读，就已经从题目中感到了乡村的美丽，还有那刻骨铭心的年代。

作家刘方计先生在《我家的小毛驴》中，一开篇就这样描述：

爷爷说：这驴啊，是老死的。不管是人或畜类都一样，老天爷在它下生的时候就给它安排好了，它该干多少，活干完了，它就该死了。都不许伤心落泪的，去找刘曰人（屠户）来拾掇拾掇，吃它的肉吧。

我母亲不同意，便说：这不是推完磨杀驴嘛，我们不能吃它的肉，它对咱家有恩啊。

爷爷带着他惯用的一口病语，愤愤地说："他妈妈的，你们认为我心里好受啊！它替我出了多少力，我他妈最清楚。拾掇吃了吧，天上的龙肉，地下的驴肉，咱家什么时候吃过驴肉啊？"

作家在这段质朴的文字中充分表现出了爷爷与母亲对于驴的感情。这种感情没有一点儿浮华，是那么的真诚，这种真诚是发自内心的。但爷爷与母亲是执不同观点的。爷爷把驴同人的生命联系在一起，爷爷在生活中又是一个非常现实的人。虽然驴对家里有功劳，但死了就死了，不能复活，死了还应该吃肉的。而母亲就不同了，母亲认为驴有功劳，就不能吃。母亲与爷爷就这么发生了分歧。

生活中在处理事情上，观点不同是正常的。我认为作家在这个观点方面的表达是真实的，非常符合乡下人的感情。

母亲与爷爷是两辈子人，生活经历与观念多少是有不同之处的。更主要的是男人与女人的不同。大自然中男与女两种性别，是雄雌相对的，角度不同，在处理问题上差别比较大。男人实际而粗放，女人的情感是细致而虚幻。母亲认为毛驴死了，就应该让毛驴安详地离开。可爷爷认为没必要那么做，只要记住毛驴的功劳，为人们生活付出的辛苦就行了。

我认为无论是作家写的爷爷还是母亲，立场都是正确的没有错。因为爷爷与母亲的出发点不同，但都有着美好的情怀与感恩之情。作家之所以能写得这么真，这与他的经历有关。因为这是发生在他家的事情，也是他的人生经历。

人的生活中总会有许多故事。作家刘方计先生在《我家的大黄狗》一文中又这样写道：

鱼市老板对父亲说：大黄当天没等到你，就像疯了一样，在整个市场来来回回不知跑了多少趟。有人丢点食儿给它，它叼到后面，也不吃。它蹲下，又起来，满市场地找你啊！这狗真通人性啊，它八成是认为你出了什么事，所以它就绝食了。

作家是在表达狗通人性的叙述。其实关于狗的作品有很多，不计其数，如青岛著名作家杨志军先生写的长篇小说《藏獒》就是专门写狗的作品。当然《我家的大黄狗》是不能与《藏獒》相提并论的，因为题材与篇幅不同，写作的手法也就不同了。但两位作家都是在讲述狗通人性的故事。

刘方计先生在《我家的大黄狗》一文中，狗通人性是作品的起笔点，也是主线，而作品中人对狗的感情更能衬托出人类伟大的情丝。

人类的存在是离不开动物相伴的。在我们的生活中如果没有了动物的存在，人类也未必能生存下去。因为有了动物的相伴，人类的生活才少了寂寞，变得更加丰富。

狗与人是亲密朋友。

狗对人有感情，人对狗也是同样的。如果狗的主人不爱护狗，狗又怎么会忠诚主人呢。因为狗的主人爱护狗，才使狗忠诚主人。两者是密不可分的。作家在文章中这样写道：

我在小时候，没少骑大黄狗。我每次骑它，都会被父亲臭骂一顿。父亲说：大黄狗跑了一天了，很累，别折腾它了，让它歇歇吧。

我们从这简短的文字中就能感觉到主人爱护狗的情怀。如果不爱护狗，父亲就不会责备儿子了，也不会说出这种动情的言语。

从这篇作品中，我们能感受到作家对作品细微的把握。

如果说细微，那么《推磨的岁月》中也有体现，不过作家在《推磨的岁月》中写得更加形象一些。作家在这篇散文中这样写道：

当夜深人静的时候，走在街上经常能听到“轰隆轰隆”的声音，闷闷的，像有装甲车开过。其实那不是装甲车的声音，而是庄户人家在熬夜推磨。

这种表达简单而真切，也有着白描手法。特别是写推磨这种生活。因为在今天的生活中，我们已经很少能看到推磨的事情了，当读到这篇散文时，我仿佛重新回到了久远的岁月。

人生中回忆总是美好的。

人生路上，我们总是在往前走，走过了一程又一程，程程景色各不同。这不仅是时代的变迁，还因为我们年龄的增长。

人的年龄不同，对生活的感悟、对人生的理解、对处事的方法也是不同的。虽然对待同一件事情、面对同样的生活，可理解的差距也非常大。

作家是通过写推磨而渗透着人生。并且主要写到了作者的少年与爷爷的老年。这正是人生的开始与结尾，用这种对比的方式来做文章的主线，是有着深远的意义。

如果说作家在《推磨的岁月》中想表达人生，那么在《地瓜情》这篇作品中，就更加深远了。作家这样写道：

大伯父提过他的地瓜篓子，在里面扒拉了一番，找出半个地瓜，在裤腿子上擦了擦，送到嘴里，嚼了起来。他吃了一个，又在篓子里翻找，又吃了一个。此时，大伯父已是满含眼泪了。我知道大伯父是不舍得吃地瓜。

我把手里的熟地瓜递了一个给大伯。可他硬是不要，摇着头示意要我吃，并比画着说，你小，长得矮，要长高的，长大的。他伸出一个大拇指比画着。此时一股暖流像闪电一样，传遍了我的全身。我哭了，一把鼻涕一把泪。我是在愧疚，还是被感动了，说不清。

大伯父擦着我的眼泪，也哭了，这是个哑巴农民的泪水，也令人震撼。他哭了一气儿，扭头又去刨地，复收地瓜了。这是我平生唯一的一次看到大伯父哭。那哭是刻骨铭心的。

我看到大伯父的哭泣，不用教，就好像一下长大了，我懂了好多，好多……

作家用成长中的事件来证明其对人成长的有力影响。作家看着大伯父吃地瓜，被感动了，他突然萌生了对生活的理解，感受到了艰辛与不易。他对人生有了思考，这种思考也多少带着惭愧。因为他在路上已经把饼子偷吃完了。虽然是偷吃，但并不影响我们对人性美好的理解。因为那时作家毕竟还没有成人，处在少年，有着天真的行为。我们不能把艰辛的生活完全放在孩子身上，因为苦难不应该由孩子来承担，那是大人的事情。可孩子已经在承受苦难了，我们还有什么不知足的呢！

我们应该感谢孩子。

孩子给了我们战胜困难的力量与责任。

我在读过刘方计先生的这几篇散文作品后，在想象着他是什么样的人。这时我才去看了他的简历。

刘方计 1951 年出生在威海乳山市崖子镇南寨村。他大专文化、中共党员、中学高级教师。1970 年 12 月参军。1976 年踏上教坛，曾任中学教导主任、校长、镇教育团总支书记、市教研中心教研员等职务。还是中国科普作家协会会员，中国民间文艺家协会会员，中国教育学会中小学劳动技术研究会会员。2012 年被聘为冯德英文学馆特约创作员。2012 年荣获“乳山市十佳文学创作者”光荣称号。

通过刘方计先生的简介，我对他的创作有了更深层次的了解。因为他长期生活在乡下，对乡下的生活非常了解，加上作家对童年的深刻记忆，写的作品也就生动了。因为他写的是自己熟悉的生活，所以作品中总有他的影子。

这组小散文来自乡村，有着质朴的美感，也有着泥土的气息与芬芳。

不过，我也感觉到作家在文笔上还有着欠缺与不足，有些细致的描写没有深挖下去，过于简单，过于匆匆而过了。在叙述的过程中还有些生硬，不够自然、不够准确。当然这可能与他的写作方式、生活环境有关，作家应该在文笔的运用方面加强练习，取长补短。

我希望在不久的将来，能看到作家更好、更多的作品刊发出来，面对世人，面对读者。

发表在 2017 年第 11 期《北极光》杂志

闲情逸致的散文

——读梁实秋散文《雅舍》

散文作品是来源于生活的，作家在什么样的生活环境中，对生活产生了怎样的感受，触发了怎样的感情，就能产生怎样的灵感，就容易创作出什么样的作品。

梁实秋的散文《雅舍》就体现出了作者对生活的感受以及思想。我在读这篇散文时已经感受到了梁实秋的生活剪影，也有着闲情逸致的生活氛围。梁实秋在散文《雅舍》中写：

到四川来，觉得此地人建造房屋最是经济。火烧过的砖，常常用来做柱子，孤零零地砌起四根砖柱，上面盖上一个木头架子，看上去瘦骨嶙嶙，单薄得可怜；但是顶上铺了瓦，四面编了竹篦墙，墙上敷了泥灰，远远地看过去，没有人能说不像是座房子。我现在住的“雅舍”正是这样一座典型的房子。不消说，这房子有砖柱，有竹篦墙，一切特点都应有尽有。讲到住房，我的经验不算少，什么“上支下摘”，“前廊后厦”，“一楼一底”，“三上三下”，“亭子间”，“茅草棚”，“琼楼玉宇”和“摩天大厦”，各式各样，我都尝试过。我不论住在哪里，只要住得稍久，对那房子便发生感情，非不得已我还舍不得搬。这“雅舍”，我初来时仅求其能蔽风雨，并不敢存奢望，现在住了两个多月，我的好感油然而生。虽然我已渐渐感觉它并不能蔽风雨，因为有窗而无玻璃，风来则洞若凉亭，有瓦而空隙不少，雨来则渗如滴漏。纵然不能蔽风雨，“雅舍”还是自有它的个性。有个性就可爱。

“雅舍”的位置在半山腰，下距马路有七八十层的土阶。前面是阡陌螺旋的稻田。再远望过去是几抹葱翠的远山，旁边有高粱地，有竹林，有水池，有粪坑，后面是荒僻的榛莽未除的土山坡。若说地点荒凉，则月明之夕，或风雨之日，亦常有客到，大抵好友不嫌路远，路远乃见情谊。客来则先爬几十级的土阶，进得屋来仍须上坡，因为屋内地板乃依山势而铺，一面高，一面低，坡度甚大，客来无不惊叹，我则久而安之，每日由书房走到饭厅是上坡，饭后鼓腹而出是下坡，亦不觉有大不便处。

“雅舍”共是六间，我居其二。篦墙不固，门窗不严，故我与邻人彼此均可互通声息。邻人轰饮作乐，咿唔诗章，喁喁细语，以及鼾声，喷嚏声，吮汤声，撕纸声，脱皮鞋声，均随时由门窗户壁的隙处荡漾而来，破我岑寂。入夜则鼠子瞰灯，才一合眼，鼠子便自由行动，或搬核桃在地板上顺坡而下，或吸灯油而推翻烛台，或攀援而上帐顶，或在门框桌脚上磨牙，使得人不得安枕。但是对于鼠子，我很惭愧地承认，我“没有法子”。“没有法子”一语是被外国人常常引用着的，以为这话最足代表中国人的懒惰隐忍的态度。其实我的对付鼠子并不懒惰。窗上糊纸，纸一戳就破；门户关紧，而相鼠有牙，一阵咬便是一个洞洞。试问还有什么法子？洋鬼子住到“雅舍”里，不也是没有法子？比鼠子更骚扰的是蚊子。“雅舍”的蚊风之盛，是我前所未见的。“聚蚊成雷”真有其事！每当黄昏时候，满屋里磕头碰脑的全是蚊子，又黑又大，骨骼都像是硬的。在别处蚊子早已肃清的时候，在“雅舍”则格外猖獗，来客偶不留心，则两腿伤处累累隆起如玉蜀黍，但是我仍安之。冬天一到，蚊子自然绝迹，明年夏天——谁知道我还是否住在“雅舍”！

“雅舍”最宜月夜——地势较高，得月较先。看山头吐月，红盘乍涌，一霎间，清光四射，天空皎洁，四野无声，微闻犬吠，坐客无不悄然！舍前有两株梨树，等到月升中天，清光从树间筛洒而下，地上阴影斑斓，此时尤为幽绝。直到兴阑人散，归房就寝，月光仍然逼进窗来，助我凄凉。细雨蒙蒙之际，“雅舍”亦复有趣。推窗展望，俨然米氏章法，若云若雾，一片弥漫。但若大雨滂沱，我就又惶悚不安了，屋顶湿印到处都有，起初如碗大，俄而扩大如盆，继则滴水乃不绝，终乃屋顶灰泥突然崩裂，如奇葩初绽，砉然一声而泥水下注，此刻满室狼藉，抢救无及。此种经验，已数见不鲜。

“雅舍”之陈设，只当得简朴二字，但洒扫拂拭，不使有纤尘。我非显要，故名公巨卿之照片不得入我室；我非牙医，故无博士文凭张挂壁间；我不业理发，故丝织西湖十景以及电影明星之照片亦均不能张我四壁。我有一几一椅一榻，酣睡写读，均已有着，我亦不复他求。但是陈设虽简，我却喜欢翻新布置。西人常常讥笑妇人喜欢变更桌椅位置，以为这是妇人天性喜变之一征。诬否且不论，我是喜欢改变的。中国旧式家庭，陈设千篇一律，正厅上是一条案，前面一张八仙桌，一边一把靠椅，两旁是两把靠椅夹一只茶几。我以为陈设宜求疏落参差之致，最忌排偶。“雅舍”所有，毫无新奇，但一物一事之安排布置俱不从俗。人入我室，即知此是我室。笠翁《闲情偶寄》之所论，正合我意。

“雅舍”非我所有，我仅是房客之一。但思“天地者万物之逆旅”，人生本来如寄，我住“雅舍”一日，“雅舍”即一日为我所有。即使此一日亦不能算是我有，至少此一日“雅舍”所能给予之苦辣酸甜，我实躬受亲尝。刘克庄词：“客里似家家似寄。”我此时此刻卜居“雅舍”，“雅舍”即似我家。其实似家似寄，我亦分辨不清。

长日无俚，写作自遣，随想随写，不拘篇章，冠以“雅舍小品”四字，以示写作所在，且志因缘。

我在读过梁实秋的散文《雅舍》后，感觉作品精致、优雅、幽默、有趣，旁征博引等多种情愫浑然一体，呈现着浓郁的生活气息，知识面极为宽广。

作品通过对“雅舍”建筑的方式、地理位置、内部陈设及作者的生活状况，表现了甘居淡泊的心志。

作品在第一段中写：火烧过的砖，常常用来做柱子，孤零零地砌起四根砖柱，上面盖上一个木头架子，看上去瘦骨嶙嶙，单薄得可怜；但是顶上铺了瓦，四面编了竹篦墙，墙上敷了泥灰，远远地看过去，没有人能说不像是座房子。这种描写能让读者知道“雅舍”的结构是怎样的房子。作者把这样简陋的房子称“雅舍”，可见辛酸的生活，可见旷达的胸怀。

梁实秋在当时已经是知名学者、教授了，他居住在这样简陋的住所中，又写了这样优雅的散文作品，在阅读时应该了解作品的创作社会背景及年代的。

我翻阅资料，追溯过往，得知这是梁实秋 1940 年居住在重庆北碚城区时写的作品。那是抗战时期，梁实秋在北碚与吴景超合购一栋平房，以吴景超夫人——龚业雅之名，把房子命名为“雅舍”。

梁实秋在这里居住7年，以居所为题抒写独特的感怀，创作有关居所的作品二十余篇，这篇“雅舍”是其中一篇。

作品在第二段向读者介绍了“雅舍”的周围环境。读这句“旁边有高粱地，有竹林，有水池，有粪坑，后面是荒僻的榛莽未除的土山坡”，能知道“雅舍”四周是怎样的风貌。而这句“客来则先爬几十级的土阶，进得屋来仍须上坡，因为屋内地板乃依山势而铺，一面高，一面低，坡度甚大，客来无不惊叹。”是描写进出“雅舍”的过程。

作品的第三段写了在“雅舍”生活的情况。这句“入夜则鼠子瞰灯，才一合眼，鼠子便自由行动，或搬核桃在地板上顺坡而下，或吸灯油而推翻烛台，或攀援而上帐顶，或在门框桌脚上磨牙，使得人不得安枕”，读这句话能感受到农村生活的情形。

作品在第四段写了“雅舍”与自然环境的关系，这句：“看山头吐月，红盘乍涌，一霎间，清光四射，天空皎洁，四野无声，微闻犬吠，坐客无不悄然。”写出了在“雅舍”赏月时，能领略田园风光，是闲情逸致的生活，是很好的精神享受。而这句：“但若大雨滂沱，我就又惶悚不安了，屋顶湿印到处都有，起初如碗大，俄而扩大如盆，继则滴水乃不绝，终乃屋顶灰泥突然崩裂，如奇葩初绽，砉然一声而泥水下注，此刻满室狼藉，抢救无及。”写出了“雅舍”属于危房，承受不住风雨，居住在里面是有生命危险的。作品在这段中，用一前一后对称手法，写出了“雅舍”面对自然的不同情形。

作品在第五段是写“雅舍”的陈设。这句“我有一几一椅一榻，酣睡写读，均已有着，我亦不复他求。”写明了屋中的物品，也表达出作者的知足心态。

作品的第六段写作者与“雅舍”的关系。读这句“‘雅舍’非我所有，我仅是房客之一。”时，有些辛酸。当时梁实秋已经是知名学者了，有着较高身份，但他连这样简陋的居所也没有，可见当时他的生活很艰苦。梁实秋在这么艰苦的生活中，却是极为乐观的。从这句“人生本来如寄，我住‘雅舍’一日，‘雅舍’即一日为我所有。即使此一日亦不能算是我有，至少此一日‘雅舍’所能给予之苦辣酸甜，我实躬受亲尝。”能看出作者豁达的人生观。

作品的第七段是结尾处。作者阐释了写这篇作品的出发点，这是随意性的，没有刻意雕琢与安排设计。

梁实秋在散文《雅舍》中，以舒缓、宽和、调侃的语气，写出了苦辣酸涩的浓厚生活气息。作者以美的意象，刻画丑的事物，以美审丑，以雅写俗，有着随缘赏玩、优雅自娱的写作基调。可见作者不悲不悯的乐观生活态度。也反映出了作者清高而有修养的个性。

这是一种人生艺术，是精神内核。这种精神决定了散文《雅舍》的艺术风貌。作品中既充满了生活气息又富有哲理意味。

散文《雅舍》表现了特定生活中，作者面对人生与时代风雨的通达心态。这种心态有着超然性、洒脱性，体现着闲情逸致的生活方式。

正是这种生活方式，使梁实秋创作了这种散文作品。

梁实秋：原名梁治华，字实秋，原籍浙江杭县，1903生于北京。著名文学评论家、散文家、翻译家。曾与徐志摩、闻一多创办新月书店，主编《新月》月刊。曾先后任教于东南大学、暨南大学、青岛大学、北京大学等校。还曾任台湾师范学院英语系主任、英语研究所教授、文学院院长。主要著作有散文集《雅舍小品》(续集)，文学评论集《浪漫的与古典的》《文学的纪律》《秋室杂文》，译著《莎士比亚全集》等。主编《远东英汉大辞典》。

发表在 2019 年 4 期《故道》杂志
发表在 2019 年 4 期《禹城文萃》杂志

乡野生活的记忆

——读帕尔·费比安·拉格奎斯特［瑞典］散文《父亲与我》

我在读瑞典著名作家帕尔·费比安·拉格奎斯特的散文《父亲与我》时，有着身临其境，乡村生活尽在眼前般的感觉。

从《父亲与我》的题目来看，没什么新意，属于传统散文作品，在文学作品中写父亲、母亲、兄弟姐妹等亲情的非常多。实际上文学作品中，不只是写亲情的作品多，写各个方面的都很多。文学作品伴随着几千年来的人类发展，写尽了各种事与景。如今的文学创作无论怎么变化，都是重复以前的结构，只看是否能在原有的结构中寻找到新的元素，是否写出新意与独特视角。

前辈写过的素材我们依然可以写，但不能雷同，不能抄袭，这就看作家的创作功力及思想发掘了。

不同的作家对同一件事，对同一种体裁，对同一处景，写出的作品是不同的。

帕尔·费比安·拉格奎斯特是诺贝尔文学奖获得者，这么优秀的作家，为什么选择这么普通的素材创作呢？这篇散文的特点又在哪儿呢？

我带着疑问详细阅读着《父亲与我》这篇散文。

帕尔·费比安·拉格奎斯特在散文的第一段写：

记得是一个星期天的下午，那时我快满十岁，父亲拉着我的手，一块儿去森林，去那里听鸟的歌声。我们挥手同母亲告别，她留在家里，因为要做晚饭，不能与我们同去。太阳暖暖地照着，我们精神抖擞地上了路。其实，我们并不把去森林、听鸟鸣看作一件了不起的大事。好像有多么稀奇或怎么的。父亲和我都是在大自然的怀抱中长大的，熟悉了它的一切，去不去森林，是并不打紧的。当然，我们也不是今天非去不可，只是乘礼拜天，父亲休息在家罢了。我们走铁路线上，这里一般是不让走的，但父亲在铁路工作，便享受了这份权利。这样，我们也就可以直接去森林，无须绕圈子、走弯路了。

帕尔·费比安·拉格奎斯特在这段文章中，如同说明似的写了在10岁那年，一个星期天的黄昏，他跟父亲去森林里玩，母亲在家做晚饭。去森林的路有些远了，走铁路线距离能近些，虽然铁路线是不让走的，因为父亲在铁路部门工作，就享受这种便利“特权”了。

这段写出了作者与父亲外出的时间、环境、年龄及去的地方，还有出玩的目的。这种平缓的叙述写作方式是常见的，没任何新意。虽然帕尔·费比安·拉格奎斯特是著名作家，有着世界文学大师的声誉，但在《父亲与我》的开篇，还是延续了传统的散文写作方式。

帕尔·费比安·拉格奎斯特在散文《父亲与我》的第二段写：

我们刚走入森林，四周便响起了鸟雀的啁啾和其他动物的鸣叫。燕雀、柳莺、山雀和歌鸫在灌木丛里欢唱，它们悦耳的歌声在我们的身边飘荡。地面上铺满了一层厚厚的银莲花，白桦树刚绽出淡黄的叶子，松树吐出了嫩芽，四周弥漫着树木的气息。在太阳的照射下，泥土腾起缕缕蒸气，这里处处充满了生机。野蜂正从它们的洞穴里钻出；昆虫在沼泽地里飞舞；一只鸟突然像子弹似的从灌木丛中穿出，去捕捉那些虫类，而后，又用同样速度拍翼而下。正当万物欢跃的时候，一列火车呼啸着向我们驶来，我们跨到路基旁，父亲把两指对着礼帽，朝车上的司机行礼，司机也舞动一只手向我们回敬。这一切都在瞬间完成的。我们继续踏着枕木往前走。枕木上的沥青在烈日的曝晒下正在溶化。这里交杂着各种气味，有汽油的，有杏花的，有沥青的，也有石楠树的。我们迈着大步，尽量踩在枕木上，因为轨道上的石子太尖，会把鞋底磨坏的。路轨两旁竖着一根根的电线杆，人从旁边擦过时，它们会发出歌一般的声音，这真是一个迷人的日子！天空晶蓝透明，不挂一丝云彩。父亲说，这种天气是不多见的。过不久，我们来到铁轨右侧的燕麦地里。我们在这里认识的那个佃户，有一块火种地，燕麦长得又整齐又稠密，父亲带着行家的表情观察着它们，随后脸上露出满意的神态。那时，我对农家之事不怎么懂，因为我长时间住在城里。我们走过一座桥，桥下的小河很少有过这么多的水，河水在欢腾着流动。我们手拉着手，以免从枕木间掉下去。过桥一会儿，便到了护路工的小屋，小屋掩映在浓密的翠绿之中，四周是苹果树和醋栗。我们走进去，和里面的人打招呼，他们请我们喝牛奶。然后，我们去看他们养的猪、鸡和盛开着鲜花的果树。看完了，又继续赶路。我们想去那条大河，那里的风景比哪儿都好，而且很别致。河流蜿蜒北去，流经父亲童年的家乡。我们通常得走好长的路才返回，今天也一样，走了很久，几乎到了下一车站，我们才收住脚。父亲只想看看信号是否放在不适当的位置，他真细心。我们在河边停了下来。河水在烈日下轻缓地拍击着两岸，发出悠扬的声音。沿岸苍苍的落叶林把影子投在波光涟涟的河面上。这里，所有的一切都明亮、新鲜。微风从前面的湖上吹来。我们走下坡，顺着河岸走了一阵，父亲指点着钓鱼的地方。小时候，他常常一整天地坐在石上，垂着鱼竿静候鲈鱼，但往往连鱼的影子都见不着。不过，这种生活是很悠闲快活的，但现在没时间钓鱼了。我们在河边闲逛着，大声笑闹着，把树皮抛入河里，水波立刻将它们带走，又向河里扔小石块，看谁扔得远。父亲和我都快活极了。最后，我们感到有点儿累了，觉得已经尽兴，便开始往家里走。

这段文章对森林环境进行了描写，写到了动物叫，鸟的活动，还有树林中有一个佃户种的地。其中对佃户种的地及护路工的小屋，进行了详细描写。佃户种的庄稼长势很好，护路工小屋里的人非常热情，这体现出了人与自然依存的亲密关系。

因为是游玩，时间有限，所以作者与父亲在任何一处景点都是短暂逗留，没长时间观赏，只是走一路，观赏一路。

这段文章中还写了父亲小时候来这里钓鱼的往事。文章中写父亲小时的生活，是有意衬托现在的自己。

这是生命的轮回，也是自然界的运行规律。

文章中描写父亲与火车司机招手的场景非常生动，生活性极强。当然，我在阅读这段文章时，有点疑惑、不解，也可能是没理解透彻其中的思想。作品在描写天空的这句“天空晶蓝透明，不挂一丝云彩”的运用是否恰当，是否符合当时的场景。因为作品在第一段写母亲留在家做晚饭，作者跟父亲去森林玩耍，这个时间的天空是否是这种景色呢？就算是离开家时不是黄昏，走进森林中后，是否已经是黄昏了？如果森林是作者描写得这么绿树葱郁，在绿树中看天空是否是这种场景呢？当然，无论是否真实，这段文章写得确实细腻、饱满而美感十足，读起来生动鲜活。

作者在这段文章中记述了去森林玩的整个过程。

帕尔·费比安·拉格奎斯特在散文《父亲与我》的第三段写：

这时，暮色降临了，森林起了变化，几乎快变成一片黑色。我们加快起脚步，母亲现在一定焦虑地等待我们回家吃饭。她总是提心吊胆，怕有什么事会发生，这自然是不会的。在这样好的日子里，一切都应该安然无事，一切都会叫人称心如意的。天空越来越暗，树的模样也变得奇怪，它们伫立着静听我们的脚步声，好像我们是奇异的陌生人。在一棵树上，有只萤火虫在闪动，它趴着，盯视黑暗中的我们。我紧紧抓着父亲的手，但他根本不看这奇怪的光亮，只是走着。天完全黑了，我们走上那座桥，桥可怕的声响仿佛要把我们一口吞掉，黑色的缝隙在我们的脚下张大着嘴，我们小心地跨着每道枕木，使劲儿拉着手，怕从上面坠下去。我原以为父亲会背我走的，但他什么也不说。也许，他想让我和他一样，对眼前一切置之不理。我们继续走着。黑暗中的父亲神态自若，步履匀稳，他沉默着，在想自己的事。我真不懂，在黑暗中，他怎会如此镇定。我害怕地环顾四周，心扑通扑通地狂跳着。四下一片黑暗，我使劲地憋着呼吸。那时，我的肚子里早已填满了黑暗。我暗想：好险呵，一定要死了。我清楚地记得那时我确实是这样想的。铁轨徒然地斜着，好像陷入了黑暗无底的深渊。电线杆魔鬼似的伸向天空，发出沉闷的声音，仿佛有人在底下喁语，它上面的白色瓷帽惊恐地缩成一团，静听着这些可怕的声音。一切都叫人毛骨悚然，一切都像是奇迹，一切都变得如梦如幻，飘忽不定。我挨近父亲，轻声说：

这段文章记述了天黑时，森林的景色与白天不同，周围环境对生命产生了威胁，作者与父亲加快了回家的速度。这种威胁不只是通过对环境描写衬托出来的，还通过母亲的牵挂、担心映衬出来了。母亲总担心作者在森林中遇见不测的事，发生不安全的事，而作者从没担心过，并且认为那种危险是不存在的。

因为作者与父亲往家走时天黑了，视线不好，来时放松的情绪变得紧张，有意缩短在回家路上的时间，加快了行走的速度。在过枕木时，作者以为父亲能背他走，但父亲没说话。父亲对眼前的事没反应，平静得很，只是拉着作者的手往前走。父亲拉着作者的手是防止作者从枕木上掉下去，这是在保护作者。作者对父亲在黑暗中的镇静、沉着，表现出不解、疑问，猜测“也许，他想让我和他一样，对眼前一切置之不理。”父亲这种沉着是人生不可缺少的品质。

虽然这种不解与疑问是散文《父亲与我》作品中的亮点，但主要还是父亲的沉着、淡定的行为，父亲是在用这种行为引导作者正确应对突发事件。

文章中作者把自己的害怕直接写出来了。作者是 10 岁的孩子，有这种胆怯心理是正常的，这是人性的本能。

这段文章写返回家路上的经历，而第二段是写从家出来的经过，一来一返，虽然走的是同一条路线，但在夜晚与白天的感受是不同的。

第三段与第二段在散文《父亲与我》作品中占了主要篇幅，并且一来一去，有着对称性作用。

帕尔·费比安·拉格奎斯特在散文《父亲与我》的第四段写：

“爸爸，为什么黑暗中，一切都这样可怕呀？”
“不，孩子，没什么可怕的。”他说着，拉住我的手。
“是的，爸爸，真可怕。”
“不，孩子，不要这样想，我们知道上帝就在世上。”

这段文章通过作者与父亲的对话，表达了孩子与大人在同样一种生活环境中的不同心态。大人的心态会影响孩子，这种影响不一定是立竿见影的，也不是即刻体现出来的，但会印在孩子心灵中，是潜移默化的影响。

文章中父亲说的“不，孩子，没什么可怕的。”这句话，就是对孩子的正确引导。这种引导是让孩子正确面对生活中的不测。

帕尔·费比安·拉格奎斯特在散文《父亲与我》的第五段写：

我突然感到我是多么孤独，仿佛是个弃儿。奇怪呀，怎么就我害怕，父亲一点儿也没什么，而且，我们想的不一样。真怪，他也不说帮助我，好叫我不再担惊受怕，他只字不提上帝会庇护我。在我心里，上帝也是可怕的。呵，多么可怕！在这茫茫黑暗中，到处有他的影子。他在树下，在不停絮语的电话线杆里——对，肯定是他——他无处不在，所以我们才总看不到。

在这段文章中作者写了自己内心的感受，还有父亲的表情，父亲的表情与自己截然不同，有着反差。

作者面对漆黑的夜晚，在存有不安全因素的环境中，心里产生了恐惧。在恐惧时引发了思想波动。

帕尔·费比安·拉格奎斯特在散文《父亲与我》的第六段写：

我们默默地走着，各自想着心事。我的心紧缩成一团，好像黑暗闯了进去，并开始抱住了它。

这段文章是在为第五段做补充，再次表明作者害怕的心理。文章在第五段中已经写出了作者害怕的心态及心理反应，但为了进一步说明作者面对漆黑夜晚的害怕，在第六段中再次进行了简要描写。

虽然这段文字简要，但对文章思想的表达起到了重要作用，加强了第五段的分量。

帕尔·费比安·拉格奎斯特在散文《父亲与我》的第七段写：

我们刚走到铁轨转弯处，一阵沉闷的轰隆声猛地从我们的背后扑来，我们从沉思中惊醒，父亲蓦地将我拉到路基上，拉入深渊，他牢牢地拉着我。这时，火车轰鸣着奔来，这是一辆乌黑的火车，所有的车厢都暗着，它飞也似的从我们身旁掠过。这是什么火车？现在照理是没有火车的！我们惊惧地望着它，只见它那燃烧着的煤在车头里腾扬着火焰，火星儿在夜色里四处飞溅，司机脸色惨白，站着一动不动，犹如一尊雕像，被火光清晰地映照着。父亲认不出他是谁，也不认识他。那人两眼直愣愣地盯视前方，似乎要径直向黑暗开去，深深扎入这无边的黑暗里。

这段文章写了突发事件，这个火车的突然驶过，与文章开篇母亲的担心是吻合的。作者以前认为这么安静的环境，熟悉的地方，应该是平平安安的，不会发生意外事件，认为母亲担心是多余的，更是没必要的。但这件事的发生，印证了母亲担心的事是存在的。

文章中主要写了火车突然驶来时，父亲的反应和采取的应对措施。父亲在火车突然驶来时反应机敏、果断，迅速把作者拉离危险地，对作者进行了最有效的保护。

文章中把火车驶过的场景描写得较为惊悚、细致，用细致的描写反映危险的后果。同时也写了父亲在火车驶来时的思想变化。

这句“这是什么火车？现在照理是没有火车的！”的话，写出了这是临时性驶过的火车。因为父亲是在铁路部门工作，对这段路程的火车发车时间是了解的，所以这是意外事件，是突发性的。

帕尔·费比安·拉格奎斯特在散文《父亲与我》的第六段写：

恐惧和不安使我呼吸急促，我站着，望着眼前神奇的情景。火车被黑夜的巨喉吞掉了，父亲重新把我拉上铁轨，我们加快了回家的脚步。他说：“奇怪，这是哪辆火车，那司机我怎么不认识？”说完，一路没再开口。

这段文章再次反映出了父亲理性的思维，沉着面对事情的方式。这么惊恐的事情过后，父亲只是轻描淡写地说了“奇怪，这是哪辆火车，那司机我怎么不认识？”这句话，便恢复了平静，如同什么事也没发生似的。这是成年人的处事方式，也是素质的体现。

帕尔·费比安·拉格奎斯特在散文《父亲与我》的第八段写：

我的整个身子都在战栗，这话自然是对我说的，是为了我的缘故。我猜到这话的含意，料到了这欲来的恐惧，这陌生的一切和那些父亲茫然无知、更不能保护我的东西。世界和生活将如此在我的面前出现！它们与父亲那时安乐平安的世界截然不同。啊！这不是真正的世界，不是真正的生活，它们只是在无边的黑暗中冲撞、燃烧。

这段文章写出作者在突发事件后的思想反应、波动，当然这种反应、波动，在当时可能是表层的，未必是后来这么深刻。因为当时作者只有 10 岁，这个年龄的少年是想不到那么多、那么深远的，只是惊恐而已。应该是在经过时间的酝酿发酵后，才变得深刻，才有深远的思想内涵。

这种思想是文章的重心。

我读过帕尔 · 费比安 · 拉格奎斯特的《父亲与我》散文后，感觉作品的亮点是用一件生活意外事件，展示出了思想的光芒。这种光芒是通过作者与父亲面对突发事件的不同反应表达出来的。

人的一生都会经历过幼儿、童年、少年、青年、中年、老年等不同阶段，在这些阶段中的思想，处事方式，都是不同的。但每个阶段都是成长过程中不可缺少的，如同上楼的台阶，必须一层楼一层楼地往上走。不可能二层楼没上，就从一层上到了三层，或四层楼了。所以前辈人对后辈人的影响是至关重要的。这篇《父亲与我》的散文，就是写出了父亲对作者的影响。

这篇散文全文 2600 字。作品以深邃和极度的温柔，传达出恐怖的信息。从单纯的乡野生活环境中，体现出了亲情、关爱、教导的信息。

我个人认为《父亲与我》这篇散文，除了思想的光芒外，在景物描写与环境描写方面也达到了逼真、入实的感觉，这是优秀作品中不可缺少的因素。

帕尔·费比安·拉格奎斯特：1891 年 5 月 23 日出生在瑞典南部斯莫兰省韦克舍的铁路员工家庭。主要作品有诗集《天才》；随笔、散文集《握紧的拳头》《那个时代》；剧本《疯人院里的仲夏夜之梦》；小说《侏儒》《大盗巴拉巴》等。1951 年获得诺贝尔文学奖 。

获奖理由是：“由于他在作品中为人类面临的永恒的疑难寻求解答所表现出的艺术活力和真正独立的见解。”

发表在 2019 年 4 期《新安江》杂志
发表在 2019 年 4 期《德兴文艺》杂志
发表在 2019 年 4 期《蓝梅苑》杂志

意犹未尽的阅读

——读林语堂散文《秋天的况味》所想

说起国内的散文家，林语堂是排在前列的。他的散文涉猎领域广泛，有着独特风格，在散文界占有非常重的分量。实际上，林语堂不只是散文写得好，在小说、评论、译文方面，也很有成就。他是中国文学界的一面旗帜。因此，读者对他的名字如雷贯耳。

虽然我在多年前，曾读过他的散文《秋天的况味》，但岁月已经遮盖了记忆，风尘飞舞，感觉不是太清晰了。近日，我在翻阅几部名作散文集时，此作在其中。我再次细读，温故其情，领会其意。

这篇散文《秋天的况味》，一千余字，篇幅不长，没有段落分隔，是短小精悍的散文。在短散文作品中，不分段落，通篇写1000余字的不算多。因为一篇作品，不一定是写一处景，或一段情，如果是写多处景，或多处情，是应该分段的。

那么，林语堂的散文《秋天的况味》是写一处情，或一处景吗？他又是怎么创作的呢？随手翻阅，目光落在文字上，思绪波动。

林语堂在散文《秋天的况味》中这样写：

秋天的黄昏，一人独坐沙发上抽烟，看烟头白灰之下露出红光，微微透露出暖气，心头的情绪便跟着那蓝烟缭绕而上，一样的轻松，一样的自由。不转眼，缭烟变成缕缕细丝，慢慢不见了，而那霎时，心上的情绪也跟着消沉于大千世界，所以也不讲那时的情绪，而只讲那时的情绪的况味。待要再划一根洋火，再点起那已点过三四次的雪茄，却因白灰已积得太多，点不着，乃轻轻地一弹，烟灰静悄悄地落在铜炉上，其静寂如同我此时用毛笔写在中纸上一样，一点的声息也没有。于是再点起来，一口一口地吞云吐雾，香气扑鼻，宛如偎红倚翠温香在抱情调。于是想到烟，想到这烟一股温煦的热气，想到室中缭绕暗淡的烟霞，想到秋天的意味。这时才忆起，向来诗文上秋的含义，并不是这样的，使人联想的是萧杀，是凄凉，是秋扇，是红叶，是荒林，是萋草。然而秋确有另一意味，没有春天的阳气勃勃，也没有夏天的炎烈迫人，也不像冬天之全入于枯槁凋零。我所爱的是秋林古气磅礴气象。有人以老气横秋骂人，可见是不懂得秋林古色之滋味。在四时中，我于秋是有偏爱的，所以不妨说说。秋是代表成熟，对于春天明媚娇艳，夏日之茂密浓深，都是过来人，不足为奇了，所以其色淡，叶多黄，有古色苍茏之概，不单以葱翠争荣了。这是我所谓秋天的意味。大概我所爱的不是晚秋，是初秋，那时暄气初消，月正圆，蟹正肥，桂花皎洁，也未陷入凛冽萧瑟气态，这是最值得赏乐的。那时的温和，如我烟上的红灰，只是一股熏热的温香罢了。或如文人已排脱下笔惊人的格调，而渐趋纯熟练达，宏毅坚实，其文读来有深长意味。这就是庄子所谓“正得秋而万宝成”结实的意义。在人生上最享乐的就是这一类的事。比如酒以醇以老为佳。烟也有和烈之辨。雪茄之佳者，远胜于香烟，因其味较和。倘是烧得得法，慢慢地吸完一支。看那红光炙发，有无穷的意味。鸦片吾不知，然看见人在烟灯上烧，听那微微哔剥的声音，也觉得有一种诗意。大概凡是古老、纯熟、熏黄、熟练的事物，都使我得到同样的愉快。如一只熏黑的陶锅在烘炉上用慢火炖猪肉时所发出的锅中徐吟的声调，使我感到同观人烧大烟一样的兴趣。或如一本用过二十年而尚未破烂的字典，或是一张用了半世的书桌，或如看见街上一块熏黑了老气横秋的招牌，或是看见书法大家苍劲雄深的笔迹，都令人有同样的快乐。人生世上如岁月之有四时，必须要经过这纯熟时期，如女人发育健全遭遇安顺的，亦必有一时徐娘半老的风韵，为二八佳人所绝不可及者。使我最佩服的是邓肯的佳句：“世人只会吟咏春天与恋爱，真无道理。须如秋天的景色，更华丽，更恢奇，而秋天的快乐有万倍的雄壮、惊奇、都丽。我真可怜那些妇女识见偏狭，使她们错过爱之秋天的宏大的赠赐。”若邓肯者，可谓识趣之人。

林语堂在散文《秋天的况味》的开篇，没有渲染秋天的美景，而是通过写一个人的生活状态，表情，场景，进入作品中。然后，经过对烟气的描写，把思绪比作轻烟，巧妙地体现出了心中的遐想。比如这句“心上的情绪也跟着消沉于大千世界，所以也不讲那时的情绪，而只讲那时的情绪的况味”的话，足以把当时的心境表达出来了。人的心绪与状态交织在一起，形成画面，从而引出了对秋天的感悟，进入了秋天宁静的气氛中。

这种方式的开篇是新颖的，有着独创性，也是别具风格的一种。

这处“待要再划一根洋火，再点起那已点过三四次的雪茄，却因白灰已积得太多，点不着，乃轻轻地一弹，烟灰静悄悄地落在铜炉上”语句，是写人的状态，虽然此处与开篇“秋天的黄昏，一人独坐沙发上抽烟，看烟头白灰之下露出红光”有着相似之意，但是后者比开篇写得细，是在加重开篇的用意。

这处“于是想到烟，想到这烟一股温煦的热气，想到室中缭绕暗淡的烟霞，想到秋天的意味”语句，是证明前面的描写，也在为后面写秋天做铺垫。这种铺垫不是简单的描写，而是体现在意味方面，浸入在思想中。

在文学作品中驾驭描写场景是不难的，难的是写出意境、味道、思想、哲理性。林语堂的创作技巧非同一般，远远超越普通作家的功力。

这句“这时才忆起，向来诗文上秋的含义，并不是这样的，使人联想的是萧杀，是凄凉，是秋扇，是红叶，是荒林，是萋草”的话，证明多数作品中，在写秋天时，把秋天描写成这样，而林语堂不完全赞成这种观点。他随后这么写“然而秋确有另一意味，没有春天的阳气勃勃，也没有夏天的炎烈迫人，也不像冬天之全入于枯槁凋零。”这段语句有着辩论性质。作者把秋与春、夏、冬三季对比，通过辩论，阐释观点，显现出作者眼中的秋天与别人眼中的秋天有着不同之处。

文章中用秋与春、夏、冬季做对比，呈现出秋的成熟与稳重，也体现出了秋天的温和、沉醉、韵律。不只是突显了秋之美，还将秋天的美景进一步深化了，写出了秋的特色。

而这处“如一只熏黑的陶锅在烘炉上用慢火炖猪肉时所发出的锅中徐吟的声调，使我感到同观人烧大烟一样的兴趣”语句，如同是写了生活中的场景，用场景表达文章的意境。其实，散文作品多数是写生活片段与情感的。

作品在写了作者许多观点后，引用了这句“世人只会吟咏春天与恋爱，真无道理。须知秋天的景色，更华丽，更恢奇，而秋天的快乐有万倍的雄壮、惊奇、都丽。我真可怜那些妇女识见偏狭，使她们错过爱之秋天的宏大的赠赐”的话，这句话不是作者的原创，而是引用邓肯的佳句。作者用了“使我最佩服”

几个字，这几个字加重了含义。这是总结性收尾。这种点题式收尾在散文作品中常见。在散文《秋天的况味》中使用是恰到好处的。

读林语堂的散文《秋天的况味》，写人生最好的年华是秋天，春华秋实，此时人生的收获最为丰厚。这是一种怡然心态，这是一种漫无边际的感觉，这是人生的百态与真谛。

作品表达秋天离去时，作者怀有对秋天的依依不舍，散发着人生之秋的气息，生命厚重的底蕴。

林语堂有着豁达的人生观。他写出了生命之秋不应落寞，应该积淀浓缩、厚积薄发，才能在人生的秋天辉煌、绚烂多姿。

我读过林语堂的散文《秋天的况味》后，再次感受到了作品的与众不同。作品不只是在开篇没有直接写秋天的景色，而是写一个人，并且在通篇还写了多处景、多处情。在没分段落时，文思如此清晰，这是难做到的。

作品以深入浅出、入情入理、超脱与悠闲的心境赞美秋天，独抒性灵。

经典，终究是经典。作品不随时间的流逝而褪去光芒。把经典化作永恒，使之永远流传。

林语堂的散文《秋天的况味》，用词精炼，语言优美，给怅然若失者以人生的况味。这是独特的描写，这是赞美人生秋天景色的散文。

我在散文《秋天的况味》中，感受到了“人生的况味”。眼前，再次浮现：一人独对黄昏，那份宁静，那种惬意的氛围……

这是我一次意犹未尽的阅读。

林语堂：和乐、玉堂，1895 年 10 月 10 日，生于福建漳州平和县。1916 年在上海圣约翰大学毕业后，到清华大学任教。而后留学美国、德国，获哈佛大学文学硕士，莱比锡大学语言学博士。中国现代著名作家、学者、翻译家、语言学家。代表作品《京华烟云》《人生的盛宴》及译著《东坡诗文选》《浮生六记》等。先后在 1940 年和 1950 年，两次获得诺贝尔文学奖提名。曾任联合国教科文组织美术与文学主任、国际笔会副会长等职。曾创办《论语》《人间世》《宇宙风》等刊物。1976 年在香港逝世，享年 80 岁。

发表在 2019 年 4 期《故道》杂志
发表在 2019 年 4 期《禹城文萃》杂志
发表在 2019 年 4 期《蓝梅苑》杂志

我想在高原等你赏月

——读毕季清散文《高原的月亮》

我读过许多作家写的散文，我也写过许多散文，我认为每一位作家写的优质散文篇章都有自己的风格。但是我在一年前才读到毕季清的散文，也是在一年前刚知道毕季清这位作家的。

毕季清在山东省济宁市兖矿报社工作。我知道他是中国散文学会会员、山东省作家协会会员，他工作的城市距离我生活的青岛市不远，并且他的祖籍还是青岛，我们又是同行……具有这么多相似的因素，我们应该早就相识或成为友人，然而我却不知道他，这是为什么呢？为什么我才读到他的作品呢？可以肯定地说，这绝对不是我的疏忽，而是由于毕季清过于内敛的性情造成的。他这种内敛的性情影响了他的文学才华的闪现与释放。即使他在文学路上已经行走了许多年，还是在月夜下行走，没有看到朝霞的美好，没有享受到阳光的普照。虽然月光淡青，也美好，但不如朝霞灿烂充满生机，更不如阳光明媚。毕季清应该是能走出散文创作的月夜，看见朝霞，并能享受到阳光照耀的作家。

我是在月夜下读到毕季清的散文的。这种月夜是普通投稿者经常经历的。写作者几乎都知道，目前编辑不怎么看邮箱中的自然来稿，不看的原因一方面是熟悉的作家来稿太多，已经看不过来了，没时间看陌生稿件；另一方面因为许多陌生作者是在用投稿软件投稿，一次可以投几百家邮箱，造成了大量垃圾稿件。并且熟悉的人都是同行，都是写作多年的，稿件可靠性强，质量有保证，修改时也好沟通，更能杜绝抄袭稿件的风险。

我是在无意中看了毕季清投来的稿件。他的散文吸引了我的目光。这如同在垃圾中发现了金子，如同在黑色夜空中看见了一颗闪亮的星，也如同在夜路上遇见了一个同行者。我与他联系，他跟我急切地交流，我从电波传来的声音中，能感觉到他的腼腆与羞涩，这不像山东大汉的性格，有点像江南柔性的小男子性格，这么着，我们成了朋友。我知道他是中国散文学会会员，山东省作家协会会员，当过报社总编室主任、编辑室主任，写作多年，但发表的作品数量极少。我认为我应该帮助他。随后我把他的作品推荐给了《西安商报》《漳河文学》等报刊发表，并且在我主编的《北极光》《东部文学》上，作为散文组章，重点刊发，重点推荐他的作品。他与我在文学路上一起前行。我们手挽手，心情愉悦地一起攀登文学新的高度。

当我偶然读到毕季清发表在2016年5月25日《中国煤炭报》太阳石副刊，头题的散文《高原的月亮》时，思情涌动，不禁想写点什么。

毕季清在散文《高原的月亮》中写：

1

前往青藏高原的人们，或受惑于高原的洪荒与阳光，或敬仰于神山与圣湖，或探究于宗教与神秘。除这些心仪外，对我而言，还有一个诱惑——高原的月亮。

我是随山东记者采访团进藏的。在西藏的日子里，人们的全部关注都投在了白天，因为，西藏处于低纬度，阳光足，日照时间长，旅人们有充裕的时间尽情享受高原的阳光，欣赏雪域的美景。到了夜晚，疲惫的人们带着尚未散尽的高原阳光的惬意，早早进入了梦乡。而每到此时，我不顾白天奔波的劳顿，来到旷野，一个人，静静地，把目光投向高原深邃的夜空，锁定了悬在高原上的那轮明月。

2

亘古至今，天地经纬，月亮只有一个。如果有所不同，是月亮在人们心中所承载的物象、所形成的感念有别。我们在江南、塞北，在高山、大海，所看到的是同一个月亮，只是由于所处地理、人文环境的差异，月光普照之处，便有了不同的心灵感应。这种感应，来自于载体，发自于心源，是自然与心灵的互动与契约。

我曾行走于江南，吟诵过白乐天、张九龄的“月亮”诗，陶醉于二十四桥、富春江温馨的月夜。那月亮是怀柔的，婉约的；我曾在北方的卢沟桥上沉思，天上高悬着那轮“卢沟晓月”，眼前飘动着历史的烽烟。那月亮是冷峻的、悲壮的；我曾经凝望过挂在古长城上的那轮秋月，那月亮是凝重的、苍凉的。

而今，我站在4000米的高原，得以与月亮近距离亲近，领略高原月亮的真性情。此刻，月光洒处，高原安谧。山川风物静止了，但我的思想却开始飘逸、牧放。在这宁静的高原之夜，面对着皓皓明月，我的思绪就像千树万树绽开的花。月亮吐出的光华，在这高原的夜空，游弋、弥漫开来。

3

在高原上望月，由于是高海拔，没有污染，这里的月亮，月面“天庭”饱满，月色清澈透明。月光则像藏民的性格，爽爽朗朗、通透豪迈。许是裹挟着高原的气势，高原上的月亮，更给人一种幽深、厚重之感。

洪荒时期，高原的月亮是孤独的、冷肃的，它默默地用清冷的目光注视着一切。视野所及，一片沉寂。自从青藏高原诞生后，高原的月亮便不再形只影单，月光也热烈起来。从此，它与高原相守相依。白天，万物接受太阳的滋养，到了夜晚，一切便融入了这月光里。月华普照之处，圣湖神山、宫殿庙宇、人文风物，尽情接受月亮的润泽。伴随着高原的不断成长，其“内存”也日趋丰盈、充实。夜色阑珊时，月亮开始与高原倾情互动，交流“物语”。天长日久，便萌生了哲趣与思想。

如果把高原的太阳比作父亲，高原的月亮便是母亲。夜幕降临，太阳悄然离开，把白天的喧嚣、躁动、不安交付给月亮。这时，月亮便显示其母爱的温存、博爱。温柔的月光像一把梳子，慈爱地梳理着白日被风吹裂的山的皱褶、湖的波纹，把白昼时太阳带给高原的喧哗、驿动轻轻抚平，山、水、高原恬静地接受着她的舔舐、抚慰。这时，月亮铺照的高原，展示出另一番别有情致的风韵。

一样的月光，落在不同的景物上，便会使人产生多彩的联想。流泉得月光，化为一溪雪。如果雪山上的雪得了月光，会是什么意象呢？我想，若是雪得了月光，已不仅是一种意境，而是一种化境、一种禅致。

4

在高原上看月，和平原上不同。平原上，月高人瘦，却有高度；高原上，月低人丰，但有宽度。高度，给人以神秘；宽度，则更兼包容。

观月如同观人。月亮的高度，是物态，是客体、物境的呈示；人的高度，是姿态，是品行、操守的体现。月亮的宽度，为载物，能涵盖万体；人的宽度，即心胸，可心罗明月。

高原上的月亮，不似高原上的风。这里的风有硬度，有野气。它的磨砺，能让石头变形，使山体变瘦；这里的月亮却是软的，不仅有亮度，还有温度。

在广袤的高原上，月亮也目睹了月光下的悲剧。那些在阳光下藏不住的罪恶，企图在夜晚遁迹，却仍然躲不过月亮的“洞察”。在可可西里，月亮看到了偷猎者的残忍与罪恶、藏羚羊横陈的血肉模糊的躯体。这时，月光会变得惨淡、苍白。但愿，在神圣的高原的月光下，有的只能是人类对高原怀有善意的神秘，抑或恐惧，而不再是任何不可告人的秘密。

5

高原望明月，情思难却。观月即此，忽发一念：

人观月，月是风景；同时，月也观人，人就成了风景。月亮在把光泽洒向人间时，既是爱抚，也是欣赏，同时，更是用它的意蕴，向世人做着善意的提示：每个人的心中，都应有一轮明月，这轮明月就是——爱。用爱的光华，释放关爱，传递温情，互慰心灵。

如是，在月亮的意象中，人，便成了最美的风景。

毕季清的散文《高原的月亮》一千八百字左右，在这么短的文章内，分了五个章节，可见文章的脉络与思想是清晰的。文章是以记叙与说明相结合的手法进行写作的。这种散文结构是毕季清散文的固有风格，也是当前散文创作中较为普遍的手法。

作品在第一章节中，说明了作者是随山东省记者采访团到西藏的。记者采访团是有工作性质的团队，不完全是观光旅行。既然是工作性质，就会有统一性，不是个人随意观光。

在这一章节中，也写明了人们到西藏旅行的目的，许多游人到青藏高原是观赏高原的风光与阳光。青藏高原是世界屋脊，与蓝天白云相接，风景是别致的。高原的荒凉与充足的阳光，吸引着众多来访者。而作者来到西藏不只是看风光，不只是感受白云在头顶浮动的幻觉，更主要的是想看一看高原的月亮，想看月光下青藏高原的景色。

因为作者是随记者采访团到西藏的，所以白天得随团出行，参加集体活动。记者采访团在青藏高原停留的时间是有限的，也是短暂的，并且是集体出行，有组织活动。白天马不停蹄地游览或采访，到了夜晚，同行者都已经是满身疲倦了，为了在第二天出行能有精力，尽快恢复体力，缓解疲劳，便都早早地酣然入睡了。可是作者却没有睡意，作者不顾满身疲惫，独自一人走入旷野中赏月。

我读到此处，眼前仿佛出现了在月光笼罩的青藏高原上，有一位旅行者孤独地坐在旷野中的画面。这画面引人入胜，使人浮想联翩，这种感觉在繁华的都市或一般的乡村是感受不到的。因为那种被月光笼罩的静与荒凉，只有青藏高原才有。当然这种感觉不是所有来西藏旅行的人都能体会得到的，只有思维细致的人才能体会得到。因为这种月夜下的美丽景色，也是一种心境，与心灵相通，毕季清应该是感受到了这种美丽的景色。

毕季清在散文《青藏高原的月亮》第二章节中，写出了青藏高原的月亮与别处的月亮的不同之处。作品中申明性地说，月亮只有一个，万物享受月光普照是相同的，但月光照在万物上的感觉不同。因为作者从事的是记者职业，所以工作中有机会去全国各地，有机会观赏各地的月光。虽然别处的月光也很美，但与青藏高原上的月光差距很大。

作品中写：“在这宁静的高原之夜，面对着皓皓明月，我的思绪就像千树万树绽开的花。月亮吐出的光华，在这高原的夜空，游弋、弥漫开来。”这是月光下的一种心境，也是一种精神。

散文《青藏高原的月亮》在第三章节中，写了月光照在万物上的感觉，这种感觉是不同的。在这段中，采用了拟人的手法进行描写。这句“如果把高原的太阳比作父亲，高原的月亮便是母亲”，把作品的思想写到了深处。父亲与母亲是家庭的组合，也是延续下一代人生命的组合，人类就是这么一代又一代组合与延续的。作品中把月亮与太阳做了比喻，这让作品产生了生命力，就有了思想性，让阅读者萌生了兴趣。

散文《青藏高原的月亮》在第四章节中，写了三种思想。一种是把高原的月亮跟在平原上的月亮进行了对比，说明了二者的不同；另一种写赏月也是观看人生，这句“月亮的宽度，为载物，能涵盖万体；人的宽度，即心胸，可心罗明月”，在以月对比人；还有一种是写出了人类对青藏高原的破坏，改变了自然风貌，这句“在可可西里，月亮看到了偷猎者的残忍与罪恶、藏羚羊横陈的血肉模糊的躯体”，写出了人类残忍的一面。

这段写出了作者在赏月时复杂的心情。

散文《青藏高原的月亮》在第五章节中，写出了作者的感受，这句“每个人的心中，都应有一轮明月，这轮明月就是——爱”，是对赏月的反思与顿悟。写出了人应该像月亮一样“释放关爱，传递温情，互慰心灵”。

月亮在人眼中是一道风景，反过来人在月亮中也是风景，而且是“最美的风景”其中“最”这个字，加重了语句的强调性。

我在读过毕季清的散文《青藏高原的月亮》后，感觉这是他一如既往的散文写作风格。我在编辑发表他的散文时，我在推荐他的散文时，非常细致地读了他的许多散文。比如发表在 2019 年 11 期《北极光》杂志上的《精神的传承》《冲天的火焰》《历史照亮未来》三篇作品及《< 东部文学 >2019 年作品精选》中的 14 篇散文，这些均以写天然风景为背景，是抒发人文情怀的作品。读到这些作品时，感觉心灵非常纯净，没有人间的杂念，也没有人与人之间的隔阂，更是少了些世俗，好像这些世俗与杂念与毕季清没有丝毫关系，他如同行走在风景秀丽的大自然中的一位行者。

他是在反思人生吗?

我认为毕季清在散文中想表达人间的美好。他的散文也确实是在诉说人间美好。读这种散文能让浮躁的心静下来，少了焦虑，多了宁静，能享受到文字的美。

我在读毕季清的散文时，有着身临其境的感觉。

我在读他的散文《青藏高原的月亮》时，就想约他一起去青藏高原赏月。不，不是约他一起前行，而是我想坐在青藏高原的月光下，看着他一步一步地从远处缓缓走来，与我一起赏月。

散文《高原的月亮》被 2020 年 8 月 21 日《文艺报》转发
作家出版社《中国作家网精品文选：灯盏 2019》收入此文
发表在 2021 年 4 月 1 日《今日兴义》

忧郁的情调

——读郁达夫散文《故都的秋》

郁达夫写小说,写散文,写文学评论,还写戏剧,并且他的翻译作品也很多,文学作品的各种类别领域他都涉及。因为他在创作中涉猎种类多,不能单一从小说或散文及评论等某一项来看待他在文学创作方面取得的成就,所以我认为他是文学界的杂家。

当然他是有高度的杂家,是著名杂家。

我读过他的散文,也读过他的小说,虽然他的其他作品我也知道,但读得非常少。他的散文《故都的秋》给我留下了深深的印象。

郁达夫在散文《故都的秋》中写:

秋天,无论在什么地方的秋天,总是好的;可是啊,北国的秋,却特别来得清,来得静,来得悲凉。我不远千里,要从杭州赶上青岛,更要从青岛赶上北平来的理由,也不过想饱尝一尝这“秋”,这故都的秋味。

江南,秋当然也是有的;但草木凋得慢,空气来得润,天的颜色显得淡,并且又时常多雨而少风;一个人夹在苏州上海杭州,或厦门香港广州的市民中间,混混沌沌地过去,只能感到一点点清凉,秋的味,秋的色,秋的意境与姿态,总看不饱,尝不透,赏玩不到十足。秋并不是名花,也并不是美酒,那一种半开,半醉的状态,在领略秋的过程上,是不合适的。

不逢北国之秋,已将近十年了。在南方每年到了秋天,总要想起陶然亭的芦花,钓鱼台的柳影,西山的虫唱,玉泉的夜月,潭柘寺的钟声。在北平即使不出门去罢，就是在皇城人海之中，租人家一椽破屋来住着，早晨起来，泡一碗浓茶，向院子一坐，你也能看得到很高很高的碧绿的天色，听得到青天下驯鸽的飞声。从槐树叶底，朝东细数着一丝一丝漏下来的日光，或在破壁腰中，静对着像喇叭似的牵牛花（朝荣）的蓝朵，自然而然地也能够感觉到十分的秋意。说到了牵牛花，我以为以蓝色或白色者为佳，紫黑色次之，淡红色最下。最好，还要在牵牛花底，教长着几根疏疏落落的尖细且长的秋草，使作陪衬。

北国的槐树，也是一种能使人联想起秋来的点缀。像花而又不是花的那一种落蕊，早晨起来，会铺得满地。脚踏上去，声音也没有，气味也没有，只能感出一点点极微细极柔软的触觉。扫街的在树影下一阵扫后，灰土上留下来的一条条扫帚的丝纹，看起来既觉得细腻，又觉得清闲，潜意识下并且还觉得有点儿落寞，古人所说的梧桐一叶而天下知秋的遥想，大约也就在这些深沉的地方。

秋蝉的衰弱的残声，更是北国的特产；因为北平处处全长着树，屋子又低，所以无论在什么地方，都听得见它们的啼唱。在南方是非要上郊外或山上去才听得到的。这秋蝉的嘶叫，在北平可和蟋蟀耗子一样，简直像是家家户户都养在家里的家虫。

还有秋雨哩，北方的秋雨，也似乎比南方的下得奇，下得有味，下得更像样。

在灰沉沉的天底下，忽而来一阵凉风，便息列索落地下起雨来了。一层雨过，云渐渐地卷向了西去，天又青了，太阳又露出脸来了；著着很厚的青布单衣或夹袄的都市闲人，咬着烟管，在雨后的斜桥影里，上桥头树底下去一立，遇见熟人，便会用了缓慢悠闲的声调，微叹着互答着地说：

“唉，天可真凉了——”（这了字念得很高，拖得很长。）

“可不是吗？一层秋雨一层凉了！”

北方人念阵字，总老像是层字，平平仄仄起来，这念错的歧韵，倒来得正好。

北方的果树，到秋来，也是一种奇景。第一是枣子树；屋角，墙头，茅房边上，灶房门口，它都会一株株地长大起来。像橄榄又像鸽蛋似的这枣子颗儿，在小椭圆形的细叶中间，显出淡绿微黄的颜色的时候，正是秋的全盛时期；等枣树叶落，枣子红完，西北风就要起来了，北方便是尘沙灰土的世界。只有这枣子、柿子、葡萄，成熟到八九分的七八月之交，是北国的清秋的佳日，是一年之中最好也没有的 Golden Days（黄金时代）。

有些批评家说，中国的文人学士，尤其是诗人，都带着很浓厚的颓废色彩，所以中国的诗文里，颂赞秋的文字特别的多。但外国的诗人，又何尝不然？我虽则外国诗文念得不多，也不想开出账来，做一篇秋的诗歌散文钞，但你若去一翻英德法意等诗人集子，或各国的诗文的Anthology（选集）来，总能够看到许多关于秋的歌颂与悲啼。各著名的大诗人的长篇田园诗或四季诗里，也总以关于秋的部分，写得最出色而最有味。足见有感觉的动物，有情趣的人类，对于秋，总是一样地能特别引起深沉，幽远，严厉，萧索的感触来的。不单是诗人，就是被关闭在牢狱里的囚犯，到了秋天，我想也一定会感到一种不能自已的深情；秋之于人，何尝有国别，更何尝有人种阶级的区别呢？不过在中国，文字里有一个"秋士"的成语，读本里又有着很普遍的欧阳子的秋声与苏东坡的《赤壁赋》等，就觉得中国的文人，与秋的关系特别深了。可是这秋的深味，尤其是中国的秋的深味，非要在北方，才感受得到底。

南国之秋，当然是也有它的特异的地方的，比如廿四桥的明月，钱塘江的秋潮，普陀山的凉雾，荔枝湾的残荷等等，可是色彩不浓，回味不永。比起北国的秋来，正像是黄酒之与白干，稀饭之与馍馍，鲈鱼之与大蟹，黄犬之与骆驼。

秋天，这北国的秋天，若留得住的话，我愿把寿命的三分之二折去，换得一个三分之一的零头。

一九三四年八月，在北平

郁达夫这篇散文《故都的秋》，字数1700字，文章中把南国的秋天与北国的秋天做了比较，用比较的方式来突出北国的秋天。

因为作品的题目是《故都的秋》。读者不用费神，一眼便知道作品中描写的地点与景观。

虽然这是描写秋天的文章，通常文章中也是把"秋天"两个字放在一起，不分开使用，然而在《故都的秋》中，郁达夫却做了省略，把"天"去掉了，只留"秋"，虽然只是一字之差，只是做了简单的语句处理，可是却增加了文章的特点，显得更简洁。假如文章题目换成《故都的秋天》，读起来与《故都的秋》意义就不同了。

秋天是人们喜爱的季节，爱秋天是人们的一种情怀。而郁达夫把秋天的感受融入到思想中，以情释放，闪现艺术的光芒。

在郁达夫心里，秋天不是欢畅的，而是有着悲凉的感受，这或许也是他对人生的感受。作品中有的语句把景物描绘得悲凉，这种淡淡的悲凉，流露着浅浅的伤感心绪。

虽然郁达夫对故都的秋天一往情深，但在那特定的年代，社会动荡，人们的生活不稳定，他心里也有着许多不如愿、伤感及隐痛。

文章中蕴含着对故都的深沉之恋，有着对美的追求。郁达夫把悲秋与颂秋的两种情感结合在一起，以穿插、交替的方式书写，既有对秋的眷恋，也有对秋的落寞。这是作者心境的写照，更应该是对希望的期盼。

文章的开篇：“秋天，无论在什么地方的秋天，总是好的；可是啊，北国的秋，却特别来得清，来得静，来得悲凉。”这句话定下了文章的情感基调，阐述了两种观点：一种是秋天在任何地方都是好的，而另一种说在北国却不同了。在这句话中使用了“可是啊”这样的抒情词汇加重了语义，有了灵性。

虽然文章的题目是《故都的秋》，把文章着重点定在故都，是写故都的秋色，但文章中对南方的秋天也有许多描写，也写得细致，更是写出了作者对南方秋天的感受，比如这句：“江南，秋当然也是有的；但草木凋得慢，空气来得润，天的颜色显得淡，并且又时常多雨而少风；一个人夹在苏州上海杭州，或厦门香港广州的市民中间，混混沌沌地过去，只能感到一点点清凉，秋的味，秋的色，秋的意境与姿态，总看不饱，尝不透，赏玩不到十足。”这段文章前一部分是对南方秋天的描写，而后半部分是写作者对秋天的感受。

郁达夫用简约的文笔写出了南方秋天的特点，还有个人对南方秋天的感受。他在用江南的秋天与北方的秋天做比较。

这是衬托，也是对比的写法。不管是对比，还是衬托，作者的用意是想突出文章的主题。

故都的秋天与江南的秋天给郁达夫的感受是不同的。他是这样描写故都的秋天：“北方的果树，到秋来，也是一种奇景。第一是枣子树；屋角，墙头，茅房边上，灶房门口，它都会一株株地长大起来。像橄榄又像鸽蛋似的这枣子颗儿，在小椭圆形的细叶中间，显出淡绿微黄的颜色的时候，正是秋的全盛时期。”虽然故都在北方，这段文章把北国秋天的景观描写得较为细致，但只是一部分缩影，不是全部。

郁达夫在散文《故都的秋》中不只是写景观，而是以景观抒发一种思想。比如这段“有些批评家说，中国的文人学士，尤其是诗人，都带着很浓厚的颓废色彩，所以中国的诗文里，颂赞秋的文字特别的多。但外国的诗人，又何尝不然？我虽则外国诗文念得不多，也不想开出账来，做一篇秋的诗歌散文钞，但你若去一翻英德法意等诗人集子，或各国的诗文的 Anthology（选集）来，总能够看到许多关于秋的歌颂与悲啼。各著名的大诗人的长篇田园诗或四季诗里，也总以关于秋的部分，写得最出色而最有味。足见有感觉的动物，有情趣的人类，对于秋，总是一样地能特别引起深沉，幽远，严厉，萧索的感触来的。”他不加掩饰的表露思想、感情、癖好，也把自己的信仰表达出来。

思想是作品的灵魂。

好的作品必须是思想洁净与深邃的。

郁达夫的作品感情真挚，有独树一帜的风格。

他这篇散文《故都的秋》中，带有理论性及忧郁的情调。他在忧郁感伤的情调中释放着情感，展现出文学家的情怀，因此呈现着忧郁而秀丽的画面。

这是优秀散文中的优秀之作。

郁达夫：原名郁文，1896 年 12 月 7 日出生于浙江富阳，毕业东京帝国大学，与郭沫若、成仿吾、张资平、郑伯奇等人组创文学团体“创造社”。主要作品有短篇小说集《沉沦》，散文集《我的忏悔》等。民国三十四年（1945 年）八月二十九日，被日军杀害在苏门答腊。

发表在 2019 年 4 期《故道》杂志
发表在 2020 年 8 月 9 日《文山日报》
发表在 2020 年 9 期《躬耕》杂志

独特的风景

——读雨桦散文《东北情结》及其他

许多作家同行认为雨桦是写小说的或是写青春美文的作家，其实雨桦不只是写小说、青春美文，还写散文、诗及教育孩子方面的书。因为雨桦写的青春美文和小说发表数量多，涉及面广，影响大，所以她给同行的印象是畅销书作家，跟纯文学作家有点距离。

也不知道是从何时起，中国文学界出现了不成文的规矩，分成了纯文学作家与畅销书作家两个队伍，两个队伍中的个别作家相互之间还有着对立性，排斥性。好像畅销书作家没有纯文学作家有思想深度，好像纯文学作品应该只是少部分人能读懂的作品，好像作品没有读者是光彩的事。甚至有的作家把自己写的，别人读不懂的作品，还当成了自豪的事，引以为荣，当成高深的学问。我认为这是误区，也是误导，更是无耻及故弄玄虚。如果作家写的书没人读，人们读不懂，作家写书的目的与宗旨又是什么呢？还出版书干什么？如果书出版了，没人问津，这不是制造垃圾吗？

作家不是研究原子弹和导弹的专家，更不是研究宇宙进程的科学家。作家的本职就是写出作品供给人们阅读，让人们从阅读中得到人生的启示与道理，打开心灵之窗。如果作家写的作品没人读，不但成不了研究原子弹和导弹的专家，更成不了研究宇宙发展的科学家，只能变成废物。

在世界文学之林中，有许多畅销书作家也是文学巨匠。他（她）们的作品不只是畅销，还成为了流芳百世的作品。

纯文学作品也应该是畅销作品。

畅销书作品也可以成为文学宝库中的经典。

畅销书作家应该比没有读者的作家更容易成为文学巨匠。

雨桦的作品不仅畅销，而且读者多，文学性也强。在她早期创作的作品中就体现出了极强的文学性，只是作品的畅销遮掩住了文学性。不应该是遮掩，而是没有感受到隐藏在阅读快感中的文学性。

雨桦在1992年到2005年之间创作的作品，几乎发表在全国各大文学杂志及报纸副刊上。那种气势在当时许多作家是无法比拟的，只能叹为观止。比如雨桦发表在《红岩》杂志2001年6期的散文《东北情结》，比如雨桦发表在《飞天》杂志1997年7期的散文《关东女人》，比如雨桦发表在《黄河文学》杂志2003年3期的散文《乡下来的小冯》，比如《散文选刊》在1993年9期选发雨桦的《女人，你遗憾吗》等等散文作品，都是文学性非常强的作品。

雨桦发表在《红岩》2001年6期的散文《东北情结》是这样写的：

东北有条著名的大河，叫黑龙江。

黑龙江纵横几千里，穿山越岭，弯曲白亮的身姿把东北那块大平原温柔地搂抱在怀里，安详而纯净。亮亮的水质是她的眼眸，毫无杂质。让人看一眼就感觉到心神宁静，映着蔚蓝的天。有云时，云也洁白，风也轻柔，日也柔柔。

黑龙江有片广袤的黑土地，叫北大荒。

土黑黑的，有点像乌金。上面是碧绿的草，清清的河。夏天金色的稻麦无边无际。红色的康麦因在田野里奔跑。千里沼泽，遍地牛羊。橘色的晚霞把黄昏的村庄一点点淹没在烟雾中。

一声模糊的、遥远的吆喝声，穿烟而过。邻家的房门开着。女人的笑脸贴在门框上。她的手里还飞针走线地做着什么。

街上，一个匆忙奔跑的孩子一边吹着口哨一边应和着。他在回家吗?

很快，一切都宁静下来。漫长夜色开始了亘古不变的老故事。老人讲着百听不厌，“狼来了”的传说在哄孩子。母亲们忙着收拾碗筷和明天的早餐。

这是我记忆中的故乡。

据地理专家考证，世界黑钙质土地分布很少，其中一块在美国五大湖区的周围，那里是美国最重要的大豆、小麦和玉米生产基地。因土质肥沃、松软、很少使用人工化肥，从而闻名。北大荒也以黑土闻名。

北大荒一直很荒。

直到1958年王震将军率十万转业官兵来到北大荒屯垦戍边，北大荒才开始了人类的文明和城镇的繁华。

我祖父的家在北大荒，那里也是奶奶的出生地。她和祖父相知相爱垒成了她们的小窝。

父亲自小离开了那里。但是，抗美援朝以后，父亲又随他的部队回到了北大荒。

父亲说，这叫叶落归根。黄棉袄、黑土地、热土炕，看着就亲切，就舒服。

我回想着父亲的话，寻找着父亲的感觉。二十五年前，那个岁末的雪天，我在那片黑土白雪的世界里来到世间，睁开双眼。遗憾的是我在出生的地方，成为了永久过客。当我回到妈妈的故乡——这座海边的城市时，竟也有了父亲那种曾被我陌生的感觉。我知道我的家和家中的他都属于大海，属于海边的城市，也属于黄土地。

那丝丝缕缕的触觉没有斩断什么吗?

在我的意识里奶奶是地地道道的东北人，母亲是纯正的胶东半岛沿海人。

因此，在我看来山东是家乡，东北是故乡。

亲不亲故乡人。

我看电视偏爱小品。小品演员多数是东北人。我喜欢听东北人用方言讲话，那直爽劲儿、那厚道劲儿，唯有东北人才有。正如他们的长相，高大、方正。著名歌唱家李娜的那首《嫂子颂》唱出了东北人的性格：“嫂子，憨憨的嫂子，借你一双大手……”多么朴实无华，多么深情。

现实的东北生活就这么丝丝缕缕地从我心头飘过，聚留、沉淀，又凝结。

我家居住的地方离全国排名在第五位的水产品批发市场不远。市场上的商品，从吃到穿，再到五金建材，应有尽有。从业人员来自天南地北，五湖四海，其中有许多东北人。

有时我走进菜市场，看着蔬菜问：“多少钱一斤？”

立马有东北妹爽快地说：“是新鲜的，买点吧？”她的眼神无比热情，无比期待。

我心里一热，不动声色，不忍不买，用青岛方言问：“东北人？”

她说：“黑龙江的。”

我在摊位前来回走了几趟，观察着菜的新鲜程度，如果她的菜新鲜程度跟本地人相同，价格也相同，我就买她的。因为我心里有个结在作怪。

我心里一直记着那个小老乡。她甜甜的声音在我肚子里迂回曲折蠕动。我感到一种热热的东西从什么地方将我的知觉包容起来。一切都好像身不由己，又都是自然而然。我没有太多的主观意识，折回去对她说："便宜点吧？"

她笑着说："再便宜就折本了，不信，你问一问别人的价钱。"

我买了菜，把钱付给她，用东北话说："干多久了？"

她惊喜地说："半年多了，咱们还是老乡呢。"

我笑着走开了。

后来我一次，两次，三次到她那儿买菜，彼此熟悉了，也知道了她的个人经历。

她家在东北乡下，是一个人来山东的。她先是在私人制衣厂做工，厂子效益不好，就不干了。她还在纺织厂当过纺织工，在饭店当过服务员，因为求职路不顺利，自己做起了卖菜的生意。

我后来把她介绍到了日本独资的电器有限公司当流水线工人。可她不知道我帮助她的原因，我帮助她因为我心中有着一种情结。

东北，在我的情感深处。

我读了一本写东北人的书。书中讲述了东北的风俗、文化、人情、经济及历史等。

我不太喜欢书中的观点。不是因为那里有我血液源头的根及灵魂的种子，而我是没有故乡观念的人。

东北是东北人的，自然有东北人的特点。

有句民谣说：窗户纸糊在外，出门嘴叼大烟袋，养个孩子吊起来。

先了解一下："窗户纸糊在外"这句话。东北地处东北亚，属于半干旱半湿润的温带大陆性气候，夏季极为短暂，雨季只有八、九两个月份。新中国成立以前，玻璃还没有普及应用到房屋建设中时，厚厚的卷着毛边的窗户纸，便成为了农家最好的窗户材料。那种纸黏度、硬度、抗风雨性都特别好，这是原始的玻璃。东北冬季少雨，当然是窗户纸糊在外了。

关于"养个孩子吊起来"是指婴儿的睡床。婴儿的睡床很小，圆形的那种，是摇篮的一种。为了便于婴儿睡觉，用绳锁拴在房屋的横梁上，轻轻摇晃，婴儿能很快入睡。

民谣中的"烟袋"是烟枪的换代产品。东北在二三十年代的时候，人们开始用烟袋了。制作烟袋很简单，一个铜或铁打制的烟锅，接一根中间透气的圆木杆，镶个嘴，就制作成了。长的烟袋有一尺多长。

我奶奶有个两尺长的烟袋。小时候没有玩具，奶奶的烟袋便是我袭击的猎物。我觉得烟袋挺好玩。

那是奶奶的宝物，动不得。烟嘴是用玉做的，奶奶不让我碰。我常常是趁奶奶不注意，拿起烟袋就跑。奶奶是小脚，追不上我。奶奶颠了几步就喘得不行了，然后倚在大院的篱笆墙边骂我。奶奶骂人时满口脏话，唾液横飞。她越是骂我，我越是有胜利的快感。

我在奶奶的骂声里并不觉得委屈，反而还因为拿到烟袋高兴。奶奶没有办法，只能去我母亲那儿告我的状。母亲抓住我就打。母亲的手掌落在我的屁股上时，我咬着牙，恨着奶奶，并发誓要偷走奶奶的烟袋。在我看来那根涂着紫色、镶着青色玉嘴的烟袋是最美丽的东西，想把它当成玩具。

奶奶当然不会高兴了。

烟袋原本是爷爷的。爷爷临终时把它放在奶奶的手里，对奶奶说："要是想我了，就看一看它，燃上一袋烟……"

那时我还小，没能领会爷爷话中的涵义。我长大后，听父亲说起这件事，才明白奶奶的烟袋情结。这时奶奶已经离世多年了。

现在想一想，奶奶难听的骂声，也是如此的温暖。因为奶奶是用东北方言骂我的，对于我这个小山东来说，东北话很诱人，如同在东北的冬季滑冰一样无拘无束，酣畅淋漓，那是多么惬意。母亲只有很少的机会才讲一两句东北话，而姥姥一句都不会说。姥姥是地地道道的沿海人，没去过东北，不了解北大荒的荒凉。姥姥时常不拿正眼瞧我这个东北血统的女子。我几乎是在孔孟之乡长大，又依了孔孟之礼，却不得姥姥的欢心。

我活泼爱玩的天性不像山东女子。

姥姥说："你还是你奶奶的东北人。"

姥姥认定了我是奶奶的东北人。

那么，当我再次回到这座海边城市，同街上众多来往匆忙的女人一样过着自己的每一天时，我是不是在寻根呢？

我认为这才是家，而东北，不过是虚幻的故乡情结罢了。

我知道东北对我来说是遥远而模糊的。我对于那里只有零星松散的记忆，只有街上说着东北话的女子才让我想起遥远的东北平原，想起北大荒，想起埋在荒原上的奶奶。

雨桦在散文《东北情结》中，以写自己感受，以写家庭成员结构而形成作品的情感脉络，再由脉络扩展怀旧，从而形成了作品的框架。

作品中写奶奶是东北人，姥姥是山东人，虽然许多东北人是从山东迁移去的，但到了东北以后，生活习惯发生了改变，与山东人的观念不同了。姥姥与奶奶不同的生活观念，影响着下一代人的生活习惯。

这就是作者父母亲组成的家庭。

作品中写出了奶奶与姥姥观念的不同。作者回到母亲的故乡，回到姥姥身边生活时，姥姥称她“小东北”，这正是作者的东北情结。

这种情结是复杂的。

复杂的情感不是由一种因素产生，而是多种感受与思想的集结。

在作品开篇就重点写了黑龙江省北大荒的自然环境风貌。那种风貌不是人们有意建造的，而是天然形成的。这种天然原野、广袤大地，让人们感受到了天与地的辽阔，带着神奇与幻觉。

这种独特的地域风貌原本就是一种情结。

雨桦在散文《东北情结》中，写了奶奶的烟袋这件事。虽然这件事比较普通，不足为奇，在许多人的生活中都有可能发生过，但在《东北情结》作品中却显得很有分量。作者通过烟袋这件事，写出了爷爷临终前对奶奶的牵挂、叮嘱，也写出了奶奶对爷爷的怀念。这情、这景，入目感人，能轻松拨动阅读者的心弦，产生至深的音律。

在作者年少时，不懂这支烟袋在奶奶心中的位置，不知道这支烟袋是奶奶对爷爷的感情祭奠。那时作者认为这支烟袋是很好看的玩具，想尽办法拿着烟袋玩耍。这件事体现了隔代人心中的不同情感，写出了两种情结。

作者在写东北自然环境风貌时，为了表达独特性，准确性，借用了民间谚语：“窗户纸糊在外，出门嘴叼大烟袋，养个孩子吊起来。”这更具有说服力。

作品中：一声模糊的、遥远的吆喝声，穿烟而过。邻家的房门开着。女人的笑脸贴在门框上。她的手里还飞针走线地做着什么。

街上，一个匆忙奔跑的孩子一边吹着口哨一边应和着。他在回家吗？

这两段描写非常生动地展现出了北大荒黑土地上农家人的生活场景。

作品中还写了在菜市场上买菜遇到的事，作者意外遇见了一位卖菜的东北年轻女子，作者主动给卖菜的东北女子推荐工作，帮助她，而东北女子却不知道作者为什么帮助她。

这也是作者的一种情结。

散文《东北情结》不是针对某一个人的情结，而是写出了许多人的感觉。许多人在离开故乡多年后，就自然而然地产生了怀旧情结。

这篇散文取材东北独特的地域风貌，描写了东北风情，作品有着很强的文学性，也展现了作家的思想高度。

情结原本就是思想的总结。

雨桦的《东北情结》与《关东女人》《女人，你遗憾吗》等系列散文作品，每一篇都带有女性的情结。阅读者被这种情结吸引着。

所以在文学创作中，想写出好的作品，取材与创作视角非常关键。独特的写作素材，更容易写出别样的作品。

这正是雨桦散文《东北情结》的优势，也是她散文作品中的一种风格。

雨桦，原名张黎艳，著名畅销书作家，中国作家协会会员，山东省作家协会网络协会委员，山东省作家协会小小说协会副秘书长，青岛市作家协会主席团委员，青岛市文联签约作家，《东部文学》主编。2015 年，被青岛市最大公益品牌“最女人”评为青岛十大才女。民建委员。政协委员。青岛市新的社会阶层代表。出版个人专著二十六部，一千余万字。作品多次获得种类奖项。

发表在 2020 年 12 月 31 日《今日兴义》

行走在黑夜里

——读伊凡·亚历克塞维奇·蒲宁［俄罗斯］散文《山口》

我在读俄罗斯著名作家伊凡·亚历克塞维奇·蒲宁的散文《山口》时，感觉有一种内在的力量从心中涌动，这种涌动非常缓慢，也非常坚毅，如雕刻家在石碑上雕刻艺术品似的，一点一点，精细雕琢。当然，作家创作的作品与雕刻家不同，雕刻家是往实体物品上雕刻艺术，创作出来的艺术品是看得见，摸得着的实物。而作家雕刻的艺术品是看不见的，是情感的、是心灵的、是精神方面的，读者只能通过阅读作家的作品来感受、来体会，来思考作家的艺术功力。当读者在阅读过作家的作品后，产生了不能忘怀的情感时，就证明作家的作品刻在了读者的心灵上，刻在了文学界的丰碑上。

我在读了俄罗斯著名作家伊凡·亚历克塞维奇·蒲宁的散文《山口》后，就有着无法忘怀的感觉，作品中的一行文字、一缕情丝，都如同刻在心上似的。我认为散文《山口》是精雕细琢的作品。

伊凡·亚历克塞维奇·蒲宁在散文《山口》的第一段写：

夜幕已垂下很久，可我仍举步维艰地在崇岭中朝山口走去，朔风扑面而来，四周寒雾弥漫，我对于能否走至山口已失却信心，可我牵在身后的那匹浑身湿淋淋的、疲惫的马，却驯顺地跟随着我亦步亦趋，空荡荡的马镫叮叮当当地碰响着。

这段文章直接写出了作者在夜幕来临后，牵着一匹马，迎着风，朝山口走时的场景。此时，有风有雾，路线险峻，举步维艰，并且作者对能否走到山口没信心。

文章中对走出山口失去信心的描写，不只是体现在文字直接表达层面，还用马的状态来证明。文章中写“可我牵在身后的那匹浑身湿淋淋的、疲惫的马，却驯顺地跟随着我亦步亦趋”的这行话，把马描写得精疲力竭了。现实生活中马比人的力量大多了，马是属于擅长行走的动物，马已经这样了，那么人的状况肯定会更糟糕。

这种写法运用得恰到好处，体现了作家创作技巧的高明。

伊凡·亚历克塞维奇·蒲宁在散文《山口》的第二段写：

在迷蒙的夜色中，我走到了松林脚下，过了松林便是这条通往山巅的光秃秃的荒凉的山路了。我在松林外歇息了一会儿，眺望着山下宽阔的谷地，心中漾起一阵奇异的自豪感和力量感，这样的感觉，人们在居高临下时往往都会有的。我遥遥望见山下很远的地方，那渐渐昏暗下去的谷地紧傍着狭窄的海湾，岸边点点灯火犹依稀可辨。那条海湾越往东去就越开阔，最终形成一堵烟霞空蒙的暗蓝色障壁，围住了半壁天空。但在深山中已是黑夜了。夜色迅速地浓重起来，我向前走去，离松林越来越近。只觉得山岭变得越来越阴郁，越来越森严，由高空呼啸而下的寒风，驱赶着浓雾，将其撕扯成一条条长长的斜云，使之穿过山峰间的空隙，迅疾地排空而去。高处的台地上缭绕着大团大团松软的雾。半山腰中的雾就是由那儿刮下来的。雾的坠落使得群山间的万仞深渊看上去更显阴郁，更显幽深。雾使松林仿佛冒起了白烟，并随同喑哑、深沉、凄冷的松涛声向我袭来。周遭弥漫着冬天清新的气息，寒风卷来了雪珠……夜已经很深了，我低下头避着烈风，久久地在山林构成的黑咕隆咚的拱道中冒着浓雾向前行去，耳际回响着隆隆的松涛声。

这段文章描写了路上的景色，用景色反映作者的思想变化。在文学作品中通常对景色描写占的分量较大。景色描写的成功与否，意味着作品的特点及成败。不同的作家处在同样的环境中，对景色描写也是不同的。因为景色描写不是独立的，也不只是表面的，而是有着内在的思想与精神。

这段文章在描写植物时充满着动感，植物有着灵动性，同时把周围环境与景色写得十分细，使用了生动形象的语言，阅读起来能让读者在听觉、视觉、触觉方面都有感受。

作者在用景色展示内心的情绪，释放心情。

伊凡·亚历克塞维奇·蒲宁在散文《山口》的第三段写：

“马上就可以到山口了，”我宽慰自己说，“马上就可以翻过山岭到没有风雪而有人烟的明亮的屋子里去休息了……”

这句话作者是有意给自己增加信心，有了信心才能产生克服困难的勇气。每个人在生活、工作中都会遇见这样或那样的困难。如果是小困难小挫折，可以轻易克服，度过，不会影响生活与人生。如果是遇到大困难大挫折，就会心生寒意，有时拼尽自己的所能，也无法走过艰难。这时就得有战胜困难的自信心与决心。

文章在第一和第二段写出了环境的恶劣，行走的艰难，而在第三段放松了情绪，笔锋由写环境，转向心情。这段文章憧憬着美好。

我在读这段时，想起了这句“黑暗过去就是黎明”的话。在困难面前，我们有时应该想到未来的美好，不然，就失去了战胜困难的勇气，无法克服困难。无论生活中遇到怎样的挫折与困难，我们都应该相信未来是美好的。

伊凡·亚历克塞维奇·蒲宁在散文《山口》的第四段写：

但是半个小时过去了，一个小时过去了……每分钟我都以为再走两步就可到达山口，可是那光秃秃的石头坡道却怎么也走不到尽头。松林早已落在半山腰，低矮的歪脖子灌木丛也早已走过，我开始觉得累了，直打寒战。我记起了离山口不远的松树间有好几座孤坟，那里埋葬着被冬天的暴风雪刮下山的樵夫。我感觉到我正置身于人迹罕至的荒山之巅，感觉到在我四周除了寒雾和悬崖峭壁，别无一物。我不禁犯起愁来：我怎么去走过那些像人的躯体那样黑魆魆地兀立在迷雾中的孤单的石头墓碑？既然现在我就已失去了时间和地点的概念，我还会有足够的力气走下山去吗？

这段文章是写作者情绪波动、思想变化的。虽然第四段与第三段同样是写心情的，但两段文章的思想方向不同，有着逆向性。第三段写憧憬未来的美好，认为在短时间内能走出险峻的山口，而第四段对走出艰险的环境，存有遥遥无期，甚至是绝望的心态。

这段文章写到了作者记忆中的几座孤坟。因为是几座孤坟，所以显得地理环境更加特殊了。这句“既然现在我就已失去了时间和地点的概念，我还会有足够的力气走下山去吗？”把作者当时的情绪完全写出来了。

这段文章表达出了在人生路上行进，死亡是潜伏着的，随时可能袭击生命，生与死是紧密相连的。

伊凡·亚历克塞维奇·蒲宁在散文《山口》的第五段写：

前方，透过飞快地排空而去的浓雾，模模糊糊地可以看到一些黑黢黢的庞然大物……那是昏暗的山包，活脱像一头头睡着的熊。我在这些山包上攀行着，从一块石头跨到另一块石头，马吃力地跟着我攀行，马掌踏在湿漉漉的圆石子上，发出叮叮当当的声响，一个劲儿地打着滑。突然我发现路重又开始缓慢地向上升去，折回深山之中！我不由得立停下来，绝望的心绪攫住了我的身心。紧张和劳累使我浑身发抖。我的衣服全被雪淋湿了，朔风更是刺透了衣服，刮得我冷彻骨髓。要不要呼救呢？可此刻连牧羊人也都带着他们的山羊和绵羊躲进了荷马时代的陋屋之中，还有谁会听见我的呼救声呢？我惊恐地环顾着四周：

“我的天啊，难道我迷路了不成？”

这段文章写出了作者行走的状态。这段与前几段文章不同，前几段要么是写环境，要么是写心态，对作者行走的过程，状态，写得不够逼真。这段文章把笔墨重点放在这方面了。比如这句“我的衣服全被雪淋湿了，朔风更是刺透了衣服，刮得我冷彻骨髓”，写出了作者的外貌状态。而此刻，作者的思想也发生了激烈碰撞，产生了忧虑与不稳定的波动。这句“我的天啊，难道我迷路了不成？”写出了担心、惊恐。众所周知，在深山中迷路的后果，何况是在这种恶劣的天气时呢。

这段文章完整地体现了作者行走的艰难及担忧的情绪。

伊凡·亚历克塞维奇·蒲宁在散文《山口》的第六段写：

夜深了。松林在远方睡意蒙眬地发出一阵阵喑哑的涛声。夜变得越来越神秘诡谲，我感觉到了这一点，虽然我并不知道此刻是什么时间，而我又身在何方。现在，连深谷中最后一星灯火也熄灭了，灰蒙蒙的雾淹没了整个山谷。雾知道它的时刻来到了，这将是漫长的时刻，在此期间大地上的万物似乎都已死绝，早晨似乎永远不会再来，唯独雾将会不停地增多，把森严的群山裹住，在深夜里护卫着它们，除此而外，还有山林会不停地发出低沉的涛声，而在荒凉的山口，雪将会下得越来越大，越来越密。

这段文章以写松林、山谷、雾等景色为主，着重突显夜色。并且下着雪，雪越下越大。这种描写是证明作者处在恶劣环境中。通过这句“虽然我并不知道此刻是什么时间，而我又身在何方”，可以感受到那是怎样的处境。而这句“连深谷中最后一星灯火也熄灭了，灰蒙蒙的雾淹没了整个山谷”更加证明了夜色的恐怖。

这段文章集中性地对夜色进行了描写，通过描绘自然风光抒发心中的感受和联想，文笔生动细腻，起到了突出重点的作用。

伊凡·亚历克塞维奇·蒲宁在散文《山口》的第七段写：

为了避风，我掉过身子面对着马。和我在一起的生物就只有这匹马了！可马连看都不看我一眼！它已浑身湿透，冷得直打寒战，背拱了起来，背上很不舒服地戳起着高高的马鞍。它驯顺地耷拉着脑袋，两耳紧贴在脑袋上。我狠命地拉紧僵绳，重又把脸转向风雪，重又执著地迎着风雪走去。我试图看清我四周有些什么东西，但是我看到的只是漫天飞驰的灰蒙蒙的雪尘，刺得我眼睛都睁不开来。我侧耳静听，能够听到的只是耳畔呼呼的风声和身后马镫相互碰撞发出的单调的叮当声……

这段文章写了马的状态。虽然马的状态似乎同第一段有着重叠性，但还是有区别的，毕竟马陪同作者在山路上走了很长时间，体力发生了变化。

作者对马观察得很仔细。文章中对马进行了人格化描绘，赋予马灵性。此刻，马不仅是作者使唤的牲畜，还是亲密朋友。

我在读这段文章时，感觉到了人比马有克服困难的精神。从而看出人类的伟大，人之所以能主宰世界，正是因为有战胜困难的精神与思想。

作者在这段文章中改变了前面几段文章中迷茫的状态，而是有着战胜艰险的决心。这种决心是人类传承的基因元素。

伊凡·亚历克塞维奇·蒲宁在散文《山口》的第八段写：

然而奇怪的是我的绝望的心情反使我坚强起来。我的步子迈得比以前勇敢了，我愤恨地谴责着某个人逼得我不得不忍受一切，对那人的谴责使我的心情快活起来。满腔的愤恨化作一种郁悒的坚毅的顺从，甘愿对于凡是我必须忍受的事物都逆来顺受，哪怕永无出路我也感到甜蜜……

文章的第八段把第七段思想做了明了化。第七段在暗示，不是直接表达出来，而第八段直接表达出来了，写出了因为绝望才变得坚强，脚步才迈得勇敢了。同时文章的重心从景物方面转移到了人身上，写到了现实生活中。

作者以惊人的洞察力，把生死交织在一起，抒发哲理性思考，寻找人性的价值，凸现了作品的主题。

伊凡·亚历克塞维奇·蒲宁在散文《山口》的第九段写：

临了，我终于走到了山口。但此刻我已经对一切都无所谓了。我走在平坦的草地上。狂风把浓雾像一绺绺发辫似的撕扯而去，几乎要把我吹倒在地，可我却根本没去留意这风。单凭这呼呼的风声，单凭这弥天的大雾就可感觉到夜正深邃地主宰着群山——渺小的人类早已在谷地中一幢幢渺小、简陋的屋子内进入了梦乡；但我并不着急，并不急于去寻个栖身之所，我咬紧牙关走着，不时嘟嘟囔囔地对马说：

这段文章写作者走到了山口时，突然心情发生了变化，感觉在夜色中走过的艰险路程，经受过的波折，都是无所谓的事。这时环境也发生了变化，作者走的是平坦草地，强劲的风把浓雾吹散。虽然风要把作者吹倒了，作者却没留意。这有着夸张性，这么大的风，作者不可能没感觉到。

这段文章还写了作者的精神与神情。作者不着急找休息之处，而是想走完余下的路程。

此段文章有着抒情性、跃动性，释放出难以抑制的情绪。这种情绪是通过超越性视角的运用，概括性呈现的。这种视角使作者的情感、思绪，通过叙述传达出来。这种情感和思绪还渗透到了对自然景色的描写，从而使这篇散文有了浓郁的抒情特色。

伊凡·亚历克塞维奇·蒲宁在散文《山口》的第十段写：

“走，走。只要咱俩不倒下，就豁出命来走。在我的一生中，像这样崎岖荒凉的山口已不知走过多少！灾难、痛苦、疾病、恋人的变心和被痛苦凌辱的友谊，就像黑夜一样，铺天盖地压到我身上——于是我不得不同我所亲近的一切分手，无可奈何地重又拄起云游四方的香客的拐杖。可是通向新的幸福的坡道是险峻的，高得如登天梯，而且在山巅迎接我的将是夜、雾和风雪。在山口等待着我的将是可怕的孤独……但是咱俩还是走吧，走吧！”

这段文章把环境的艰险与人生联系在一起，并且写出了人生中的不如意，挫折，还有没发生的困难。

这不仅是生的礼赞，还是生的悲歌或死的哀叹。也写出了生活的艰难，要想求得生命绝对安全是不可能的，也是不存在的，不得不领受伤残犹存。

这段文章的“山口”，并不是真实的山口，而是人生路上的某个点。

伊凡·亚历克塞维奇·蒲宁在散文《山口》的第十一段写：

我磕磕绊绊地向前走去，仿佛在做梦。离拂晓还早着呢。下山到谷地得走整整一夜的时间，也许要到黎明时方能在什么地方睡上一觉，——蜷缩着身子，沉沉睡去，心里只有一个感觉——在冰天雪地中跋涉之后进入温暖梦乡所感到的甜蜜。

这段文章写着心灵感应，也是一种寄托。当度过人生中的艰难与挫折后，就会感受到幸福，也能享受到生活的美好。语句柔美，坚毅。

伊凡·亚历克塞维奇·蒲宁在散文《山口》的第十一段写：

天亮后，白天又将以人和阳光使我高兴起来，又将久久地迷惑我……可或许不等白天到来，我就会在山间的什么地方倒下去呢？于是我将永远留在这自古以来荒无人烟的光秃秃的山巅之中，永远留在黑夜和风雪之中了。

这段文章写了两种心情，也是两种人生结果：一种是走出艰险，另一种是没走出艰险，就倒在了行程的路上。虽然这两种结果是不同的，但作者的决心与意志是相同的。

这段文章具有文化内涵，人性的张扬和人生哲理的高度。

伊凡·亚历克塞维奇·蒲宁的散文《山口》，全文2300字，从篇幅看是适中的散文作品。作者写了一次夜行经历，详细记述了夜行的感受、思想变化、环境的艰险等等，是在通过这种艰险的行程，表达人生路上的艰难险阻。

在内容和文字上，强调抒写情绪、印象和气氛，注重遣词造句及词的色彩，同时还强调意义色彩。

作品中的描写尽善尽美、生动严谨，让作品产生了永恒的魅力，令人惊叹、折服。

我在读过散文《山口》后，感觉心灵被触动了。这种触动是一种精神，而不是物体。作品通过一次夜行，表达了作者不畏艰险，克服困难的勇气。这种勇气是我们在工作、生活中应该具有的，也是不能缺少的。

伊凡·亚历克塞维奇·蒲宁：1870年10月10日出生于俄罗斯沃罗涅什镇。1953年11月8日，在巴黎病逝，终年83岁。当过校对员、统计员、图书管理员、报社记者。1887年开始发表文学著作。1892年，在莫斯科大学读书时，出版第一部诗集《在露天下》，1901年发表诗集《落叶》获普希金奖。1899年与高尔基相识后，参加知识出版社工作。1909年当选为科学院名誉院士。他的散文绘声绘色、简练生动。他是一位出色的修辞学家和翻译家。1933年，凭借作品《米佳的爱情》获诺贝尔文学奖。成为第一位获此殊荣的俄罗斯作家。

获奖理由是：“由于他严谨的艺术才能，使俄罗斯古典传统在散文中得到继承。”

发表在2019年4期《新安江》杂志
发表在2019年4期《蓝梅苑》杂志

情在无情地表达

——读田汉散文《月光》

在文艺界提起田汉，几乎无人不知，读者也几乎都知道他是戏剧作家，更知道他创作的《义勇军进行曲》《名优之死》《关汉卿》等作品。田汉创作的剧本作品多，散文作品少。虽然他创作的散文数量不多，可质量却很高。

田汉的这篇散文《月光》，从直观阅读就是写月光的，或跟月光相关的事。因为月光能给人宁静的思维，恬静的生活感受，又能轻而易举地拨动艺术家的心弦，所以描写月光的或借用月光抒情的艺术作品有很多。其他文艺体裁暂且不说，只是在文学作品中，著名作家书写与月亮有关的作品，就可信手拈来，比如：朱自清的《荷塘月色》，余光中的《满亭星月》，周作人的《中秋的月亮》，冰心的《月光》，沈从文的《西山的月》，苏青的《海上的月亮》等等，数不胜数。那么田汉这位剧作家写的散文《月光》，与这些著名作家写的有关月亮的作品相比，优势又在哪里呢？

田汉在散文《月光》中写：

有的人当心里有什么不愉快的事情的时候总爱喝酒，说因此可以忘记他的痛苦。但以他的经验，却不然，他越喝酒，心里越加明白。内心的悲哀不独不能因酒支吾过。而且因为酒的力量把妨碍悲哀之发泄的种种的顾虑全除去了，反显出他真正的姿态来。

他到这异乡的上海生活以来，不知不觉又过了两个节了。七月七刚过了，又是八月中秋，好快的日子！他的弟弟买了许多桂花来插在瓶里，摆在靠墙放置的桌上。没有读过什么书的弟弟也懂得色调的配合。他因嫌白壁太单调了，不足以显出桂花的好处来，便借邻居叶君的一块紫色的花布钉在墙上，那金黄的桂花得了紫色的衬托果然越加夺目，萧索的寓楼中有了她发散出来的芳香，顿时温馨了许多。因为今晚是八月节，清澄皎洁的月光不可辜负。和他同居的E君爱喝几杯，打了许多酒来，晚间便大吃大喝，他约莫也喝了斤把花雕，正如上面说的，将欲消愁，而愁的形态像雨过天晴的月色一样更加明显起来，他便倒在床上睡了。E君与他弟弟邀他到街头步月，他没有应他们，他们以为他睡着了，便不勉强他。他们去后，他起来拿起笔来要写一点东西，但是写不了，头好像有一点痛，便熄了电灯，依然睡在床上，电灯一黑，那清圆的好月立刻趁着她那放射的银线由窗子里跳进他房里来，吻着他的床。他此时的心里虽因喝了酒愈加明白，但在他眼里的月的姿态却模糊起来了。

"S妹"他喊她一声，她不答应，知道她睡着了。他把她的被盖好，起来放好帐子，房里虽然有一盏美孚灯，但不足以抵御月光的侵入。他走到书桌旁边坐下了，桌上还放着栈房里老板送来的月饼，他虽不饥，无聊地也拿着吃了，一面吃一面痴痴地抬头望着窗外，真是玉宇无尘，晶光似濯。他想此时若能同她一块儿去步月是何等幸福，偏她又一病至此。又念刚回去的慈母、幼儿，今晚不知在哪里过节，他一边想，一边听着帐子里的呼吸，也还均匀，似乎一时不至于醒来。他便慢慢地出了房门，走到院子里，满地银光，真如积水空明。由院子直走，出了大门便是扬子江边了，由堤边一带垂杨荫里望那扬子江时，滚滚江涛映在月光之中，就像无数人鱼在清宵浴舞，他独自一人伫立多时，渐渐觉得身上穿的单衫挡不住午夜的江风，又恐怕那卧病在异乡客舍中的可怜的人要醒了，急忙拭干眼中因江风送来的水珠，慢慢地踱回房里去了——这是他的去年今夜。

这时是他和她回上海的第一年。他们和他的朋友Z君夫妇住在哈同花园后面民厚南里的一家楼上。这天晚上也是八月中秋，Z君和另一朋友邀他们俩同去步月，她穿着红色的毛衣同他们出去。从静安寺路转到赫德路，又转到福煦路，就是围着民厚里打了一个圈圈，他们便和Z君等分开了，他们沿着古拔路，在丰茂的白杨树荫下携手徐行，低声地谈着他们谈不完的心曲。那时的古拔路一边是洋房子，一边却是一条小港，小港的那边是几畦菜园，还有一座有栏杆的小桥，桥头有几株垂杨低低地拂着桥栏，桥下水虽不流，却有浓绿的浮萍，浮萍里还偶然伸出一两朵鲜艳的水仙花。靠着菜园那边，还有一带芦苇，参差有致。他们自从发现了这块地方，常常爱到这里来散步。今晚他们因想这块具备了长芦垂柳碧水小桥的地方在明月之中不知更增几许姿态。所以特来领略这美丽的自然。果然不使他们失望，柳、芦、桥、水、浮萍、水仙都好像特作新妆迎接他们，他们站在桥头受着月光的祝福，他觉得这种情境很有画意，回家后他便画了几张小桥观月图分送他的好友。

他回忆了去年和前年今日的情景，又联想到今夜的故乡，母亲和孩子在乡里过节，母亲一定思念她在外面的儿子，孩子虽小也一定想念他在外面的父亲，但他一定以为他的妈妈也同他的爸爸一起在上海，他哪里知道今晚的月光，不能照到他妈妈的脸上，只能照着她坟上的青草呢！

可怜一样团圆月，
半照孤坟半照人。

他还没有念完这两句诗，便痛哭得在床上打滚了。

上面这几段东西是他昨晚写的。因为都是月夜的回忆，他题之曰“月光”。不过他今早起来，照着他床上的不是“凄凉的月光”，却是和暖的阳光。他昨夜的泪痕在阳光中一忽儿都晒干了。他以后不敢再在月光底下回忆，不敢再于佳节良辰喝酒，不敢再惹起他的旧痛。他年纪还不大，还想忍着痛苦做些事，这也是她所希望于他的，他现在与惠特曼同样要求着“赫耀而沉默的太阳”，他与惠特曼同样唱着《大道之歌》：“从此以后，他不再呜咽了，不再因循了，他什么都不要，他要勇敢地、专心致志地登他的大道！”

作于一九二六年

田汉的散文《月光》有着对往事的追忆，是描写心情的。当然这种心情是忧郁的，带着痛楚，有些悲悯，远离爽快与欢愉心境的。

通常情况，表达伤痛的文章比表达欢愉的文章更能抓住读者的心，更能让读者过目不忘。因为每个人的生活经历中，遇到过的伤痛、不如意，多于欢愉。俗语说：人生十有八九是不如意的。因此伤痛、不如意，容易产生情感的共鸣。

散文《月光》在第一段表达出了有一种人，在心情不好时爱喝酒，有意借酒消愁。可事与愿违，在心情不好时喝了酒，不但缓解不了忧郁的心情，反而加重了不快乐的情绪。人们在没喝酒时，头脑是清醒的，处事行为是受到自我约束的，这种约束形成了处事的准则。不管愿意还是不愿意，人们都在处事准则中做事，不突破界线。但是在喝了酒后，酒精让人产生了精神麻醉，除掉了约束行为的枷锁，没了约束，回归人性的本色。

人的本性有时是原生态的。这种本性在许多时候是不能任意释放的。有句俗语“酒后吐真言”就是这个意思。

散文《月光》在第一段的另一个独特之处是，既没写月亮也没以作者本人的角色出现在作品中，应该说这是巧妙的创作技巧。

这篇《月光》的散文在开篇就有了独特之处。

作品在第二段写了一个人从异乡到上海生活的时间。这个时间是在中秋季节，中秋是月光最佳时。天高气爽，是气候最怡人的季节。在这么好的季节里，作者在上海见到了弟弟，作品中描写了弟弟迎接他的场景，在上海的生活方式及环境。文章中写出了亲人相见，友人相遇时的心情，而这种心情在散文《月光》中，主要是通过夜晚环境体现出来的。

也许是因为月光在夜晚出现，也许是夜晚比白昼更能体现心境，也许是夜色能让人进入深思与反省之中。

虽然在文学作品中对夜晚的描写有很多，但是千变不离主题，无论是月光皎洁，还是没有月光的漆黑夜色，都是衬托心境的，也是烘托主题思想的。

因为这篇文章的题目是《月光》，这肯定是有月亮的夜晚了。

在月色皎洁的夜晚，几个亲朋好友聚在一起，喝了很多酒，在享受生活。作者喝了酒后，躺在了床上，E 君和弟弟去街上散步，叫他，他没回应，E 君和弟弟以为他睡着了，便离开了。他在弟弟和 E 君走后，起来了，想写东西。他实则是没睡着，而是采取假睡的方式拒绝与弟弟和 E 君上街，想独自留在屋中。他是有心事的，这种心事不想让别人知道。他的心事是想写东西。虽然他想写东西，但头疼，无法动笔，写不下去，便关灯躺在床上，借着月光，想着心事。这种心事在月夜中显得格外忧郁、哀伤。

文章中写：便熄了电灯，依然睡在床上，电灯一黑，那清圆的好月立刻趁着她那放射的银线由窗子里跳进他房里来，吻着他的床。他此时的心里虽因喝了酒愈加明白，但在他眼里的月的姿态却模糊起来了。

这段语句是文章第二段想要表达的重心。而这句：“那清圆的好月立刻趁着她那放射的银线由窗子里跳进他房里来，吻着他的床。”是情的根源。此处是文章中第一次出现“她”这个人，并且没着重写，而有着一笔带过之意。

既是重点，又是轻描淡写，这是矛盾性的表达。

或许作者是有意把“她”埋藏在更深处。

散文《月光》在第三段写了去年此时的夜晚。在去年这个夜晚时，作者守着“S 妹”的生活。文章把场景写得逼真、入实，可那时作者的心情也是沉重的。

散文《月光》在第四段写了前年此时的生活。当时他和她都在上海，那种生活是舒心的。作者把那段生活写得质朴而平淡。

散文《月光》在第五段写了今年、去年、前年三年中，在同样的日子里，生活发生的变化。作者联想到母亲思念儿子的心情，也写到了儿子想念母亲的心情，这一老一小两代人对亲人的思念。亲人不知道“她”已经离世了，以为生活还跟从前一样。亲人还在等待她的归来，只有月光照射在她坟头的青草上，这是多么伤感的描写，这使文章的思想达到了至深处。

散文《月光》在结尾处，化用了苏轼的《江城子 · 十年生死两茫茫》中的诗句。苏轼写：十年生死两茫茫，不思量，自难忘。千里孤坟，无处话凄凉。纵使相逢应不识，尘满面，鬓如霜。夜来幽梦忽还乡，小轩窗，正梳妆。相顾无言，惟有泪千行。料得年年肠断处，明月夜，短松冈。

苏轼十九岁时与十六岁的王弗结婚。王弗美貌，两个人恩爱情深。但天命无常，王弗在二十七岁时去世了。苏轼心情沉痛，精神上受到打击，写下了感情深沉，而又无奈的怀念佳句。

田汉在散文《月光》结尾处写：“可怜一样团圆月，半照孤坟半照人。”以诗的语句抒发心情。

“他以后不敢再在月光底下回忆，不敢再于佳节良辰喝酒，不敢再惹起他的旧痛。”这句话与开篇相接应。因为月光、酒、夜色，都能引发对往事的回忆，也能唤起对往事的伤感，所以作者再不敢面对这种生活了。然而，正是有了这种对往事的反思与考量，才让作者醒悟了，醒悟使作者产生了对生活新的力量与勇气。

文章在结局处写：“从此以后，他不再呜咽了，不再因循了，他什么都不要，他要勇敢地、专心致志地登他的大道！”这是生活的姿态，也是振作的精神。

我读过散文《月光》后，深深感受到了田汉浓浓地怀念亲人的悲痛之情，更呈现出了温馨、轻柔的韵致。作品着重描写了内心的感受与抒发，并且追求精神气质的凸显，以气势见长。这篇作品是1926年写成的。田汉在作品中怀念的应该是他的第一位爱人。

田汉一生共有四位爱人。第一位爱人是舅父易梅臣的女儿易漱渝。田汉和易漱渝都喜欢诗文，情投意合，青梅竹马。1916年易梅臣出资把田汉和易漱渝送到日本读书。1920年田汉与易漱渝在日本结婚。1925年易漱瑜病逝。她是田汉人生中的四位爱人中最钟情的。田汉这篇《月光》的散文，应该是对易漱渝的怀念作品。

作品中把怀念之情写得深沉，读起来有着伤痛之感。但这种痛带着冷峻，不是激情与狂烈，似乎在静思。在读到深处时，会有陷入情感中不能自拔的感受。我认为散文《月光》运用了“情在无情地表达”方式。这种表达是作品的成功所在。

我感受到了田汉散文作品的魅力。

田汉：本名田寿昌，乳名和儿。1898年3月12日生于湖南省长沙县。笔名陈瑜、伯鸿等。13岁时在《长沙日报》发表作品。毕业于日本东京高等师范学校。剧作家、戏曲作家、电影编剧、小说家、词作家、诗人、文艺批评家、文艺活动家，中国现代戏剧三大奠基人之一。代表作品有《义勇军进行曲》《关汉卿》《谢瑶环》等。曾任文化部戏曲改进局、艺术局局长。于1968年12月10日离世。

发表在2021年1月19日《今日兴义》

散文中的情景交融

——读夏丏尊《白马湖之冬》，朱自清《荷塘月色》及瞿秋白《一种云》

通常在散文作品中情与景是必不可少的组成元素。优秀的散文作品，几乎都是情感饱满，景象如画的。情感饱满不只是开心、高兴，或悲伤，哪怕是怀旧、睹物生情，也应该是感情饱满的。情感饱满的作品能让阅读者动容。当然，情感的表达不是单一的，如果单一表达情感，是难以感动阅读者的，更难以让阅读者产生心灵共鸣。从而在表达情感时，通常会写景象，或物体，借此景色，或物体来衬托想要表达的情感，让情感与景色，或物体相互照映，让景色、物体及想要表达的情感相融其中，构成物、景、情，浑然一体的散文作品框架。这样能更好地衬托出散文作品的思想与精神脉络。

思想与精神脉络是散文作品的核心。

没有思想与精神脉络的散文作品，很难称得上优秀作品。而散文作品中的精神脉络与思想的呈现是离不开景色、环境及抒情的。

当然，也不是所有散文作品都具有情、景及物的描写。但是我个人认为不管是长篇散文，还是篇幅短的散文，都具备情、物及景的描写为好。长篇散文因为篇幅长，容易具备这种特点，那么篇幅短的散文是否能具备这种描写元素呢？

其实篇幅短的散文，也可以在作品中把情、物及景色写得饱满，达到形象逼真的效果。比如夏丏尊写的散文《白马湖之冬》，全文只有 930 字，篇幅极短，可在读后，感觉情中有景，景中有情，心潮起伏。

因为散文作品具有纪实与纪事性的特点，而纪实与纪事又跟作者的生活经历有关，所以在阅读散文作品之前，或之后，如果能对作者的人生经历做些了解，或许会更容易理解作品的思想与精神。

散文《白马湖之冬》的作者，夏丏尊，原名夏铸，字勉旃，号闷庵，1886年生于浙江上虞。他是现代著名文学家、教育家。1902年在上海中西书院读书，因无法交学费，一年后回家自学。1903年在绍兴学堂读书，半年后辍学回家，边教私塾边自学。1905年赴日本东京高等工业学校求学，因经费不足，两年后辍学回国。1908年起，先后在浙江一师、长沙湖南师范任教。1921年回家乡白马湖于春晖中学教书。1925年在上海教书。1930年任开明书店总编辑。他写的《鲁迅翁杂记》《猫》《钢铁假山》等为代表作。

夏丏尊在散文《白马湖之冬》中这样写：

在我过去四十余年的生涯中，冬的情味尝得最深刻的，要算十年前初移居白马湖的时候了。十年以来，白马湖已成了一个小村落，当我移居的时候，还是一片荒野。春晖中学的新建筑巍然矗立于湖的那一面，湖的这一面的山脚下是小小的几间新平屋，住着我和刘君心如两家。此外两三里内没有人烟。一家人于阴历十一月下旬从热闹的杭州移居这荒凉的山野，宛如投身于极带中。

那里的风，差不多日日有的，呼呼作响，好像虎吼。屋宇虽系新建，构造却极粗率，风从门窗隙缝中来，分外尖削，把门缝窗隙厚厚地用纸糊了，椽缝中却仍有透入。风刮得厉害的时候，天未夜就把大门关上，全家吃毕夜饭即睡入被窝里，静听寒风的怒号，湖水的澎湃。靠山的小后轩，算是我的书斋，在全屋子中风最小的一间，我常把头上的罗宋帽拉得低低的，在洋灯下工作至夜深。松涛如吼，霜月当窗，饥鼠吱吱在承尘上奔窜。我于这种时候深感到萧瑟的诗趣，常独自拨划着炉灰，不肯就睡，把自己拟诸山水画中的人物，作种种幽邈的遐想。

现在白马湖到处都是树木了，当时尚一株树木都未种。月亮与太阳都是整个儿的，从上山起直要照到下山为止。太阳好的时候，只要不刮风，那真和暖得不像冬天。一家人都坐在庭间曝日，甚至于吃午饭也在屋外，像夏天的晚饭一样。日光晒到哪里，就把椅凳移到哪里，忽然寒风来了，只好逃难似的各自带了椅凳逃入室中，急急把门关上。在平常的日子，风来大概在下午快要傍晚的时候，半夜即息。至于大风寒，那是整日夜狂吼，要二三日才止的。最严寒的几天，泥地看去惨白如水门汀，山色冻得发紫而黯，湖波泛深蓝色。

下雪原是我所不憎厌的，下雪的日子，室内分外明亮，晚上差不多不用燃灯。远山积雪足供半个月的观看，举头即可从窗中望见。可是究竟是南方，每冬下雪不过一二次。我在那里所日常领略的冬的情味，几乎都从风来。白马湖之所以多风，可以说有着地理上的原因。那里环湖都是山，而北面却有一个半里阔的空隙，好似故意张了袋口欢迎风来的样子。白马湖的山水和普通的风景地相差不远，唯有风却与别的地方不同。风的多和大，凡是到过那里的人都知道的。风在冬季的感觉中，自古占着重要的因素，而白马湖的风尤其特别。

现在，一家僦居上海多日了，偶然于夜深人静时听到风声，大家就要提起白马湖来，说："白马湖不知今夜又刮得怎样厉害哩！"

夏丏尊写的《白马湖之冬》散文，在开篇写"在我过去四十余年的生涯中，冬的情味尝得最深刻的，要算十年前初移居白马湖的时候了"这段话，以回忆性语气表达了作者对冬天的感受，也直接说明了，记忆最深的是在白马湖冬天的生活。

这种开篇方式，简洁、明了，是篇幅短的散文作品写作的常用手法。因为作品篇幅短，不能用更多文字铺垫，只能直接表达，快速进入作品主题。

接下来的"春晖中学的新建筑巍然矗立于湖的那一面，湖的这一面的山脚下是小小的几间新平屋，住着我和刘君心如两家"这句话，不只是对景物进行了描写，还把生活环境进行了交代。

作品在第一段落中把环境、时间及怀旧的感情进行交代后，便对冬天进行了描写。

在第二段写"那里的风，差不多日日有的，呼呼作响，好像虎吼。屋宇虽系新建，构造却极粗率，风从门窗隙缝中来，分外尖削，把门缝窗隙厚厚地用纸糊了，椽缝中却仍有透入"，在这寥寥几笔中，就把冬天的寒冷，当时生活的环境，都生动形象地呈现出来了。

作品在第二段中，主要是对景物及生活环境进行了描写，没有情感的抒发。

散文《白马湖之冬》在第一段，写了十多年前的冬天，在白马湖时的生活环境。在第二段写了白马湖冬天的寒冷，用第二段的寒冷映衬着第一段对白马湖冬天的记忆。第一段与第二段的描写是有照应性的。

作品在第三段，笔锋一转，拉近了时间距离，写了现在白马湖冬天的生活环境。这句“现在白马湖到处都是树木了，当时尚一株树木都未种。月亮与太阳都是整个儿的，从上山起直要照到下山为止”的描写，语句中有着偏袒性。如果只是说现在白马湖的树多了，环境变了，这是正常的，社会在向前发展，环境变好了，无可厚非，这是顺理成章的。可是写月亮与太阳是整个儿的，这就是心情的袒护了。如果强调现在的月亮与太阳是整个儿的，那么十多年前的月亮与太阳莫非是半个儿的吗？显然从前的月亮与太阳也是整个儿的，只是那时作者的生活环境不好，心情也不好，在那时流露出了悲观的情绪。作品通过描写太阳与月亮的变化，表达出作者的生活及心情变化。

生活环境影响了作者的心情。

虽然作者的生活发生了变化，但是太阳依然是从前的太阳，月亮依然是从前的月亮，只是作者此时的心情，跟那时的心情迥然不同了。这句“一家人都坐在庭间曝日，甚至于吃午饭也在屋外，像夏天的晚饭一样”的话，把作者的心情呈现出来了。冬天的天气无论怎么好，也不可能像夏天似的，从这句话中能感觉到作者对现在白马湖冬天的心态。

作品《白马湖之冬》散文中，把第四段落与第二段落进行了对比描写。虽然这两段都是描写白马湖冬天环境的，但对比性鲜明，在有意证明现在白马湖冬天的生活比十多年前好了很多。

在第四段中对白马湖冬天多风现象也进行了说明。

在第五段写的“现在，一家僦居上海多日了，偶然于夜深人静时听到风声，大家就要提起白马湖来，说：‘白马湖不知今夜又刮得怎样厉害哩！’”是收尾语，语句集中而紧密。作者在远离白马湖的上海，每当在夜深人静时，听见了风声，就会想起白马湖的风，就会提起白马湖。虽然是“偶然”提起，但这是牵挂之情。这样的情思表达与作品的开篇描写有着照应性，使作品构成了浑然一体。

虽然散文《白马湖之冬》篇幅不长，写的是四十年前往事，但在阅读时却能感觉到情与思想的升华。

这就是散文作品形散而神不散的特点。

散文《白马湖之冬》的成功之处，在于作者把景色与情感融入在一起，让两者伸缩有度，运用得恰到好处。

这篇作品是作者迁居上海后，对在白马湖春晖中学执教时期生活的回顾。作品以冬天的风为主要描述景象，写出了特别情调，同时把对白马湖的怀念之情，写得真切而朴实，字里行间流露着豁达的人生态度。

我认为《白马湖之冬》散文的成功，是跟作者生活经历有关。因为冬天时，作者在白马湖生活过，对那里冬天的风了如指掌，描写景象时信手拈来，游刃有余，使情与景色相融，从而创作出了这篇抒情散文。

我在读了夏丏尊的《白马湖之冬》散文后，感觉到了白马湖冬天的凄冷，也有着朴实无华的余味，更感觉到了作者对故乡的怀念之情。

我喜欢阅读有思想含量，情感饱满，有灵活画面，语句生动的文学作品。

如果说冬天是相对好把握的散文写作素材，那么夏天又会是怎样的呢?不妨读一读朱自清写的《荷塘月色》散文。

朱自清在1898年出生于江苏扬州，原名自华，字佩弦，号秋实。先后在清华大学和西南联合大学任教。他在散文《荷塘月色》中写：

这几天心里颇不宁静。今晚在院子里坐着乘凉，忽然想起日日走过的荷塘，在这满月的光里，总该另有一番样子吧。月亮渐渐地升高了，墙外马路上孩子们的欢笑，已经听不见了；妻在屋里拍着闰儿，迷迷糊糊地哼着眠歌。我悄悄地披了大衫，带上门出去。

沿着荷塘，是一条曲折的小煤屑路。这是一条幽僻的路；白天也少人走，夜晚更加寂寞。荷塘四面，长着许多树，蓊蓊郁郁的。路的一旁，是些杨柳，和一些不知道名字的树。没有月光的晚上，这路上阴森森的，有些怕人。今晚却很好，虽然月光也还是淡淡的。

路上只我一个人，背着手踱着。这一片天地好像是我的；我也像超出了平常的自己，到了另一个世界里。我爱热闹，也爱冷静；爱群居，也爱独处。像今晚上，一个人在这苍茫的月下，什么都可以想，什么都可以不想，便觉是个自由的人。白天里一定要做的事，一定要说的话，现在都可不理。这是独处的妙处，我且受用这无边的荷塘月色好了。

曲曲折折的荷塘上面，弥望的是田田的叶子。叶子出水很高，像亭亭的舞女的裙。层层的叶子中间，零星地点缀着些白花，有袅娜地开着的，有羞涩地打着朵儿的；正如一粒粒的明珠，又如碧天里的星星，又如刚出浴的美人。微风过处，送来缕缕清香，仿佛远处高楼上渺茫的歌声似的。这时候叶子与花也有一丝的颤动，像闪电般，霎时传过荷塘的那边去了。叶子本是肩并肩密密地挨着，这便宛然有了一道凝碧的波痕。叶子底下是脉脉的流水，遮住了，不能见一些颜色；而叶子却更见风致了。

月光如流水一般，静静地泻在这一片叶子和花上。薄薄的青雾浮起在荷塘里。叶子和花仿佛在牛乳中洗过一样；又像笼着轻纱的梦。虽然是满月，天上却有一层淡淡的云，所以不能朗照；但我以为这恰是到了好处——酣眠固不可少，小睡也别有风味的。月光是隔了树照过来的，高处丛生的灌木，落下参差的斑驳的黑影，峭楞楞如鬼一般；弯弯的杨柳的稀疏的倩影，却又像是画在荷叶上。塘中的月色并不均匀；但光与影有着和谐的旋律，如梵婀玲上奏着的名曲。

荷塘的四面，远远近近，高高低低都是树，而杨柳最多。这些树将一片荷塘重重围住；只在小路一旁，漏着几段空隙，像是特为月光留下的。树色一例是阴阴的，乍看像一团烟雾；但杨柳的丰姿，便在烟雾里也辨得出。树梢上隐隐约约的是一带远山，只有些大意罢了。树缝里也漏着一两点路灯光，没精打采的，是渴睡人的眼。这时候最热闹的，要数树上的蝉声与水里的蛙声；但热闹是它们的，我什么也没有。

忽然想起采莲的事情来了。采莲是江南的旧俗，似乎很早就有，而六朝时为盛；从诗歌里可以约略知道。采莲的是少年的女子，她们是荡着小船，唱着艳歌去的。采莲人不用说很多，还有看采莲的人。那是一个热闹的季节，也是一个风流的季节。梁元帝《采莲赋》里说得好：

于是妖童媛女，荡舟心许；鹢首徐回，兼传羽杯；棹将移而藻挂，船欲动而萍开。尔其纤腰束素，迁延顾步；夏始春余，叶嫩花初，恐沾裳而浅笑，畏倾船而敛裾。

可见当时嬉游的光景了。这真是有趣的事，可惜我们现在早已无福消受了。

于是又记起《西洲曲》里的句子：

采莲南塘秋，莲花过人头；低头弄莲子，莲子清如水。

今晚若有采莲人，这儿的莲花也算得“过人头了”；只不见一些流水的影子，是不行的。这令我到底惦着江南了。——这样想着，猛一抬头，不觉已是自己的门前；轻轻地推门进去，什么声息也没有，妻已睡熟好久了。

一九二七年七月，北京清华园

散文《荷塘月色》1350字。作品在第一段写了生活场景，把生活场景描写得恬静，在这么恬静的夜晚，作者走出家门，独自去荷塘……阅读者从这段语句里，能感受到作者生活的安逸，不错的心情。

这段说明了作者去荷塘的时间和缘由。

在开篇写出了作品的“文眼”：“这几天心里颇不平静”。接着以小路的“静”，月色朦胧的“静”，来反衬“心里颇不宁静”。还以荷塘四周的蝉声和蛙鸣的“闹”突出荷塘月色的“静”。并且引用了梁元帝的《采莲赋》和《西洲曲》文章中关于采莲的热闹、嬉戏的情景，进一步反衬“荷塘月色”的“静”。

作品用“颇不宁静”几个字，写出了作者内心状态。“颇”字是对不宁静心情的强调。这是作品的焦点，也是《荷塘月色》作品的文眼。

散文作品是有“文眼”的。这是我国传统散文创作的艺术经验。有了“眼”，素材裁剪才能有详略，意境会更鲜明。

散文《荷塘月色》注重“文眼”安置，使之成为艺术“焦点”。作品以直接抒情开始，将淡淡哀愁流露在字里行间，为全文定下了感情基调。

第二段是描写从家里通往荷塘路上及荷塘周围环境的，把形态不一，色彩有别的景物，结合在一起进行描写。作者用文字把树影与月光描绘成黑白相间的画面，在月色下形成了错落有致的景象，呈现出月光下荷塘的意境，以优美的视觉感，激起阅读者的遐想。

第三段写出了去荷塘的缘由，抒发踏月寻幽的感慨。这句“背着手踱着”的描写，微妙地刻画出了作者稍有宽解的心情。

这段是从荷塘周围环境写起，逐渐向“荷塘月色”的主体漫延。通过“白天也少人走，夜晚更加寂寞”的叙述，以写实的方式，描写了荷塘四周的林木。以虚拟的手法，描写了没有月光时的阴森气象。在这段中，作者运用了虚实相交的方式，勾勒出了荷塘的环境和作者的心境。

第四段是对荷塘生长的植物进行了描写。如“叶子出水很高，像亭亭的舞女的裙”这语句，描写得极为生动，极为贴切，赋予了荷叶动态的美。也突出了月光下，荷花在绿叶丛中隐约闪烁的动态。这种生动形象的描写，能引发阅读者的联想。

第五段写了月光照在荷塘上的景象。这段把前四段对荷塘环境的描写，对作者心情的表达，跟月光一起，构架成了月夜下荷塘的场景。

作者把形态不一、色彩有别的景物，结合在了一起，相互搭配，进行描写，使荷塘的夜色有了光的变化。

散文《荷塘月色》在第四和第五段中，从视觉（“弥望”“不能见”等）、听觉（“渺茫的歌声”“梵婀玲上奏着的名曲”）等角度描写了形状、色彩、声音，以及它们的变化。

这些比喻、拟人、排比、夸张等修辞手法的巧妙运用，使作品更加鲜活生动了，让阅读者有身临其境之感。

散文《荷塘月色》在写到第五段时，已经完成了作品的基本框架。在后面的几个段落中，几乎都是对荷塘、植物及作者心情的进一步描写。

作品中还引用了梁元帝的《采莲赋》里“于是妖童媛女，荡舟心许；鹢首徐回，兼传羽杯；棹将移而藻挂，船欲动而萍开。尔其纤腰束素，迁延顾步；夏始春余，叶嫩花初，恐沾裳而浅笑，畏倾船而敛裾。”的话，用这句话为《荷塘月色》散文增色。

无论在散文、还是小说、或文学评论等各类体裁作品中，适当引用他人佳句，都能为自己的作品增色。这是常见的写法。但是，不恰当地引用，或没把握好引用的尺度，就会适得其反。

其实，我在读《荷塘月色》散文，到此段落时，认为不应该引用《西洲曲》里的：“采莲南塘秋，莲花过人头；低头弄莲子，莲子清如水。”这句话。我个人认为引用这句话，不但没能给《荷塘月色》散文作品增色，反而影响了作品的美感，也影响了阅读者的感受。

我理解朱自清是想通过引用《西洲曲》里的句子，更好地突出《荷塘月色》散文的思想，想达到画龙点睛的效果，可是作者忽视了前面引用梁元帝《采莲赋》里的句子，对后面引用《西洲曲》的负面影响。因为两个引用句之间，只隔了一行文字，在这么近的距离，两次引用他人作品的佳句，显得喧宾夺主，有重复与雷同之感。

当然这是我个人的观点。因为不同的阅读者，对作品的理解也是不同的。虽然我认为两处引用句子不协调，影响了作品的框架及美感，但我依然认为《荷塘月色》是散文佳作。

散文《荷塘月色》作品的成功之一是，写出了荷塘月色美丽的景象，含蓄而又委婉地抒发了作者复杂的思想感情；成功之二是，文中作者思绪神驰，动中有静，静中有动，情与情相联紧密；成功之三是，结构严谨细密，脉络清楚，达到了散文“形散而神不散”的境界；成功之四是，对景物描绘细腻传神，画面感强；成功之五是，生动形象地运用了比喻、拟人、排比、对比等修辞手法，把“荷塘月色”描写得水乳交融、浑然一体。

作者在《荷塘月色》散文中，先后多次运用了各种类型的叠词。比如描写荷花荷叶运用的“曲曲折折”“田田”“亭亭”“层层”等叠词，这些语句既浓化了景象，也跟情感表达相契合，形成了典雅的美丽篇章。

朱自清通过对月夜下荷塘景色的描写，表达着寻找安宁的心绪。这种想法超脱了现实，体现出了作者复杂的心情。

作品中呈现着“月色下的荷塘”及“荷塘上的月色”两部分画面。作品的语言基调朴素、清新、自然、典雅。

散文《荷塘月色》之所以成为了佳作，另外的因素是在于其修辞手法及语言艺术魅力。如果不是从以上几个方面来阅读，而从写作手法上来阅读，这只是一篇记述事的散文，结构上没什么新意。正是这么极为普通的素材，却被朱自清写成了代代相传的佳作。

这是由作家的创作功力及艺术修养决定的。

朱自清是著名散文家，创作了许多名篇佳作。

我在阅读《荷塘月色》散文时，能感受到朱自清复杂的心情。这应该跟他生活的那个年代有关。散文作品是最能抒发作者心情的。而散文《荷塘月色》又具有纪实性，也是作者对生活心境的表达。

情与景，这两个散文写作元素，在《荷塘月色》散文中都体现出来了。当然朱自清写的《荷塘月色》散文与夏丏尊写的《白马湖之冬》散文是不同的。虽然都是抒情散文，但差别是非常大的。虽然两篇散文的风格不同，可是作品中的情与景，都是饱满、形象的。这两篇散文是沁人心脾，脍炙人口的佳作。

如果写实景容易达到情与景交融的艺术效果，那么写其他景色是否能达到这种艺术效果呢?

我认为瞿秋白写的《一种云》散文，也是把情与景融入在一起描写的佳作散文。

瞿秋白在散文《一种云》中写：

天总是皱着眉头。太阳光如果还射得到地面上，那也总是稀微的淡薄的。至于月亮，那更不必说，他只是偶然露出半面，用他那惨淡的眼光看一看这罪孽的人间，这是寡妇孤儿的眼光，眼睛里含着总算还没有流干的眼泪。受过不只一次封禅大典的山岳，至少有大半截是上了天，只留一点山脚给人看。黄河，长江……据说是中国文明的母亲，也不知道怎么变了心，对于他们的亲骨肉，都摆出一副冷酷的面孔。从春天到夏天，从秋天到冬天，这样一年年地过去，淫虐的雨，凄厉的风和肃杀的霜雪更番地来去，一点儿光明也没有。这样的漫漫长夜，已经二十年了。这都是一种云在作祟。那云是从什么地方来的？这是太平洋上的大风暴吹过来的，这是大西洋上的狂飙吹过来的。还有那模糊的血肉——榨床底下淌着的模糊的血肉蒸发出来的。那些会画符的人——会写借据，会写当票的人，就用这些符箓在呼召。那些吃泥土的土蜘蛛——虽然死了也不过只要六尺土地藏他的贵体，可是活着总要吃这么一二百亩三四百亩的土地，——这些土蜘蛛就用屁股在吐着。那些肚里装着铁心肝钢肚肠的怪物，又竖起了一根根的烟囱在那里喷着。狂飙风暴吹来的，血肉蒸发的，呼召来的，吐出来的，喷出来的，都是这种云。这是战云。

难怪总是漫漫的长夜了！

什么时候才黎明呢？

看那刚刚发现的虹。祈祷是没有用的了。只有自己去做雷公公电闪娘娘。那虹发现的地方，已经有了小小的雷电，打开了层层的乌云，让太阳重新照到紫铜色的脸。如果是惊天动地的霹雳，这可只有自己做了雷公公闪电娘娘才办得到。如果那小小的雷电变成了惊天动地的霹雳，那才拨得开这些愁云惨雾。

我在阅读瞿秋白的散文《一种云》时，与阅读朱自清的散文《荷塘月色》及夏丏尊的散文《白马湖之冬》是决然不同的感受。虽然都是抒情散文，因为对景象的描写，情感的流露，思想的呈现不同，给我的感受也是不同。朱自清的散文《荷塘月色》及夏丏尊的散文《白马湖之冬》的情感韵律是恬静而舒缓的，是由景象带动情的流露，而瞿秋白的散文《一种云》是以情引发对景象的扩展，再由景象渲染对情感的表达。

瞿秋白的散文《一种云》只有 641 字，在这么短的篇幅中，做到对景象的描写、心情及思想的呈现，是非常难的。可是无论从景象方面，还是情感方面，或是思想的呈现，散文《一种云》写得都很饱满、动情。

作品在开篇没有直接写云，也没有写与云有关的景象，而是描写了天气环境，用令人振奋的天象，吸引阅读者的兴趣，从而才对“一种云”进行描写。

因为作品篇幅短，没有过多容量来表达情、景、思想，所以在第一段，就写明了作品的重心。作品在第一段不只是写了云，还写了长江、黄河、月亮、太阳等总体景观，紧密地概括了全貌，呈现着宏大的自然环境，让阅读者感受到这是一种怎样的云。

作品中写的：“这都是一种云在作祟。那云是从什么地方来的？这是太平洋上的大风暴吹过来的，这是大西洋上的狂飙吹过来的。还有那模糊的血肉——榨床底下淌着的模糊的血肉蒸发出来的。”这段语句，显然不是在写云，而是暗示这种云的组成与形成。

我在阅读散文《一种云》时，已经感受到了这不是单一的云，而是一种感情，一种激情，一种思想的喷涌。这种感情、这种激情、这种思想，有着特殊性。

我认为那是作者的情怀。

情怀与作者的生活环境、人生经历有关。

1899 年 1 月 29 日，瞿秋白出生在江苏常州，本名双，后改瞿爽、瞿霜，字秋白 。他是卓越的无产阶级革命家、理论家和宣传家，中国革命文学事业的重要奠基人之一。1917 年考入北京俄文专修馆学习。1922 年春加入中国共产党。1927 年自编《瞿秋白论文集》。1935 年 6 月 18 日牺牲。

散文《一种云》是 1931 年写的。那时帝国主义和国内剥削阶级掌控中国发展。百姓的苦难、革命形势的浪潮，都在黑暗势力笼罩下。瞿秋白是革命者，有着爱国主义情怀，在用文学作品表达思想与感情。

散文《一种云》采用了象征手法，细致地描写了心情，以及革命者与黑暗势力的搏击，以云为假想，展示血雨腥风的革命形势，具有强烈的爱国主义精神。比如：“狂飙风暴吹来的，血肉蒸发的，呼召来的，吐出来的，喷出来的，都是这种云。这是战云。”这句话，可以理解成两种对立性含义，一种是黑暗势力形成的云，一种是革命志士形成的云，这两种云，在同一天空下，在同时出现，都来势迅猛，有着磅礴气势。

那么，谁能战胜谁呢？

这又形成了一处大的混乱云团。

我在阅读散文《一种云》时，感受到了革命气概，激情澎湃。也感受到了作者对反动势力的憎恶，急欲推翻黑暗势力的迫切愿望。

从而散文《一种云》以极短的篇幅，呈现出了寓意深远，耐人寻味，令人振奋的场景。作品中燃烧着浓烈的爱国主义情怀。

这是作者想要表达的思想及写散文《一种云》的目的。

我认为优秀的作品，是应该具有让阅读者心灵波动的艺术感染力的。无论这种波动是悲伤，还是喜悦，只要阅读者在读作品时，能情潮荡起，能产生感受，就是佳作。

我在阅读《一种云》散文后，不只是产生了感情波动，内心还掀起了波澜，情潮在心中时时涌动，对作品有着回味。

这就是情与景在散文作品中交融的作用。

散文作品中的情与景象交融的书写，跟作家经历与生活环境有关。朱自清在那个宁静的夜晚，写成了《荷塘月色》的散文。夏丏尊在白马湖的生活经历，写成了《白马湖之冬》的散文。瞿秋白身处革命环境中，写成了《一种云》的散文。虽然三位作者生活的年代相距不远，属于同时期作家，但是作品的风格却是不同的。

散文作品的成功及艺术魅力，不只是体现在构思方面，还在于表达的技巧，还在于对景象的描写，更在于情与景及物之间的交融。如果在作品中能把景与情及物相融在一起，做到情中有景，景中有情，景中有物，睹物生情，三者如影随形，就能充分呈现出精神脉络与思想的释放。

散文里的情与景及物不是单独出现的，是跟作家的思想有关，但是思想不能成为作品，只能是创作的动力。如同一辆高级轿车，只是发动机好不行，还得外观好，还必须制造工艺精湛，这几处哪一处不达标，不精制，轿车都不能认定为高级标准。文学作品的创作与轿车的生产有着相似之处。优秀的文学作品是思想、情感及景象相融为一体的语言画面。

我认为在散文写作中对情、景及物的描写，以及几者相互融入是十分必要的，这是抒情散文创作不可缺少的元素。

发表在 2021 年 3 月 13 日《今日兴义》

窥见到了世界

——读约翰·高尔斯华绥［英国］散文《观舞》

英国作家约翰·高尔斯华绥因为在小说创作方面成就杰出，在 1932 年获得了诺贝尔奖文学奖。虽然小说创作与散文不同，但优秀的小说家一般是能创作出优秀的散文作品的。有些优秀小说家也是散文家。约翰·高尔斯华绥在 1910 年创作的《观舞》就是散文作品中的佳作。

约翰·高尔斯华绥在散文《观舞》中写：

某日下午我被友人邀至一家剧院观舞。幕启后，台上除周围高垂的灰色幕布外，空荡不见一物。未久，从幕布厚重的皱褶处，孩子们一个个或一双双联翩而入，最后台上总共出现了十多个人。全都是女孩。其中最大的看来也不超过十四岁，最小的一两个则仅有七八岁。她们穿得都很单薄，腿脚胳臂完全袒露。她们的头发也散而未束；面孔端庄之中却又堆着笑容，竟是那么和蔼而可亲，看后恍有被携去苹果仙园之感，仿佛己身已不复存在，唯有精魂浮游于那缥缈的晴空。这些孩子当中，有的白皙而丰满，有的棕褐而窈窕，但却个个欢欣愉快，天真烂漫，没有丝毫矫揉造作之感，尽管她们显然全都受过高超和认真的训练。每个跳步，每个转动，仿佛都是出于对生命的喜悦而就在此时此地即兴编成的舞蹈对于她们真是毫不费难，不论是演出还是排练。这里见不到蹑足欠步、装模作样的姿态，见不到徒耗体力、漫无目标的动作；眼前唯有节奏、音乐、光明、舒畅和欢乐。笑与爱曾经帮助形成她们的舞姿；笑与爱此刻又正从她们的一张张笑脸中，从她们肢体的雪白而灵活的旋转中息息透出，光彩照人。

尽管她们无一不可爱，但其中有两人尤其引我注目。其一为她们中间个子最高、肤褐腰细的那个女孩。她的每种表情每个动作都可见出一种庄重而火辣的热情。

舞蹈节目中有一出由她扮演一个美童的追求者，这个美童的每个动作，也都异常妩媚，而这场追逐宛如点水蜻蜓之戏舞于睡莲之旁，或如暮春夜晚之向明月吐诉衷曲表达了一缕摄人心魂的细细幽情。这个肤色棕褐的女猎手，情如火燎，实在是世间一切渴求的最奇妙不过的象征，深深地感动着人们的心。当我们从她身上看到她在追求她那情人时所流露的一腔迷惘激情，那种将得又止的曲折神态，我们仿佛隐然窥见了那追逐奔流于整个世界并永远如斯的伟大神秘力量——如悲剧之从不衰歇，虽永劫而长葆芳馨。

另一个使我最迷恋不置的是身材倒数第二、发色浅棕、头著白花半月冠的俊美女神，短裙之上，绛英瓣瓣，长衫动处，飘飘欲仙。她的妙舞已远远脱出儿童的境界。她那娇小的秀颅与腰肢之间处处都燃烧着律动的圣洁火焰，在她的一小段“独舞”中，她简直成了节奏的化身。快睹之下，恍若一团喜气骤从天降，并且登时凝聚在那里，而满台喜悦之声则洋洋乎盈耳。这时从台下响起了一片啧啧之声，继而欢声雷动。

我看了看友人，他正在用指尖悄悄地从眼边拭泪。至于我自己，则氍毹之上几乎一片溟濛，世界万物都顿觉可爱；仿佛经此飞仙用圣火一点，一切都变得金光灿灿。

或许唯有上帝知道她从哪里得来的这股力量，能够把喜悦带给我们这些枯竭的心田；唯有上帝知道她能把这力量保持多久！但是这个蹁跹的小爱神的身上却蕴蓄着那种为浓艳色调、优美乐曲、天风丽日以及某些伟大艺术珍品等等所同具的力量——足以把心灵从它的一切窒碍之中解脱出来，使之泛满喜悦。

约翰·高尔斯华绥在散文《观舞》的第一段写了去剧院观看舞蹈表演的时间，写出了表演者的年龄、表情、场景及舞台上的氛围。虽然这是整体概括性的描写，但是把场景与氛围写得形象逼真，以此吸引读者的阅读兴致。同时也为分写、细化做好了准备。

散文《观舞》在第二段进行了细化描写。写到有两个表演者受到了作者的关注。并且对其中一位表演者进行了简要介绍。作品中是这样描述的：“其一为她们中间个子最高、肤褐腰细的那个女孩。她的每种表情每个动作都可见出一种庄重而火辣的热情。”

散文《观舞》在第三段详细记述了第二段中提到的一位女孩以及她的表

演技能。这句："当我们从她身上看到她在追求她那情人时所流露的一腔迷惘激情，那种将得又止的曲折神态，我们仿佛隐然窥见了那追逐奔流于整个世界并永远如斯的伟大神秘力量——如悲剧之从不衰歇，虽永劫而长葆芳馨。"从语句中可以看出作者给舞蹈表演的效果与技能加以赞美，给予了极大肯定。特别是"那种将得又止的曲折神态，我们仿佛隐然窥见了那追逐奔流于整个世界并永远如斯的伟大神秘力量"把思想升华到了超越现实的高度。

散文《观舞》在第四段写到了作者关注的另外一位表演者。这位表演者也是位女孩。这句："快睹之下，恍若一团喜气骤从天降，并且顿时凝聚在那里，而满台喜悦之声则洋洋乎盈耳。"写出了观看者的视觉感受，通过观看者的感觉、思想波动来体现表演者的舞技娴熟与精湛。

散文《观舞》在第五段写到了作者友人在观看舞蹈表演时的表情，把友人的表情与作者的思想变化融在了一起，产生了复杂情丝。作者友人落泪了，观看舞蹈表演是高兴的事，是一种娱乐，而为什么落泪呢？是感动，还是同情表演者的辛苦？这是复杂的情感变化。作品中对友人的表情只是一笔带过，对友人表情描写是侧面的，以侧面辅助主题，突出作者的感受与思想变化。

散文《观舞》在第六段写出了两种感受，一种是作者在观看舞蹈表演后产生的疑问：表演者为什么能表演得这么好，这种力量从何处而来？在疑问中又做了解答，比如这句："或许唯有上帝知道她从哪里得来的这股力量，能够把喜悦带给我们这些枯竭的心田，唯有上帝知道她能把这力量保持多久！"以推测与设想的方式做出了结论。而另一种是舞蹈给观众带来了力量、美感与激情，比如这句："但是这个蹁跹的小爱神的身上却蕴蓄着那种为浓艳色调、幽美乐曲、天风丽日以及某些伟大艺术珍品等等所同具的力量。"

约翰·高尔斯华绥的散文《观舞》1200字，使用记述性创作手法，属于短小精悍的随笔性散文。在写作技巧方面是传统的、守旧的，也是没新意的，但是情感丰富、饱满，写出了灵性、精神，在有限的篇幅中充满了思想的融入与感情的碰撞，读者在读后能引起心灵的共鸣与激情。

我在读过约翰·高尔斯华绥的散文《观舞》后，揣测这位著名作家创作这篇作品的出发点与意图是什么，是什么呢？通过阅读作品直观感觉用意不明显，如果品味其意能感受到作者思想的高度。这是一篇观看舞蹈表演产生的作品，是随性创作出来的。虽然作品中写的是观看舞蹈表演，但深层是写人生与社会大环境的。

人生的涵义可狭隘理解，也可宽广解读，宽广解读可以写世界上所有的人，狭隘理解只是某一个人，两种解读，两种结论，这是人与人的命运不同，两种结局有天壤之别。

约翰·高尔斯华绥的散文《观舞》写的是宽广的人生命运与社会大环境，通过观看舞蹈表演这件普通事，以点扩展，呈现着复杂的社会大环境与人生命运。

有时解读作品需要了解作家的生活经历。作品中的环境有时与作家的经历相关。

约翰·高尔斯华绥出生于伦敦富裕的资产阶级家庭中，曾在牛津大学读法律专业。1889 年大学毕业，在 1890 年从事律师工作，但不久放弃了律师工作，从事文学创作。他早年去过世界许多地方，开阔了视野，丰富的生活经历，为创作积累了素材。

他思想消极，提倡阶级调和。作品以描写英国资产阶级社会和家庭生活居多。

这篇散文《观舞》是描写社会环境的作品。

约翰·高尔斯华绥的散文《观舞》写出了人生欢畅、幸福的一面，也写出了辛苦、悲伤的一面。悲伤主要是通过友人落泪，欢畅是通过表演者的演技感动了观看者。

我在想，年龄如此小的表演者从事这么辛苦的工作，还表演得这么好，这是命运的悲哀还是幸福呢?

我认为约翰·高尔斯华绥是在观看舞蹈表演时窥见到了世界人们的命运，当然这只是一部分人的命运，不是全部。当然也是在书写那时的社会大环境。

我想这就是约翰·高尔斯华绥创作散文《观舞》的高明所在，也是艺术的精髓与闪光之处。

约翰·高尔斯华绥（John Galsworthy）：英国小说家、剧作家。20 世纪初期英国现实主义代表作家。1867 年 8 月 14 日出生于伦敦。30 岁时发表处女作《天涯海角》。1904 年《法利赛人》出版，首次引起社会注意。1906 年完成长篇小说《有产业的人》，获得杰出小说家声誉。代表作品有《有产业的人》《出租》《银匙》等。1932 年获得诺贝尔文学奖。1933 年 1 月 31 日逝世。

发表在 2019 年 4 期《新安江》杂志
发表在 2020 年 8 月 23 日《文山日报》

辛劳

当岁月的指针走到2019年初冬时，青岛的树还是绿色的，草开始枯黄，我完成了《散文的质朴与真情》作品欣赏集的写作。我是在2019年4月春暖花开的季节，决定写这部书的。因为有了这部书的写作和出版计划，这一年，让我的生活充实了许多，忙碌了许多。

这一年，我编辑杂志，写书，出版书，还为朋友制作书，可以说是在写作、印刷厂、出版社等工作环节之间穿梭。

时间飞逝，我为凡事奔波。

生命在于运动。

运动就是生活。

2019年，我在写作方面主要是完成了《散文的质朴与真情》作品欣赏集。这部书从春天开工，到初冬竣工，经历了季节的转换，也是生活的痕迹。

从春天到深秋的日子，气温由热变冷，窗外的树木绿了又黄，我似乎没觉察到，也无暇顾及。我感叹岁月无情，让年轮辗转过快，额角多了几条皱纹，头上又多了几根白发，匆忙中留下了许多没做的事，产生了失意之感。

这部《散文的质朴与真情》作品欣赏集的出版，不只是增加了我在文学创作的分量，也不只是让我的生活色彩更浓艳了，而是让我的人生旅程多了一份记载与厚重。

人生的价值在于留存了什么。

这部书我写得还算轻松，出版准备工作也较为顺利，但挤压了许多时间，让我成了不停旋转的陀螺。

虽然忙碌而辛苦，但开心，也有幸福之感。

我认为幸福不只是吃好、玩好、穿好等享受生活，消费时间，而是在于满足生活条件下，有计划做自己喜欢的事。

自己喜欢做的事，这是理想与追求。没有追求与理想的生活是失色的人生。当然，不同的人对人生的理解也是不同的。

我喜欢的不一定别人喜欢。

别人喜欢的可能我讨厌。

社会原本就是纷杂的，生活的原貌就是多样性的，文学应该倡导百花齐放。

我在写《散文的质朴与真情》散文作品欣赏集时，借鉴了已经出版的诗歌评论集《诗意随处闪耀》的创作经验，改变了原文章作家选择对象的标准。我从三部分作家的作品着手：第一部分是普通作家的作品，第二部分是在国内外较有成绩作家的作品，第三部分是获得过诺贝尔文学奖作家的作品。诺贝尔文学奖作家处在文学神坛至高地位，让读者与作家仰慕。我揭开了文学神坛作家的面纱，把他们的作品融入《散文的质朴与真情》作品欣赏集中，让读者领略名作的魅力。

我之所以这么选择作品，是想让读者有对比性，让阅读面更宽广，这样或许能让读者感受到普通作家与著名作家的作品之间的距离。普通作家不如知名作家创作经验丰富，而读者对名作家有着崇拜心理，难以看出作品中的优劣，或者看出来了，也不敢讲。我对名作家的作品进行了客观分析。

当然名作家的作品中，有些不足是生活环境造成的。比如张爱玲、鲁迅作品中的语句不顺畅之处，可能是因为那时的社会环境与时代而产生的。

我在写完《游走在张爱玲的情感世界里》一文时，通过《东部文学》微信公众号发表了，傍晚时分接到一位亲戚的电话，他说："这么写失败，你是面对全国作家与读者。"我一头雾水，沉思良久。如果他只是亲戚，而对写作不沾边，我是不会在意的，可他舞文弄墨一辈子了，虽然他不是名家，但好歹是省作家协会会员，或多或少也发表了一些作品……他说的话触动了我。我给姚玉霞等几位关注我的文友打电话，了解读后的感觉。他们说读后感到非常真切，入情入理。

姚玉霞再次认真重读了我的作品后，立刻给我回了电话，肯定地说："老师，这么写很好，你就这么写，没错。"

衡量文学作品的标准是没有标杆的，更没有卡尺，只是个人的喜好与对比，还有文学修养与文化底蕴。

我在写作时也在对比，但我绝对不走重复之路。如果重复，就失去了写作的意义。我不模仿别人，想走自己的路。

有一位杂志主编对我说：“不能引用原文，引用原文没意义。”

我认为如果不引用原文，读者在阅读时会一头雾水，不知前后，不知我分析得对错……我认为引用原文可以提高读者的鉴赏力，这是非常必要的，这是不可缺少的。当然，那位主编是好意，只是与我的观点不同。

还有一位杂志主编对我说：“不应该分段解读，分段解读成了讲解作品，不是在评论。”

我是考虑过这个问题的。因为有的文章长，如果不分段解读，很难讲透彻，只能解读大意，分段解读难度是非常大的，容易被读者看出不足。我思量再三，还是做了分段解读，迎难而上。

我的两位主编朋友都是作家，可他们的观点不同，有着对立性。读者那么多，观点应该是不同的，无法统一。

有时，我在想：这种作品风格能走得通吗？读者能接受吗？好在我走过来了，完成了这部《散文的质朴与真情》散文作品欣赏集的写作与出版，让自己在文学创作之路上又延伸了，又拓宽了，攀登文学高峰了。

不管是在人生路上行走，还是在奋进写作时，都应该越走越宽，有创新为好。

走路是需要出力气的，写作是需要付出汗水与智慧的。我认为虚心学习，才能取长补短，只有扎扎实实地创作才能进步。文学作品是作家思想光芒的展示，也是智慧与劳动的果实。

文学殿堂是拒绝玩耍小聪明者入内的。

我感觉在文学创作中，辛劳也是幸福的一种。

祝朋友们，安好。

吴新财

2020 年 7 月 28 日于青岛

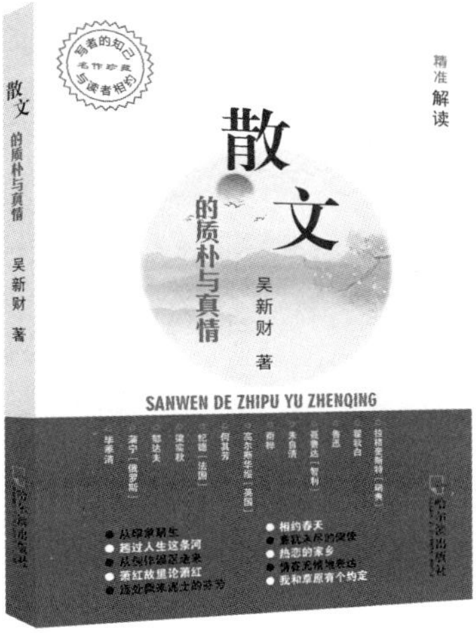
写者的知己
名作珍藏
与读者相约
精准
解读
散文的质朴与真情
吴新财 著
SANWEN DE ZHIPU YU ZHENQING

懂得艺术
获得诺贝尔文学奖的理由
散文的质朴与真情
吴新财 著
写者的知己
名作珍藏
与读者相约
精准
解读
SANWEN DE ZHIPU YU ZHENQING

吴新财出版
主要文学著作

长篇小说《爱的旅程》
2003年1月群众出版社
CIP数据核字（2002）第091787号

短篇小说集《相逢何必曾相识》
2018年4月团结出版社
CIP数据核字（2018）第082077号

长篇小说《梦想与现实》
2019年2月远方出版社
CIP数据核字（2018）第288749号

长篇小说《情在何处》
2017年6月团结出版社
CIP数据核字（2017）第128196号

诗歌评论集《诗意随处闪耀》
2019年3月吉林文史出版社
CIP数据核字（2019）第022212号

中篇小说集《年少不懂世间情》
2020年3月远方出版社
CIP数据核字(2019)第242919号